LE CHASSE-ENNVY,

OV L'HONNESTE ENTRETIEN DES BONNES Compagnies.

DIVISE' EN V. CENTVRIES.

ENRICHI D'HISTOIRES, EXEM-
ples, Apopithegmes, beaux Rencontres, Poin-
ctes subtiles, Dicts & Faicts memorables &
facetieux de toute sorte & qualitez de per-
sonnes.

Par LOYS GARON.

A PARIS,

Chez GIRARD BON-TEMPS, ruë
sans bout. à la Raillerie, proche
le des-bauché.

1600. trop-tost.

MONSIEVR,

Ce ne ſont pas des ennuis que ie vous pre-
ſente; voſtre humeur toute ſincere ne les pourroit ſupporter, ny treu-
uer de bon gouſt; Ce ſont pluſtoſt des Verueines conſacrées à la ioye, dont vous eſtes le Dieu tutelaire: u des Angeliques odoriferantes

d'allegreſſes , dont vous rempliſ-
ſez les cœurs de ceux qui ont le bon-
heur de vous aborder: Mais ie diray mieux ; c'eſt vn Lotus, vn
Chaſſe ennuy , qui vous pourra
donner quelque diuertiſſement , ou
pluſtoſt quelque agreable recreatiõ
aux heures perduës de vos ſerieu-
ſes occupations (ſi tãt eſt que vous
en puiſſiez auoir de perduës parmy
tant d'emplois qui tiennent voſtre
eſprit attaché aux affaires qui
vous ſont commiſes :) Vous n'y
pourrez rien perdre, comme ie croy,
en le liſant & reliſant , puis que
vous y verrez des poincts d'E-
ſtat fort remarquables , tels que
vous maniez, & des réponſes ſubtiles & aiguës des plus Grands
de tous les temps ; mais ſur tou

du noſtre, entremeſlez de diuerſes
galantiſes fort recreatiues, qui
pourront, comme ie me promets,
donner de la ioye & du contentement aux plus melancoliques, &
leur ſeruir d'Hellebore pour dé-
chaſſer les mornes humeurs de la
triſteſſe. Voſtre bel eſprit qui n'i-
gnore rien, & cette facilité qui
vous rend accoſtable de tout le
monde, me fait accroire que vous
ne deſdaignerez point l'Oeuure qui
vous eſt deuë de deuoir, ny l'Autheur qui d'affection eſt entierement,

MONSIEVR,

Voſtre tres-humble, & tres-obeïſ-
ſant ſeruiteur,
L. GARON.

MY Lecteur, La
Vertu ne peut
demeurer oisiue,
ni croupir sous la
faineantise d'vn ingrat repos:
quoy qu'elle soit trauaillée,
elle est tousiours viue & vigoureuse: les incommoditez
de cette vie luy donnent de
l'ennuy, mais parmy ses des-
tresses elle ne laisse pas de se
resiouir, & de se donner de
l'allegresse au milieu de ses
disgraces, pour faire voir
qu'elle est autant maistresse
de ses incommoditez com-
me elle est subjecte à beau-

coup de trauerses. Ie puis dire
de moy-mesme que durant
la calamité d'vne furieuse maladie de goutes , ou enuiron,
si mon corps a esté affligé, mõ
ame n'en est pas demeurée
moins vigoureuse. Ie souf-
froy d'vn costé, & me conso-
loy de l'autre ; & si le mal m'a
porté quelques fois iusques
aux derniers termes de la patience : i'ay tasché d'autre
costé de contrebatre ces mi-
seres par des moyens qui m'e-
stoiét entieremét incogneus,
Cet aigùillon m'a esté fort
sensible: mais aussi m'a-il esté
(comme ie croy) aucunemét
fauorable:car cerchãt à chasser mes Ennuis, i'ay dressé vn

ChaſſeEnnuy, pourme ſeruir
à me deſennuyer : & croy-ie
qu'il pourra ſeruir à beaucoup d'autres, qui pourront
prendre de la conſolation en
mes conſolations, & comme
moy faire eſtat de ſe rire de
tout ce que le monde nous
peut repreſenter de bon, ou
de mauuaisgouſt. Ie peus dōc
dire, que durant ce temps-là
ie me ſuis entieremēt plongé
comme dans vn bain ſalutai-
re en la lecture de pluſieurs
bons Autheurs, où i'ay trouué beaucoup de remedes
pour adoucir mes douleurs:
mais entre tous ie n'ay rien
trouué qui ait tant contenté
mon humeur melancolique,

ni regaillardy mes esprits, que
les responses aigues & promptes, sans aucune premedita-
tion, de plusieurs rares esprits
en des rencontres inopinées:
mais sur tout de ceux de nostre temps, & qui n'ont point
encor esté veuës. Nous faisõs
parler les Papes, les Cardinaux
y tiennent leur rang, les Archeuesques y ont leurs repar-
ties: les Euesques, les Abbez,
& les autres persõnages plus
signalez en l'Ordre Ecclesiastique y font voir la pointe de
leurs esprits. Et quoy dauantage? Les Empereurs y rendẽt
leurs oracles, les Rois leurs
responses subtiles, les Princes, les Potentats, les grands

Contraste insuffisant

NF Z 43-120-14

Reliure serrée

Seigneurs: les gens de Iuſtice, les Medecins, les hommes li-terez, & iuſques aux plebeiẽs, & ceux de plus baſſe eſtoffe n'y ſont point eſpargnez. En fin il n'y a aucune ſorte de condition de perſonnes qui n'y ſoiẽt appellées : & le tout auec les pointes plus ſubtiles que i'aye peû rencontrer, tāt en la lecture de quelques li-ures Grecs, Latins, François, Italiens, Eſpagnols, Allemās, & autres langues, que de çe que i'en ay peû apprendre de viue voix , & d'en auoir ouï moy-meſme de mes propres oreilles, comme ie peux ſans flatter y en auoir beaucoup tiſſu. En fin, mon cher Lecœur, ie vous preſente vne Salade cõpoſée de pluſieurs ſortes d'herbes : il ne tient qu'à vous d'y apporter du ſel & de l'huile pour les faire mieux venir à voſtre gouſt. Ie ne doute point qu'il ne ſe trouue beaucoup d'eſprits dégoutez, & difficiles à con-tēter, qui reietteront ce mien petit œuure, comme ne reue-nant à leur palais : mais pour-ueu que i'aye l'approbation & l'acclamation des gens de bien, ce m'eſt aſſez. A dieu, & attendez vne ſeconde Partie, ſi vous receuez celle-cy de bon cœur.

SIZAIN
EN FORME DE
DIALOGVE,
Du Curieux & de la Verité.
SVR L'ANAGRAMME DV
SIEVR LOVYS GARON.
LE CVRIEVX.

Ainſi fille du Ciel, ſincere pure & digne,
Ie t'enquiers de GARON, dy moy ſon riche pris,
Quelle odeur? LA VERITE'. C'eſt vn Lys de celeſte origine
Le C. Quels effects? LA V. on les voit de pur or embellis.
Le C. Quelle Ame? LA V. Elle eſt d'vn Ange, & encor plus diuine.
Le C. Qui le dit? LA V. ſon beau nom voyés le, OR, ANG' OV LIS.

Peu ne cherit.

DIZAIN
ACCROSTICHE
A M. GARON.

Les fruicts de tes diuers escrits
Ont par leur saueur agreable
Versé au Cœur des beaux esprits
Ie ne sçay quoy de delectable;
Si bien qu'on tient par l'Vniuers
Garon profitable en ses Vers,
Admirable en sa docte Prose,
Rare dans ses Traductions,
Où son bel esprit se dispose,
Nous loüons ses inuentions.

CL. FLESSARD.

A MONSIEVR GARON,

Sur son Chasse-ennuy.

STANCES.

Vn iour le Cōcile des Dieux
Se celebroit dedās les cieux
Chez Iupin où ils s'assemblerent:
O chemin que Iunon a fait
De l'albastre de son beau laict,
Fut celuy par où ils passerent.

Ils vindrent de quartiers diuers,
De tous les coings de l'Vniuers
Mõtez sur leurs chars ordinaires:
Iunon conduisant ses Paons,
Venus ses blanchissans Pigeons,
Et Mars ses Lions volontaires.

C'estoit cependant que la nuict
Dans le Ciel ses troupeaux conduit

Brillants de si luisantes flames :
Et qu'icy bas le doux sommeil
Des Mortels auoit fermé l'œil
Pour donner repos à leurs ames.

 Iupin qui estoit empesché
Au soin qui le tient attaché
Au gouuernement de ce Monde,
Ne peut si tost parler à eux (leux
Traictãt d'un point fort chatoüil-
Auec le Monarque de l'onde.

 Ils estoient apres consulter
Sur ce qu'on pourroit decreter
De quelque affaire d'importance :
Tandis les autres attendoient
Ceux qui peu à peu se rendoient
Dedans le lieu de l'audience.

 Le tẽps duroit à quelques-uns
Pendant ces discours importuns
Qui arrestoiët le Dieu du foudre ;
Sãs luy leurs vouloirs sõt en vain,

Car sans ce Prince souuerain
Leur Siege ne peut rien resoudre.

   Ils attēdoient tous qu'il s'ē vint
Alors que Momus interuint,
Qui se mit aussi-tost à rire :
Les Dieux pour enuoyer le temps
Par quelque gaillard passe-temps,
Luy firent place & luy vont dire :

   Momus pour réiouïr les Dieux
De quelque propos gracieux,
Fay leur presēt de quelque histoire :
Nous languissons en attendant
Iupin & le Dieu du tridant,
Auec celuy de l'Onde noire.

   Tu peus charmer tous ces Ennuis
Par tes facetieux deduis,
Pourueu qu'ils soiēt sans insolence,
Mais ton humeur qui sans respect
Ne treuue en nous rien de parfaict
Ne manquera de quelque offense.

Luy commence à leur en conter,
Pour en discours les contenter,
Mais à châcun il dit son vice,
Il les picqua tous vn à vn,
Tant en priué comme en commun
Du fiel mordant de sa malice.

Ses discours furent fort aigus,
Les traits en furent fort pointus
Auec leurs subtiles rencontres;
Mais Minerue s'en offença,
Et de colere le tança,
Qui ne se plaist à tous ces mõstres.

Et dit, que diront les Mortels,
Quand ils viendrõt à nos autels,
S'ils oyent ces discours friuoles?
Nous auons d'autres entretiens
Dignes des lieux Olympiens,
Et de plus diuines paroles.

Lors elle-mesme s'auança
Et en termes meurs prononça

Des rencontres tres-bien sensees,
Les Pointes n'y manquerent poin
Qu'elle rapportoit fort à poinct
Au sens de ses hautes pensees.

   Mais tout y estoit serieux
Digne de l'entretien des Dieux,
Et pour instruire tout le monde,
Le sel n'y estoit espargné,
Dont tout estoit accompagné,
Et d'une prudente faconde.

   La plus critique passion
Y eust pris de l'instruction
Pour y moderer sa manie;
Les plus languissantes humeurs
Y eussent treuué des douceurs,
Pour chasser la melancolie.

   Les Princes & les Potentats,
Les Officiers & Magistrats
Accouroient tous pour s'y instruire,
Il s'y voyoiët leurs cœurs depeints,

Les deuoirs où ils sont astreints,
Et comme ils se doiuent conduire.
　　Les autres de plus bas aloy
Y treuuoient vn chacun pour soy
De quoy contenter son courage;
Vn certain bruit lors s'esleua
Dans le Conseil, qui approuua
De Minerue ce bel Ouurage.
　　Iupiter qui sortit alors
Voyant tous ces Dieux au dehors
Ioyeux & remplis d'allegresse,
Fut tout rauy à cet obiect,
Et en ayant sçeu le subiect,
Luy mesme saut a de liesse.
　　Il fit venir son Messager,
Mercure qui d'vn vol leger
Porte & rapporte les Nouuelles,
Et luy dit : Vat'en tost là bas,
Fay part de ces ioyeux esbats
A toutes mes terres mortelles.

Tuy treuueras vn Garon.
Que i'ay enrichy du beau don
D'vn bien dire auec elegance,
Ayant parlé auecque luy
Dy luy qu'il fasse vn Chassennuy
De ces dicts remplis de prudence.

Garon voyant cest Officier
Incontinant print du papier,
Et se mit à faire ce Liure:
Où il a si bien trauaillé
Qu'on ne doit estre esmerueillé
Si à iamais on le voit viure.

Vy donc Garon plus que les tẽps
En tes serieux passe-temps,
Qui chassent les ennuis de terre,
Et puis quelque iour dãs les Cieux
Nous te verrõs parmy les Dieux,
Chery de celuy du Tonnerre.

I. CONDENTIAL.

LE CHASSE ENNVY,

OV L'HONNESTE ENTRETIEN DES BONNES Compagnies.

AVANT-PROPOS.

LES Philosophes pour distinguer l'homme d'entre les animaux irraisonnables l'ont appellé, Animal risible, sans preiudice de son vsage de la raison, recognoissans que

cette qualité n'appartiēt qu'à
luy seul. Or puisque le rire est
tousiours tesmoin d'vne certaine resiouissance que nous
sentons interieuremēt, qui de
sa nature nous attire au plaisir, & nous fait desirer la recreation ; de là vient que plusieurs gaillardises ont esté in-
uentées par les hommes ; &
n'est pas sans cause que les
plus beaux Esprits, & les plus
illustres personnages ont par
fois donné tréues à leurs plus
serieuses occupations pour
dechasser l'ennuyeuse melā-
cholie par quelque entretien
ioyeux. Car non seulemēt les
Artisans, les Laboureurs, les
Mariniers, & ceux dont les

œuures manuelles font peni-
bles, quittent leurs outils &
leur besõgne pour fe refioüir
quelquefois : mais encores
les plus deuots Religieux ne
refufent pas de fe recreer hõ-
neftement; voire iufques aux
pauures prifõniers, qui d'heure à autre attendēt que la Sentence de mort leur foit pro-
moncée, vont neantmoins re-
cherchans les moyés plus fa-
ciles pour fubmerger leurs
ennuis dans quelque douce
allegreffe. Et pour preuue
plus affeurée que la ioye nous
eft tres-vtile, efcoutõs le Sage
qui dit: *Le cœur qui fe refiouit rēd
l'aage floriffant: mais l'efprit trifte
deffeche les os:* Et Seneque fur le

mesme sujet : *Quel acquest y a-
t'il d'anticiper les maux qui ne
viendront que trop tost, & perdre
le bien present pour la crainte du
mal à venir?* Ie ne veus pas dire
pourtant que la ioye ne doiue
estre moderée, & que nous
ne deuions la temperer au milieu de nos plus grandes pro-
speritez, ne faisans côme Po-
lycrite, qui ayant fait recouurer la ville de Milet à ses Citoyens, mourut de ioye à la
porte. *Les mal-aduisez se des-
bordêt en leurs douleurs, aussi bien
qu'en leurs ioyes.* Ie fourniroi
plusieurs authoritez sur ce
sujet, mais pour n'ennuyer le
Lecteur, venons à nostre
Chasse-ennuy.

DICTS MEMORABLES

ET RECREATIFS DE QVELQVES SOVVERAINS

Pontifes, Cardinaux, Archeuesques, Euesques, & autres Ecclesiastiques, où se voyent en suitte les pointes subtiles, & faits heroyques de quelques Empereurs & Roys.

PREMIERE CENTVRIE.

I.

Response plaisante d'vn Cordonnier au Pape Leon.

LEon X. Pontife tresaffable, se seruoit d'vn Cordonnier Florentin, auquel il dit vn iour par maniere de passe-temps: O que vous autres petits Artisans estes infortunez, puis que vos noms ne sont point cogneus parmy nous ! Cestuy-cy luy repartit promptement : Ha !

A

Sainct Pere „ la chose va à l'esgal,
car nous auons si peu de cognoisance de vous , quoy que Princes,
qu'estant maintenant vieux , ie ne
sçay le nom d'aucun Pape, que de
vous ; & encore parce que vous estes de mon pays, & vous seruez de
moy , car autrement ie ne le sçaurois pas.

II.

Plaisante response d'un Pape à un Gentil-
homme qui n'estoit des plus spirituels.

QVelques Gentils-hômes s'en
allerent de compagnie à Rome , tant par deuotion , que pour
voir les antiquitez de la Ville. Apres
qu'ils eurent remarqué toutes ses
magnificences , ils delibererêt d'aller saluër le Pape ; mais il y en eut
vn d'entre eux qui fit scrupule de
luy baiser la pantoufle. Le Pape, qui
estoit d'vne côplexion tres-iouiale, apperceuant l'humeur de cestui-

cy, luy demanda la cause pourquoy
il ne vouloit luy baiser les pieds. Il
repartit; Ie les baiserois volontiers,
si vostre Saincteté les daignoit faire
deschausser, car ie croy qu'il y aura
plus grand merite de les baiser
nuds. Et toy, repliqua le Pape, des-
pouïlle toy tout nud si tu veus receuoir ma benediction.

III.

*Response facetieuse d'vn Ecclesiastique
qui demandoit vn Euesché au Pape.*

LE Preuost de l'Eglise de Lu-
ques, homme plaisant, & qui
auoit le mot, sçachant que l'Euesché de Caligo estoit vacante, il la
demanda au Pape, qui luy respondit: Ne sçais-tu pas que *Caligo* en
langue Espagnole signifie, *Ie me tais,*
& cependant tu es vn babillard? Ce
seroit chose hôteuse à vn Euesque
de ne pouuoir iamais nommer sa
dignité sans dire vn mensonge. Le

4   LE CHASSE-ENNVY,
Preuoſt ſe voyant fruſtré de ſon attente , reſpondit au Pape: Sainct
Pere, ſi voſtre Saincteté me donne
cette Eueſché , ce ne ſera ſans re-
compéſe; car ie vous laiſſeray deux
Offices. Et quels Offices as-tu à me
laiſſer, repliqua le Pape? Le Preuoſt
reſpondit: Ie vous laiſſeray le grand
Office , & celuy de noſtre Dame.
Alors le Pape, quoy qu'il fuſt aſſez
ſeuere , ne peût s'empeſcher de
rire.

IV.

Dict remarquable d'Vrbain quatrieſme
à vn Cardinal.

CHarles V. Roy de France,
voulât vuider ſon Royaume,
tant des gens-d'armes Anglois, que
des François, qui apres le traicté de
tréues couroiét & gaſtoient le pais;
Bertrand du Gueſclin obtint du
Roy de les mener au Royaume de
Grenade contre les Sarrazins. Or

pour les violences & pilleries que
faisoient ces soldats, le Pape Vrbain V. les auoit excommuniez, &
s'appelloient les grandes Compa-
gnies. Du Guesclin les ayant assemblez, & estant esleu Colonnel de
l'armée pour les mener en Espagne,
il les fit passer pres d'Auignon, où
Vrbain V. tenoit le Sainct Siege,
qui enuoya vn Cardinal par deuers
eux pour sçauoir ce qu'ils demandoient, auquel Cardinal du Guesclin respondit : Dites à sa Saincteté
que ces Gens de guerre luy demandent pardon, & absolution de peine
& de coulpe pour les pechez qu'ils
ont commis, dont ils ont encouru
sentence d'excommunication : &
dauantage luy demãdent mille flo-
rins d'or pour viure & parfaire leur
voyage, à fin d'exalter la Foy Chre-
stienne. Le Cardinal faisant son
rapport, le Pape luy respondit: C'est
chose merueilleuse de ces gens-
A iij

cy , qui demandent l'absolution &
de l'argent.

V.

*Vn vieil Villageois pour respōdre pertinē-
ment à Paul I I I. est bien recompensé.*

CE bon Pape s'allant vn iour
pourmener hors de Rome, vid
vn vieillard de haute taille , bien
proportionné, portant vne grande
barbe blanche , qui luy descendant
iusques à la ceinture, luy donnant
vne grauité majestueuse ; & bien
qu'il fust vestu à la Villageoise , il
estoit neantmoins assez ciuilisé &
honneste. Le Pape le fit venir deuant soy, & l'interrogea tant de son
aage, que de sa maniere de viure. Lo
Vieillard luy respondit, qu'il auoit
plus de quatre vingts & dix ans;
qu'il viuoit des fruicts d'vn petit
bien qui luy appartenoit, auquel il
trauailloit iournellement, qu'il auoit
femme & enfans, nepueux & arrie-

re-nepueux, auec lesquels il viuoit
tres-content.Le Pape luy repliqua,
comment il auoit fait pour se main-
tenir si frais & robuste. Il respon-
dit:Sainct Pere, ie n'ay iamais chã-
gé de nourriture, ny de façon d'habits, & n'ay iamais passé l'heure de
mon ordinaire pour attendre l'appetit, ny mangé de viandes delica-
tes.Cette responce pleut tellement
au Pape, qu'il luy assigna durant sa
vie vne pension de cent Ducats
tous les ans , à fin qu'il se peust re-
poser.Alors le Vieillard s'agenouil
lant en terre, dit:Tres-sainct Pere,
ie remercie premierement Dieu de
ce qu'il vous a touché le cœur pour
me faire du bien , & apres ie rends
graces à vostre Saincteté, qui m'a
donné en ma vieillesse dequoy
pouuoir viure en repos : mais i'ose
vous asseurer que vous m'auez dõ-
né chose pour me faire mourir plustost que ie n'eusse pas fait:Il vou-

loit, comme ie croy, inferer de là;
*Qu'il n'y a pas plus de peine à acquerir
des richeffes, qu'il y a de trauaux à les
poffeder.*

VI.

*Belle repartie du Pape Leon XI. à la fotte
demande d'vn Courtifan.*

LEon XI. entrant vn iour en fon
Palais veftu Pontificalement,
& fuiui de fes Cardinaux qui al-
loient deux à deux : Vn certain
Courtifan, nouueau venu, les regar-
tiant paffer demanda à l'vn d'iceux
lequel eftoit le Pape. Ne le voyez-
vous pas, dit le Cardinal ? Faites-
moy tant de bien, repliqua-t'il, que
ie luy parle. Le Pape l'apperceuant
le fit approcher, & luy demanda ce
qu'il defiroit de luy : Le Courtifan
refpondit, Sainct Pere, vous voyât
icy paffer, fuiuy de cette belle Cô-
pagnie, ie prie Dieu qu'il vous con-
ferue : Il m'eft venu en memoire

qu'il y a desia plusieurs années que
ie fis vn vœu de me vestir de semblables habits que les vostres, parquoy ie desirerois auec la benigne
faueur de vostre Saincteté de l'accomplir. Le Pape d'vn visage benin
luy respõdit : Allez mon fils, si vous
auez fait ce vœu, suiuant le pouuoir
que Dieu nous a donné, nous vous
en absoluons.

VII.

Liberalité de Leon X. enuers les gens de Lettres.

LE Pape Leon X. vsa de grãdes
liberalitez enuers les hommes
doctes, & sur tout il aimoit fort les
Poëtes, & leur faisoit de beaux presens. Aduint vn iour qu'vn certain
Poëte luy presenta quelques Vers
Latins rithmiez : Au mesme instant
Leon, tres-expert en cette science,
luy recita autant de Vers, & y ob-
serua les mesmes rithmes. Ce que
A v

voyant noſtre pauure rimailleur,
qui euſt voulu autre choſe que des
Vers, adiouſta ſubtilement ce Diſti-
que à l'improuiſte:

Si tibi pro numeris numeros Fortuna
dediſſet,

Non eſſet capiti tanta corona tuo.

C'eſt à dire,

Si Vers pour Vers Fortune t'euſt dŏné,
Tu ne ſerois ore ainſi couronné.

Alors ce bon Pape remarquant l'induſtrie de ce Poëte, luy dit: Tu es
galant homme, & luy donna ſa pleine main de pieces d'or.

VIII.

D'vn Pelerin qui reſſembloit au
Pape Boniface.

Boniface fut aduerty qu'il y a-
uoit vn Pelerin du païs de Ba-
uiere, qui eſtoit venu à Rome pour
viſiter les lieux Saincts, qui luy reſ-
ſembloit entierement & de ſtature
& de viſage. Le Pape l'ayant fait ve-

nir en sa presence, luy demanda si
sa mere auoit iamais esté à **Rome.**
Le Pelerin se sentãt picqué luy respondit : sainct Pere, ma mere ne
vint iamais en ce pays, mais mon
pere y est venu plusieurs fois.

IX.

Les tiltres que le Pape Iules donnoit à ses
seruiteurs.

IVles secõd se plaisoit à auoir des
seruiteurs domestiques de diuerses nations, & bien souuent quand
il prenoit sa refectiõ en particulier,
par maniere de recreation il appelloit les Espagnols, *Volucres cœli;* parce qu'il les estimoit rogues & super-
bes, & vouloient auoir tousiours le
dessus. Il nommoit les Venitiens &
Genois, *Pisces maris*, d'autant qu'ils
hantent les mers, & que les poissons sont souuent repeus de leurs
corps. Il appelloit les Allemans, *Pe-*
cora campi, les iugeant moins spiri-

tuels que les autres, & rudes d'entendement; & nommoit les François *Pisse-vine* : Mais vn sommeiller Normand qu'il auoit, luy dit ioyeusement, sainct Pere, vous estes vray François. Pourquoy ? dit le Pape; Pource, dit-il, que vous estes le plus grãd *Pisse-vine* qu'on sçauroit trouuer, quand mesmes tous les François seroient assemblez.

X.

Paroles remarquables du mesme Pape.

CE Pape aimoit la guerre, & la nourrissoit d'ordinaire entre plusieurs Princes, mesmes contre le Roy de France. Vn iour quelques vns de ses familiers luy dirēt: Tres-sainct Pere, plusieurs Princes & grands Seigneurs sont grandement esbahis de ce que vous entretenez la guerre, eu esgard à la dignité où Dieu vous a esleué, qui deuroit estre vn Estat de Paix, veu mesmes que

vous auez les Clefs de S. Pierre
pour fermer l'entrée à la discorde,
& ouurir la porte à la reconcilia-
tion. Il respondit : Ceux qui vous
ont parlé de la sorte n'entendent
pas ce qu'ils disent: Ne sçauez-vous
pas que S. Pierre & S. Paul sont
compagnons , & de faict ils n'ont
qu'vne Eglise ? Mes predecesseurs
se sont seruis des Clefs de sainct
Pierre,& ie veux maintenant m'ay-
der de l'espée de sainct Paul. L'vn
d'iceux repliqua:Vous sçauez,sainct
Pere , que nostre Seigneur dit à
sainct Pierre ; Mets ton glaiue dans
son fourreau. Le Pape repartit, Il
est vray, mais ce fut apres qu'il eut
frappé.

XI.

Que nos Rois de France ne releuent que
de Dieu quant au temporel.

QVand vn Cardinal notifia au
Roy Philippe le Bel la tréue

ordonnée par le Pape Boniface
VIII. de son authorité entre ledit
Philippe le Bel, les Rois des Romains & d'Angletérre, à peine d'excommunication & censure, ledit le
Bel l'an mil deux cens nonãte sept,
fit response par l'aduis de ses Princes & Conseil, qu'il estoit prest d'o-
beïr au Siege Apostolique pour le
regard de son ame, & de la spiritua-
lité: mais qu'il ne recognoissoit par
dessus luy que Dieu, quant au regime du temporel de son Royaume;
& n'entendoit s'assujettir ou sous-
mettre à personne viuãte pour raison dudit temporel, ains le manier,
poursuiure & iustifier, comme le
Createur luy en donneroit la cognoissance de l'vtilité ou dõmage.
Apres ledit Boniface irrité d'ailleurs manda par Bulles audit Roy
Philippe le Bel, qu'il estoit son sujet
au temporel cõme au spirituel, declarant heretiques ceux qui ne le

croyoient. En quoy il fut viuement contredit, sa Bulle bruslée à Paris en la presence du Roy Philippe le Bel, de ses Princes & Conseil. Pour r'habiller la faute dudit Boniface le Pape Clement V. par Bulle expresse fit declaration que celle de Boniface ne faisoit preiudice au Roy ni à son Royaume, remettant les choses en l'estat qu'elles estoient auparauant.

XII.

Subtilité d'vn Pape pour se deffaire d'vn importun.

L'Euesque de Seruie voulant esprouuer la bonne volonté du Pape, desireux d'obtenir quelque chose de luy, se prosterna à ses pieds, disant : Sainct Pere, le bruit court par toute la Ville de Rome, voire dãs le Palais, que vostre Saincteté m'a faict Gouuerneur de Rome. Le Pape respondit : Laissez-les

dire, ce font mauuais paillards, &
n'en ayez point de doute: car vous
trouuerez qu'il n'en est rien.

XIII.

Conseil ridicule d'vn Abbé faict à la bon-
ne foy à vn Cardinal.

VN Cardinal estant en peine
où il feroit mettre la terre
que l'on tiroit des fondemens d'vn
Palais qu'il faisoit bastir à Rome; vn
bon Abbé qui estoit à sa suitte luy
conseilla de faire faire vne grande
fosse pour la ietter dedans. Le Cardinal respondit en riant; Et où met-
trons-nous la terre qu'on tirera de
cette fosse? L'Abbé repliqua : Faites la faire si grãde que l'vne & l'autre y puissent entrer. Il n'y eut iamais moyen que le Cardinal luy fist
entendre que tant plus on feroit la
fosse grande, tant plus on en sorti-
roit de terre.

XIV.

Parolles piquantes de Raphael d'Vrbin à deux Cardinaux.

L'Excellent & renommé Peintre Raphaël d'Vrbin se trouua vn iour auec deux Cardinaux ses familiers, lesquels pour le picquer reprenoient quelques fautes en vn tableau qu'il auoit fait, où sainct Pierre & sainct Paul estoient representez, disans, qu'ils auoient les visages trop rouges. Raphaël repartit à l'instant : Messeigneurs, ne trouuez pas cela estrange, car ie les ay peints de mesme qu'ils sõt au Ciel; & cette rougeur prouiét de la honte qu'ils ont de voir l'Eglise gouuernée par tels hommes que vous.

XV.

Belle repartie du Cardinal Saluiati à François I.

LOrs que le Prince Doria, pour quelque mescõtentemét, quit-

ta le party des François pour se
ioindre à l'Empereur Charles V.
Clement VII. fit tous ses efforts
pour l'en diuertir; & pour cet effect
enuoya à François I. le Cardinal
Saluiati pour conseruer à son seruice Doria, la reuolte duquel luy
pouuoit apporter beaucoup d'in-
conimoditez. Le Roy respondit,
qu'il ne pouuoit croire que le changement de Doria luy peust apporter vne perte notable, sur tout en se
rangeant du costé de l'Empereur
qu'il auoit tant de fois offensé. Le
Cardinal respondit, que tout au
rebours il en deuoit attendre vn
dommage notable : car estant amy
il aideroit beaucoup, & deuenant
ennemy il pourroit beaucoup nuire.   XVI.

D'vn Cardinal qui aimoit les lettres.

Otto de Varis voyant que le
Cardinal de S. Ange, qui pre-

sida au Concile de Basle, lisoit d'ordinaire dans des vieux Liures, il luy
dit : Monseigneur, pourquoy de-
meurez-vous ainsi solitaire parmy
les morts du temps passé ? Venez-
vous en deuiser auec nous qui vi-
uons au monde. C'est tout au rebours, respondit le Cardinal, ceux-
cy viuent par leurs lettres & scien-
ces, mais vous ne viuez ni par vostre nom, ni par vos œuures, ains
passez vostre vie selon la nature des
bestes.

XVII.

Response subtile d'vn Villageois à l'Ar-
cheuesque de Colongne.

VN bõ vieux laboureur voyãt
aller par les champs l'Archeuesque de Colongne armé & accompagné de gens armez, se print
à rire: Sur quoy estant interrogé, il
respondit, qu'il auoit ry, s'esbahis-
sant que S. Pierre, Vicaire de IESVS-

CHRIST en son Eglise, estant si pauure auoit laissé de Successeurs si riches & opulens, paroissans plustost
des Gens-darmes que des gés d'E-
glise. L'Archeuesque le voulant à
son aduis mieux informer de ses
qualitez, se declara estre Duc &
Archeuesque, & que comme Duc il
alloit alors en armes, & qu'estant en
son Eglise il se maintenoit en Archeuesque. Monsieur, dit le labou-
reut, quand Monsieur le Duc sera
à tous les diables, que deuiendra
Monsieur l'Archeuesque?

XVIII.

Belle repartie d'vn Archeuesque à son
Maistre d'Hostel.

LE Maistre d'Hostel d'Alphōse
Carille Archeuesque de Tole-
de luy dit, que la despēse qui se faisoit en sa maisō estoit si grāde, qu'il
estoit impossible que son reuenu y
peust suffire. L'Archeuesque luy dit,

Comment pensez-vous d'y remedier ? Le Maistre d'Hostel respõdit:
c'est qu'il faut licentier les seruiteurs qui ne vous sont pas necessaires. L'Archeuesque luy commã-
da de luy donner vn memoire tant
de ceux qui luy estoient vtiles, que
de ceux qu'il deuoit congedier. Le
Maistre d'Hostel escriuit premierement ceux qui luy sembloient plus
necessaires, & fit vn memoire particulier de ceux qui ne luy ser-
uoient de rien. Comme il presenta
à l'Archeuesque la liste de ses plus
fauoris, en la lisant il dit : Tu crois
que i'ay besoin de ceux-cy, & les
autres ont besoin de moy ; par ce
moyen il les garda tous.

XIX.

Belle repartie d'vn Prelat à vn
Gentil-homme.

VN Prelat qualifié l'vn des doctes & eloquens de nostre

temps, decedé depuis quelques années , estant vn iour cruellement
trauaillé de la goutte, fut visité par
vn Gentil-homme son familier, qui
estoit par fois attaqué de la mesme
maladie. Apres s'estre entretenus
quelque temps de discours serieux,
le Gentil-homme voulant changer
de propos dit au malade par maniere de passe-temps ; Monsieur , ie
croy que vous auez pris vos gouttes en allant trop souuent à Mati-
nes. Le Prelat se sentant picqué repartit à l'instant: Et vous, Monsieur,
les vostres viennent d'estre allé
trop souuent aux mastines.

XX.

De l'Euesque de Chartres, & du
Roy Louys XI.

Louys onziesme voyāt vn iour
Miles Euesque de Chartres
monté sur vne mule harnachée de
velours auec les freins dorez , luy

dit; Que les Euefques du temps paffé fe contentoient d'vn Afne, ou
d'vne Afneffe auec vn fimple licol.
C'eftoit du temps, dit l'Euefque,
que les Rois eftoient Bergers, &
gardoient les Brebis. Le Roy repliqua, Ie ne parle point de ceux du
vieil Teftament, ie parle du nouueau. C'eftoit donc, refpondit l'E-
uefque, lors que les Rois eftoient
grands aumofniers, qu'ils faifoient
affeoir les lepreux en leurs tables,
& lauoient les pieds des pauures.

XXI.

Du mefme Euefque, & des Preftres
qu'il rencontra.

CEt Euefque rencontrant par
les chãps quelques Preftres, il
leur dit: Dieu vous gard Meffieurs
les Clercs. Les Preftres refpondirét;
Nous ne fommes pas Clercs, Monfieur, nous fómes Preftres. Il repliqua, Dieu vous gard dõc Meffieurs
les Preftres qui n'eftes pas Clercs.

XXII.

Vn Euesque voulant gausser vn Berger
eut son payement.

VN Euesque passant chemin, dit à vn Berger qui gardoit les Brebis : Que veut dire que les Bergers ne sont tels qu'ils estoient anciennement, qu'ils meriterent d'estre Patriarches & Prophetes, & que les Anges leur annonçassent la naissance du Fils de Dieu, voire de Bergers ils deuenoient Roys? Le Berger respondit : Aussi peu se trouue-t'il d'Euesques comme ils souloient estre autres fois, que quand vn Euesque mouroit, les cloches sonnoient toutes seules: mais maintenant les tirant de viue force pour l'vn de vos semblables, à peine veulent elles sonner.

Belle

XXIII.

Belle repartie d'vn Prelat eſtant aduerty qu'vne ſienne niepce s'eſtoit laiſſée desbaucher.

CE grãd Chroniqueur de Charles V. Antoine de Gueuare Eueſque de Mondognet, que l'on peut à bon droict nommer l'vn des doctes & illuſtres perſonnages du ſiecle paſsé, auoit vne niepce vn peu trop ſubjecte à ſes volontez, ſes pere & mere laſchans trop la bride à ſes folatres humeurs. Aduint qu'vn ieune homme que la fille aimoit, ſous couleur d'vn honneſte amour, ſe licẽtioit bien ſouuét à des actiõs qui esbranlent maintes fois la pudeur des plus honneſtes filles. Cette ieune Damoiſelle donc ayant fait vn vœu en vn certain lieu de deuotion, elle le voulut accomplir, & moyenna que ſon ſeruiteur l'y accompagnaſt. Mais quoy? il eſt à pre-

B

suppoſer qu'ils s'acheminerent pluſtoſt en Amathonte , & rendirent
leurs vœux en Eryce , qu'ailleurs,
comme il apparut au bout de quelques mois, que le cotillon de la pretendue pucelle, l'accuſa deuant ſes
parens. Cette nouuelle venant iuſques aux oreilles de Gueuare, il dit:
Ie ne m'en eſtonne pas , car tel le
Pelerinage, telles les Coquilles.

XXIV.

Repartie d'vn bon compagnon oyant
lire les tiltres d'vn Abbé.

VN Abbé qui auoit tant de tiltres qu'il ne pouuoit pas auoir
beaucoup de lettres , prenant vn
iour poſſeſſion d'vn benefice, on
commença à dire en liſant ſes qualitez & tiltres, *Abbas ſancti*, &c. *Ab-*
bas, &c. Alors vn des aſſiſtans va
crier: He! vertu bleu, que de baſts
pour vn Aſne, ie croy que c'eſt vn
Aſne à tous baſts.

XXV.

*Response plaisante d'vn Villageois
à vn Abbé.*

L'Abbé de Settime alloit à Florence, & voyant qu'il se faisoit
tard, il rencontra vn Villageois, auquel il demanda si à son aduis il
pourroit entrer à la porte : L'Abbé
entendoit de demander, si auant
que la porte se serrast il pourroit
entrer dans la Ville. Le Villageois
voyant Monsieur l'Abbé si gros &
gras, luy respondit en riant : Comment est-ce que vous n'y entreriez
pas, puis qu'vne charrette chargee
de foin y entre bien?

XXVI.

Simplicité d'vn Abbé.

Dvrant les grãds iours de Poi-
ctiers vn Abbé eut affaire à
Messieurs du Parlement pour quelque procés qu'il auoit pardeuant

eux. Or eſtant bien ſuiui & habillé en Prelat, les Huiſſiers luy voulurent bailler place, & tout ſur l'heure Monſieur le Preſident ſe leua pour aller au Conſeil, & les Conſeillers auſſi. Lors noſtre Abbé penſant qu'ils ſe leuaſſent pour luy faire honneur, & place, leur va dire tout haut; Meſſieurs, ne bougez s'il vous plaiſt de vos places, ie ſeray biē icy, il y a aſſez de place pour moy. Meſſieurs ſe prindrent à rire, & iugerét que ceſt Abbé n'auoit pas beaucoup hanté la plaidoirie.

XXVII.

D'vn qui eſtoit en doute ſi les eſcargots
eſtoient chair, ou poiſſon.

VN billet fut remis à vn Predicateur comme il entroit en Chaire pour preſcher, par lequel quelqu'vn le requeroit de l'aſſeurer en ſa conſcience d'vn doute qu'il auoit, ſi les Eſcargots eſtoiét chair ou

poisson, & s'il en pourroit manger
en Caresme sans offenser Dieu. Le
Predicateur se doutant que c'estoit
quelque bon compagnon, ayant leu
le billet tout haut, va dire : Celuy
qui m'a enuoyé ce billet est en
doute si les escargots sont chair
ou poisson, & en veut auoir mon
aduis, qu'il s'asseure que c'est du
poisson, & peut sans scrupule en
manger en Caresme, mais qu'il se
donne garde des cornes.

XXVIII.

Deux Religieux sont deliurez des vo-
leurs par le moyen d'vne
Predication.

DEux bons Peres Religieux
allans sur les champs furent
pris pas trois voleurs, qui, le pisto-
let en main, leur demanderent la
bourse. Ces bons Peres qui n'a-
uoient pas le liard, ains viuoient des
aumosnes que les gens de bien leur

faifoient, fupplierent ces voleurs à
mains iointes de les laiffer paffer
leur chemin : mais nonobftant toutes ces fupplications, fi Dieu n'euft
changé leur volonté, ils vouloient
les efgorger pour auoir leurs def-
poüilles. Pendant ces conteftes,
voicy l'vn de ces trois pendars
qui dit au plus vieux de ces bons
Religieux : Par bleu, puis que vous
n'auez point d'argent il faut que
vous nous faffiez vne petite Predication, ou prefentement vous per-
drez la vie. Le bon Pere voulant fe
referuer auec fon compagnon pour
vne meilleure occafion, acquiefce à
fa volonté, & cōmençe fon exhor-
tatió en cette forte : Meffieurs, i'ofe-
ray, fans comparaifon mettre la vie
de noftre Seigneur IESVS-CHRIST
en parallele auec la voftre : Il endura beaucoup en ce monde, auffi faites-vous; il eftoit fugitif çà & là, auffi
eftes-vous : il alloit accompagné de

es Diſciples, auſſi allez-vous en roupe: il n'auoit pas vn lieu aſſeuré, auſſi n'auez-vous: il ſouffroit le plus ſouuent la pluye, le vent, le froid, le chaud, & toutes les injures du téps, vous receuez toutes ces incommoditez: il alloit les pieds nuds, vous n'eſtes gueres bien chauſſez: il n'auoit qu'vne robe, vous n'auez comme i'eſtime, que les habits que vous portez: il ne portoit ni or ni argent, ie croy que vous n'ē eſtes pas chargez: il ieuſna volontairement quarante iours aux deſerts, auſſi faites vous bien ſouuent, mais contre voſtre volonté: il fut tenté de l'eſprit malin, vous l'eſtes continuellement: il fut tranſporté ſur le pinacle du Temple, & ſur vne haute montagne, ainſi le diable vous porte ſur les collines & precipices, pour eſpier, & voir venir de loin les paſſans: il eut faim & ſoif, il vous en prend bien ſouuent autant:

B iiij

il eſtoit rejetté & hay du monde,
auſſi eſtes-vous:les Iuifs guettoient
iournellement pour le prendre, le
Preuoſt en fait de meſme pour vous
attrapper:il fut trahi par Iudas, l'vn
de vous trahira ſes compagnons:
il fut pris, mené, lié & garrotté, auſſi ſerez-vous : il reſpondit deuant
Anne & Caïfe, & fut mené deuant
Pilate & Herode, auſſi ſerez-vous
menez pour reſpondre deuant vos
Iuges : il fut lié à vne colomne &
flagellé, vous auez peut eſtre, deſia
fait le tour de Ville, & eſtez fleur-
delifez:il fut condamné à eſtre cru-
cifié entre deux larrons, vous ſe-
rez vn iour roüez, dont l'vn ſera
au milieu des autres : il rendit l'eſprit, auſſi mourrez-vous. Finalemẽt
il fut enſeuely, deſcendit aux en-
fers, reſſuſcita & monta és Cieux,
auſſi aurez-vous l'air pour ſepulture, deſcendrez aux manoirs infer-
naux, & y demeurerez eternellemẽt

auec tous les diables , si vous ne
vous amandez, où vous enuoyerõt
le Pere, & le Fils, & le sainct Esprit.
Ainsi soit-il. Par le moyen de cette
petite Predication bien troussée,
& de cette finale benediction nos
deux Religieux furent absous de
ces voleurs.

XXIX.

D'vn riche beneficié de Lyon, qui n'estoit
des plus auaricieux.

IL n'y a pas long temps qu'vn Ecclesiastique, releué endignité dãs
la Ville de Lyon, quoy qu'il eust de
grands reuenus, neantmoins auant
que l'année fust finie se trouuoit
d'ordinaire court, & faloit aller aux
emprunts. Aduint que tombant vn
iour malade d'vne fiebure cõtinuë,
auec vne pleuresie, son Medecin le
vintvoir, qui luy ordõnaprõptemẽt
vn lauemẽt & la saignée. Voicy son
Chirurgien apres qu'il eut receu le
lauement, qui luy ouure la veine, &

luy ayant tiré du sang suiuant l'or-
donnance:il remarqua ce sang adu-
ste,grandement corrompu, & ver-
dastre. Alors le Chirurgien dit au
malade ; Monsieur, vostre sang est
tout verd,vous auiez besoin de cette saignée. Le malade repartit à l'in-
stant:Mon amy , ne trouue pas cela
estrange, car i'ay mangé mon bled
de cette année en herbe.

XXX.

Plaisantes repliques d'vn Cordelier
à vn Capitaine.

VN Capitaine & vn Cordelier
auec son Asne passans vne riuiere ensemble dãs vne barque: Ce
Capitaine voyant ce pauure Asne
qui trembloit de peur, demanda à
ce beau Pere pourquoy son Asne
trembloit si fort. Il luy respondit,
si vous auiez la corde au col , les
fers aux pieds, & vn Cordelier aupres de vous comme a mon Asne,ie
croy que vous trembleriez encore

plus que luy. Ce Capitaine estant picqué va dire à ce Religieux qui sortoit du bateau auec son Asne, Ie prie Dieu qu'il vous donne ce que i'ay merité. Le Cordelier touchant son Asne repartit; I'en ay vne grande partie. Comment cela, repliqua le Capitaine? C'est, respond le Frere Mineur, que i'ay vne ceinture de corde, & vn foüet pour toucher mon Asne: ayant la corde & le foüet, n'ay-ie pas vne partie de ce que vous auez merité?

XXXI.

Plaisant rencontre d'vn Curé de Village.

IL n'y a pas long temps qu'vn Prince de France s'en alla trouuer vn Curé, qu'il sçauoit auoir le mot & estre bon compagnon, & luy dit qu'il vouloit le lendemain disner auec luy. Le Curé le luy accorda, moyennant qu'il y vinst en Singe, & non en Renard. Comment

entendez-vous cela, repliqua Monsieur le Prince? I'entens que vous y
veniez en Singe, c'est à dire, sans
queuë; & non pas en Renard, qui
est auec toute vostre suitte, qui a
trop grande queuë.

XXXII.

*Plaisante repartie d'vn Clerc à
vn Euesque.*

VN Clerc demandant son *Forma dignum* deuant l'Euesque,
fut accusé de paillardise & d'autres
crimes. Ceux qui le fauorisoient
pour le faire receuoir, alleguoient
pour sa defense, qu'il estoit simple,
& presques insensé; que mesmes au
seruice de l'Eglise il faisoit mille
fautes, qui le rendoient digne de
pardon & d'excuse. Alors l'Euesque
dit, que pour ces deux raisons il
estoit indigne d'estre receu. A ces
paroles, le Clerc en pleurant dit:
Ha! Monseigneur, ie suis bien di-

gne, mais, peut estre, parce que ie
me suis fait couper auiourd'huy les
cheueux, cela me fait sembler indigne; ce qui esmeut à rire toute la
compagnie.

XXXIII.

Plaisant rencontre de l'Historiographe
du Roy d'Espagne.

Dom Pierre Martyr Historiographe du Roy d'Espagne,
ayant seruy long temps sans estre
recompensé de ses longs seruices, il
aduint que le Roy donna à deux
Ecclesiastiques, qui auoient esté ses
Cõfesseurs, à chacun vne Euesché,
ce que venãt aux oreilles de Pierre
Martyr, parce qu'il desiroit d'estre
en leur rang, il dit: Entre deux Confesseurs on y pourroit bien encor
mettre vn Martyr.

XXXIV.

DES EMPEREVRS ET ROYS.

*Continence remarquable d'Alexan-
dre le grand.*

APRES qu'Alexandre le grand
eut vaincu le Roy Daire, ses
gens prindrent la mere & la femme
de ce puissant Roy fugitif, qui estoit
si belle qu'en toute l'Asie elle n'a-
uoit pas sa semblable : car elle estoit
ieune, & auoit vn maintien tres-
majestueux. Alexandre qui estoit
enuiron de l'aage de cette Princesse, n'y ayant personne à qui il fust
tenu de rendre conte de ses actions
qu'à soy-mesme, & encore qu'il
fust assez aduerty par ses gens de
sa grande beauté, si n'eut-il pourtant enuers elle aucune mauuaise
pensée, ains l'enuoya consoler par
vn sien amy nommé Leonnat : Et

afin de fuir tout foupçon, il ne la voulut voir , ni fouffrir qu'elle fuft amenée deuant luy, ains la fit feruir auec autant d'honneur & de reuerence comme fi c'euft efté fa propre fœur.

XXXV.

Subtilité d'vn meneur d'Afne deuant Alexandre pour fauuer fa vie.

LE mefme Alexandre s'en allât côtre la Ville de Lâfaque, tresforte, & bien fournie de chofes neceffaires, fut aduerti par l'Oracle de faire tuer le premier qui fe prefenteroit à luy fortant de la ville. Vn meneur d'Afne fortit le premier, qui fut prins pour fatisfaire à l'Oracle. L'Afnier ne perdant point cœur s'enquit pourquoy on le condamnoit à la mort. On luy manifefta ce qui eftoit ordonné par l'Oracle. Lors fe tournant vers Ale-

xandre il luy dit : Sçachez , Roy
tres-puiſſant, que l'Oracle n'entend
point de moy, ains de mõ Aſne, qui
eſt le premier que vous auez rencontré, & lequel ie vous ameine expres pour moy: car autrement ie ne
fuſſe point ſorti de la ville. Alexandre prenant plaiſir à cette eſchapa-
toire , fit tuer l'Aſne, & laiſſa ſon
conducteur en pleine liberté.

XXXVI.

Exemple memorable de Veſpaſian.

VEſpaſian ſe voyant ſollicité,
voire importuné par vn ſien
ſeruiteur deſireux d'impetrer vne
grace pour vn ſien frere apoſté, duquel il eſperoit vne bonne recompenſe. L'Empereur ſe doutant de la
fourbe fit appeller en particulier celuy qui demandoit la grace, & ſceut
de luy ce qu'il auoit promis à ſon
interceſſeur, & l'ayant receu , il luy
octroya ce qu'il demandoit. Le ſer-

uiteur retourna, qui ne sçauoit rien
de ce qui s'estoit passé pour supplier l'Empereur du mesme affaire.
Alors Vespasian luy dit; Trouue vn
autre frere que cettui-cy, car celuy
que tu croyois estre ton frere est le
mien.

XXXVII.

*Response de Maximilian à vn qui se
vouloit faire annoblir.*

L'Empereur Maximilian estant à
Bologne la grasse, vn Citoyen
de la Ville, tres-riche, mais de basse
extractiõ, se presente à l'Empereur,
disant: Sacrée Majesté, vostre bon
plaisir soit de m'annoblir, car ie suis
assez riche pour entretenir l'estat de
Noblesse. L'Empereur luy respondit: Ie peux bien te faire beaucoup
plus riche que tu n'es; mais ie ne
peux pas t'annoblir. Il faut que tu
acquieres cet honneur par ta propre vertu.

XXXVIII.

Response du mesme Empereur à vn qui luy demandoit l'aumosne.

VN pauure homme assez mal vestu entre dans le Palais de Maximilien, requerant de parler à luy : Les gardes le repousserét; mais il fut si importun, qu'il l'accosta & luy dit : Sacrée Majesté, nous sommes tous freres, issus d'vn mesme pere Adam, & d'vne mesme mere Eue; vous voyez mõ extreme paureté : Plaise à vostre Majesté de me donner, ou faire donner quelques biens, comme chacun doit estre misericordieux enuers son frere. L'Empereur voyant l'importune hardiesse de ce demandeur, luy fit donner vne petite piece d'argent. Et comme le pauure fit paroistre son mescontentement, se voyant frustré de l'esperance qu'il auoit euë de receuoir vn plus

tand present ; l'Empereur luy dit:
tu dois estre content de ce que ie
te donne : Il est vray que nous sommes tous freres, comme tu dis, au
moyen dequoy si tous nos freres t'en donnent autant que ie t'en
ay donné, tu seras plus riche & plus
grand Seigneur que moy.

XXXIX.

Repartie de Sigismond à George Fistel, le-
quel estant fait Cheualier ne sça-
uoit s'il se deuoit mettre auec
les Docteurs.

GEorge Fistel, de Docteur fait
Cheualier par l'Empereur Sigismond, se trouuant au Concile de
Basle où l'Empereur auoit fait assembler le Côseil pour choses d'importance, ne pouuoit se resoudre s'il
se deuoit mettre auec les Docteurs
en Droict, qui estoiét tous enséble
en vn lieu : ou bien s'il se rangeroit

auec les Cheualiers, qui estoient se
patez en vn autre lieu. Finalemen
ainsi qu'il se meit auec les Cheualiers, l'Empereur luy dit. Vous faites
sottement de vouloir preferer les
armes aux lettres : car en vn iour ie
peux faire mille Cheualiers , & en
mille ans , ie ne pourrois faire vn
Docteur.

XL.

De Sigismond , & de son valet de Chambre.

L'Empereur Sigismond , & vn
sien valet de Chambre passoiét
sur leurs cheuaux vne riuiere au
gué : & comme le Cheual de l'Empereur fut au milieu il se meit à pisser. Ce que voyāt le valet de Chãbre, il dit à l'Empereur ; Sacrée Majesté , vostre Cheual est mal appris,
& vous ressemble tres-bien. L'Empereur ne luy respondit mot iusques au logis , où il luy demanda

inſi qu'il le debotoit, pourquoy il
uoit dit que ſon cheual luy reſſem-
loit. Pource, dit-il, que la riuiere
'a pas beſoin d'eau, & toutesfois
oſtre cheual en piſſant a mis de
'eau auec l'eau. Vous en faites de
meſme, car vous donnez des biens
à ceux qui en ont aſſez, & àceux qui
n'en ont point, vous ne leur donnez rien. Il y a deſia long-temps
que ie ſuis à voſtre ſeruice, ſans que
ie me ſois iamais ſeruy de vos liberalitez. Le lendemain l'Empereur
rit deux petits coffres d'acier de
meſme grandeur, & de meſme
poids, l'vn plein de Ducats, & l'autre de plomb, & les mettant ſur vne
table il dit à ſon valet: Choiſis celuy
que tu voudras des deux, & le prens
pour tes gages & ſalaires. Le valet
de Chambre par malheur, choiſit
celuy qui eſtoit remply de plomb.
Alors l'Empereur luy dit: Ouure-le,
& voy ce qu'il y a dedans; Ce qu'il

fit, & n'y trouua que du plomb.
Alors Sigifmond luy dit : Tu con-
nois ta fortune ; il n'a pas tenu en
moy que ie n'aye mieux choifi, &
ne te fois fait riche : car tu as refufé
le bon-heur quand il te venoit.

XLI.

Refponfe notable de Federic III.
Empereur.

Federic oyant que quelque-vns
auoient dit beaucoup de mal
de luy , & l'auoient blafmé en diuerfes façons deuant fes courti-
fans & amis, lefquels luy en faifans
le rapport il leur fit cette refponfe:
Ne fçauez-vous pas que les Princes
font mis comme vn blanc en vne
butte, & que les foudres frappent
les tours plus releuées, & paffer fur
les maifons baffes fans les offenfer?
Et pource il me femble que cela va
tres-bien fi l'on ne me fait pis que
de paroles.

XLII.

Liberalité de Charles V. enuers Mada-
me d'Eſtampes.

LOrs que Charles V. paſſa en France, & que François I. luy eut fait faire vne tres-magnifique entrée à Paris: il aduint yn iour qu'il faiſoit froid, & que l'Empereur eſtoit deuant le feu à ſe chauffer auec Madame d'Eſtãpes qui l'être-tenoit. Sur ces entrefaites l'Empe-reur laiſſa choir de ſon doigt vne bague où eſtoit enchaſſé vn diamãt de grande valeur. Incontinent Ma-dame d'Eſtampes s'abaiſſa, & releua le Diamant, & le preſenta à l'Empe-reur. Luy en ſouſriant le refuſa, & luy dit: Ce que vous venez de leuer vous appartient de bon droict: car la couſtume des Ceſars & des grands Roys eſt telle, qu'ils ne re-prennent iamais ce qui tombe de leus mains. Et côme elle repaſſit à l'Empereur qu'elle n'estoit pas digne d'vn tel present ; l'Empereur luy dit , qu'elle le gardast en memoire de son voyage, & du Conseil d'Orleans.

XLIII.

Gracieuse response d'Augustin de Sesse à l'Empereur Charles V.

QVand l'Empereur Charles V. fut à Naples , d'ordinaire il prenoit plaisir à discourir auec Augustin de Sesse Philosophe tres-renommé, lequel eut vn iour aduis que des Soldats Espagnols estoiét logez en sa maison , qui luy mangeoient & gastoient tout ce qu'il auoit. Il voulut en ce fait recourir à la faueur du Prince de Salerne, aupres duquel il estoit : mais ne luy seruant de rien , il delibera d'en dire vn mot à l'Empereur quád

l'occasió s'en presenteroit. Ce qui
luy aduint, car en discourant vn
iour auec l'Empereur, il luy demãda entre autres questions, Quelle
chose en ce monde se pouuoit appeller felicité ? Il respondit ; C'est
ne point loger le soldats Espagnols: Et pour vous monstrer qu'il
est vray, plaise à vostre sacrée Majesté de lire cette lettre que ma féme m'a escrite, puis l'ayant baisée
il la luy presenta. L'Empereur la
leut, & prit tant de plaisir à la response de Sesse, qu'il cómanda dés
lors que sa maison fust traictée
cóme noble, & affranchie de tout
logemët. Nostre Philosophe vouloit, comme ie croy, inferer de là,
que c'est vn grand heur de n'auoir
affaire auec les insolens, la pluspart
des soldats estans tels, & sur tout
les Espagnols: pource vn Sage disoit : Aux soldats il n'y a ny hu-
manité, ny obseruation des loix,

C

ni respect d'honneur, ni crainte de
Dieu.

XLIV.

Belle repartie de Zabate à Charles V.

PIerre Zabate souloit bien souuent gausser, & dire le mot
auec l'Empereur Charles V. d'où
vint que l'Empereur dit vn iour:Ie
m'estonne que Zabate ne gausse, ni
ne picque personne : Alors se retournant vers quelques Gentils-
hommes , il leur dit : Ne doutez
point qu'il ne me paye bien tost.
Alors Zabate respondit : A Dieu
ne plaise que ie paye si promptement celuy qui demeure si long
temps à payer les autres.

XLV.

Plaisante response d'vn Villageois
à Charles V.

L'Empereur Charles V. allant
vn iour par la campagne , s'e-

oit esloigné vn matin de sa suitte, pour reciter en particulier , selon sa coustume , quelques Orai-
sons. Il se rencontra vn Villageois,
qui ne le recognoissant pas le suiuoit , & portoit entre ses bras vn
ieune cochon , qui ne cessoit de
grongner , de quoy l'Empereur
s'ennuyant , il dit au Villageois:
Gros lourdaut , ne sçais-tu pas
prendre ton cochon par la queuë
pour le faire taire ? Le Croquant
obeït à son commandement , duquel voyant l'effect , il dit à l'Empereur; Va frere mon amy, tu dois
auoir fait ce mestier deuant que
moy , puis que tu y es si sçauant.
Ces paroles dites à la bonne foy
esmeurent à rire l'Empereur &
toute sa suitte.

XLVI.

Iugement de Sultan Soliman Empereur des Turcs.

EN la ville de Constantinople, vn Chrestien demanda à emprunter d'vn Iuif la somme de cinq cens escus. Le Iuif les luy presta, à condition que pour l'vsure il luy dôneroit à la fin du terme deux onces de sa chair, qui seroit coupée en vn de ses membres. Le têps du payement venu, le Chrestien rédit les cinq cés escus, & refusa de bailler les deux onces de sa chair. Le Iuif pour estre payé de cette vsure fit appeller le Chrestien deuant le Grand Seigneur, lequel a-yant ouy les demandes & respon-ses des parties, voulant donner vn equitable iugement, commanda qu'on luy apportast vn rasoir; qu'il remit au Iuif, & luy dit : A fin que tu recognoisses que ie te fay iusti-

ce, coupe de la chair du Chreſtien
deux onces en la partie que tu
voudras ; mais garde toy bien d'en
couper plus ou moins, autrement
ie te feray mourir cruellement. Le
Iuif ſçachant cela impoſſible, tint
le Chreſtien pour quitte.

XLVII.

*Reſponſe d'vne Imperatrice à ceux qui
luy perſuadoient de demeurer
en viduité.*

APres le decés de l'Empereur
Sigiſmond, quelques Prin-
ces voulurent perſuader à l'Imperatrice de viure en viduité, luy dõ-
nant pour exemple la Tourterelle,
qui aprés la mort de ſon maſle garde vne perpetuelle virginité. Elle
reſpondit ; Si vous me conſeillez
d'imiter les oiſeaux irraiſonnables,
que ne m'alleguez-vous auſſi bien
les Pigeons & les Paſſereaux ?

XLVIII.

Paroles remarquables de Louys le Gros.

Louys le Gros Roy de France, tenant le party de Helie Comte du Mayne contre Henry Roy d'Angleterre se trouua en vne bataille seul, esloigné de ses gens. Vn Cheualier Anglois croyant faire vne bonne prise, & s'enrichir à iamais, arresta le Cheual du Roy par la bride, & se mit à crier ; Le Roy est pris. Le Roy d'vn cœur maghanime luy donna vn coup d'espée qui le renuersa mort par terre, en luy disant ; Au ieu des Eschets le Roy ne se prend iamais seul.

XLIX.

Lettre du Comte d'Aniou au Roy de France.

Louys Loy de France, fils du Roy Charles le Simple, estant

en l'Eglise de S. Martin de Tours,
ses Courtisans & ieunes Gentils-
hommes luy monstrerent Fou-
ques, le bon Comte d'Anjou, assis
entre les Chanoines, & psalmodiãt
auec eux, duquel ils se mocquerent
& le mespriserent. Le Comte aduerty de ces nouuelles enuoya des
lettres au Roy, dont voicy la teneur : *Au Roy de France, le Comte
d'Anjou, Salut; Cognoissez, Sire, qu'vn
Roy non lettré est vn asne coronné, &c.*

L.

*Du Roy Louys XI. qui donna vn bene-
fice à vn Prestre qui dormoit.*

LOuys XI. oyant Messe en vne
Eglise de Chanoines, fut aduerty que ce mesme iour il y estoit
mort vn Chanoine : Lors aduisant
vn simple Prestre qui dormoit dãs
vne Chapelle, il dit: Ie donne le
Canonical à cettui-là qui dort,
à fin qu'il puisse dire à l'aduenir

que les biens luy font venus en
dormant.

LI.

*Dict ioyeux du mefme Roy à l'Arche-
uefque de Tours.*

PArlant vn iour familierement
auec l'Archeuefque de Tours
des affaires qu'il auoit eües fur les
bras au commencement de fon
Regne contre les Princes, il dit : Si
ie ne me fuffe fait craindre , me
monftrant vertueux & experi-
mété, i'euffe ferui de dernier Cha-
pitre au Liure de Bocace des Nobles mal-heureux.

LII.

Sentence notable du mefme Roy.

VOulant enuoyer vn Ambaf-
fadeur vers les Venitiens, il
s'informoit de fon Confeil quel
homme y feroit propre; & com-

me vn Seigneur luy nomma vn
sien parent qu'il desiroit aduancer : Le Roy luy demanda quel
homme c'estoit: Il respondit: Sire,
il est Euesque de tel lieu, Abbé de
tel Monastere, Seigneur de telle
terre, espluchant par le menu tous
ses tiltres & Seigneuries. Le Roy,
faisant allusion à l'abreuiation &
maniere d'escrire d'alors, luy dit:
Là où il y a tant de tiltres il y a peu
de lettres.

LIII.

Remede enseigné à Louys XI. pour gue-
rir les gouttes, & sa response.

QVelque personnage luy a-
yant recité qu'il auoit eu les
gouttes durant le temps qu'il se tenoit bien à son aise, bien nourry,
& somptueusement vestu, & que
depuis s'estant mis au trauail, ayant
esté grossierement nourry, & vestu
de bure, les gouttes l'auoient quit-

Pagination incorrecte — date incorrecte

NF Z 43-120-12

Roy dit : Ie ne seray deſormais veſtu que de drap, car les gouttes aſſaillent pluſtoſt la ſoye que la laine.

LIV.

Propos memorables du meſme Roy.

IL diſoit : Ie trouue de tout en mon Royaume, meſmes en ma maiſon, ſinon vne choſe. Vn grãd Seigneur luy demanda; Quelle eſt-elle, Sire ? Il reſpondit, C'eſt la verité. I'ay ſouuenance que feu noſtre Seigneur & Pere ſouloit dire, que la Verité eſtoit malade, mais quant à moy ie croy qu'à preſent elle ſoit morte, & qu'elle n'a point trouué de Confeſſeur.

LV.

Plaiſant rencontre du meſme Seignear.

ON luy diſoit qu'vn certain perſonnage auoit vne tres-

belle Bibliotheque, & grand nombre de gros volumes. Il dit; Cettui-
là ressemble à vn bossu, qui porte
sa bosse derriere le dos, sans qu'il la
voye iamais.

L V I.

Dict memorable de Monsieur de
Bresay au mesme Roy.

LE mesme Roy allant à la chasse monté sur vn petit cheual,
Pierre de Bresay Seneschal de
Normandie qui l'accompagnoit,
luy demanda où il auoit pris vn si
puissant & si fort cheual : Comment, dit le Roy, il est si foible & si
petit. Il me semble tresfort, dit
Bresay, car il vous porte auec tout
voltre Conseil.

L V I I.

Conseil du mesme de Bresay au Roy.

LEs Embassadeurs du Roy d'Angleterre ayās faitleur ēbassade
C vj

Louys XI. Il demanda à Bresay
quel present il pouuoit faire à ces
Embassadeurs qui ne luy coustast
gueres. Il respondit : Sire, faites
leur present de vos Chantres, ils
vous coustent beaucoup, vous seruent de peu , & vous n'y prenez
pas grand plaisir.

LVIII.

Response du Seigneur de Chabanes au mesme Roy.

Louys XI. ayant donné charge à Balue Euesque d'Eureux
d'aller soudoyer & faire montre à
la Gendarmerie de Paris. Le Seigneur de Chabanes supplia le Roy
de luy donner commission pour
aller reformer les Chanoines
d'Eureux. Ceste charge , dit le
Roy, ne vous est propre ni conuenable. Cela m'appartiét aussi bien,
dit Chabanes, comme à l'Euesque
d'Eureux d'aller mettre ordre à
vne gendarmerie.

LIX.

Histoire de la raue donnée à Louys onziesme.

LORS que ce Roy estoit encore Dauphin, il demeura quelque temps en Bourgongne, pour crainte de son pere, pendant lequel temps se delectant à la Chasse, il frequentoit souuent la maisonette d'vn pauure forestier, nommé Conon (ainsi les Princes se plaisent bien souuent auec le menu peuple) auec lequel prenant quelquesfois ses repas il mangeoit bien souuent des raues. Apres que Louys fut Roy, le bon homme Conon (à la'suasion de sa femme) pour se ressentir de la liberalité du Prince, vint en France, & apporta des plus belles raues de son iardin pour luy en faire present, mais necessiteux de viures, il les mangea en chemin, excepté la plus grosse. Estant arriué en Cour, le

Roy le recogneut, & le fit approcher de luy. Alors le bon homme
ruſtique, tout ioyeux, luy preſenta
ſa raue. Le Roy l'ayant benignement receuë la fit enfermer entre
ſes threſors plus precieux; & apres
auoir fait diſner le foreſtier luy
donna mille eſcus, & ainſi le renuoya. Aduint quelque temps apres
qu'vn Courtiſan plein de vaïne
eſperance, preſenta au Roy vn
Cheual beau & bon en perfection,
penſant en auoir bonne recompenſe. Le Roy aduiſant de quoy il
le recognoiſtroit, ſe ſouuint de la
Raue, qui eſtoit bié enueloppee en
du papier blanc, la bailla au Courtiſan, & luy dit, qu'il print en gré
le preſent. Le Gentil-homme eſtāt
retoutné en ſon logis, penſant
trouuer quelque choſe de grand
prix, deſploya le paquer, & n'y
trouuant qu'vne Raue, il s'alla
plaindre au Roy, (croyant qu'il

uſt pris l'vn pour l'autre) qui luy reſpondit; Paſque Dieu, tel eſtoit ſon iuron, i'ay bien payé voſtre Cheual, car le preſent que ie vous ay fait m'a couſté mil eſcus. Ainſi noſtre courtiſan fut deceu en l'eſperance qu'il auoit d'vne grande recompenſe.

LX.

Acte remarquable de Louys XI. de ſon Aſtrologue, & de l'Aſne du Charbonnier.

Louys XI. qui ſe delectoit grādement à l'Aſtrologie, auoit d'ordinaire vn fameux Aſtrologue en ſa Cour, & voulant aller le iour ſuiuant à la Chaſſe, luy demanda s'il feroit beau temps, & s'il ne pleuuroit point. Cet Aſtrologue apres qu'il eut regardé ſes Ephemerides & ſon Aſtrolable, reſpondit que le iour ſuiuant deuoit eſtre beau, ſerein & trāquille. D'où vint

que le Roy estant sorty de la Ville
auec sa suitte, il rencontra aupres
d'vne forest vn Charbonnier qui
chaſſoit deuant soy vn Asne chargé de charbon, qui luy dit : Si le
Roy me vouloit croire, il s'en retourneroit en arriere, dautant
qu'il doit bien tost tomber vne
grande tempeste, auec des tonnerres, des foudres, des esclairs, &
grande abondance de pluye. Le
Roy mesprisant les paroles de ce
pauure Charbónier comme d'vne
personne abiecte, parce qu'il auoit
ouy tout le contraire de son Astrologue, entra en la forest : où il ne
fut gueres auant, que l'air s'obscur-
cit, les tonnerres se firent ouïr, on
vit tomber les foudres, les nuées se
condenserent, lesquelles dissoutes
par le Soleil, donnerent vne si grãde abondãce de pluye, que les plus
profonds foffez furent remplis
d'eau: Dont les Chaſſeurs courans

çà & là, taschans de fuïr le mauuais
temps, le Roy demeura tout seul,
quieut beaucoup de peine à se sau-
uer, & si só Cheual n'euſt eſté tres-
bon, il eſtoit en danger de demeurer en cette-bouraſque ; mais tout
baigné & plein de bouë, il en ſortit comme il pleut à Dieu. Le iour
ſuiuant il fit appeller le Charbonnier, & l'interrogea où il auoit appris l'Aſtrologie, & par quel moyé
il auoit peu preuoir la pluye. Le
Charbonnier reſpódit: Sire, ie ne
fus iamais à l'Eſcole & ne ſçay pas
lire: toutefois ie tiens en ma maisó
vn Aſtrologue qui ne m'a iamais
dit menſonge, me faiſant ſçauoir
les mutations de l'air, les pluyes, &
autres euenemêts. Le Roy s'eſtonnant de cela, luy demanda comment s'appelloit cet Aſtrologue.
C'eſt mó Aſne, reſpondit le Charbonnier, que voſtre Majeſté vid
hier deuant moy chargé de char-

bon, lequel quand quelque tem
peste, ou mauuais temps s'appreste,
il leue les oreilles, va plus lentement, & est plus tardif que de coustume, s'approche des hayes, s'ac-
coste des murailles, & se frotte les
costez contre. Ayant veu tous ces
signes i'aduertis hier vostre Majesté de n'aller point à la Chasse, &
de s'en retrourner à la maison. Le
Roy l'ayant oüy, cõmanda qu'on
chassast son Astrologue, & fit donner pension au Charbonnier pour
traitter bien & fidelement son Asne; & dit, Pasque Dieu, ie ne me
seruiray d'oresnauant d'autre A-
strologue que de l'Asne du Charbonnier.

LXI.

L'estime que Louys XII. faisoit
des Venitiens.

LOuys XII. faisant la guerre
aux Venitiens, quelqu'vn l'en
voulant dissuader luy dit: Qu'il y

auoit du danger pour les François,
& que les Venitiens estoient hommes prudens & sages. Ie leur mettray, repartit le Roy, tant de fols en
teste, qu'ils ne sçauront de quel costé se tourner.

LXII.

Parole ioyeuse du mesme Roy à Mes-
sieurs du Parlement.

AYant donné vn Office de
Conseiller en Parlement à
vn personnage qui n'estoit des
plus prudens ny des plus doctes.
La Cour ne le voulant receuoir
enuoya deux Conseillers vers le
Roy pour luy remonstrer l'insuf-
fisance de l'homme. Le Roy les
ayant ouy blasmer l'ignorance de
l'impetrant, leur demanda : Combien estes-vous en vostre Cour?
cent, dirent les Conseillers: Comment, dit le Roy, vous estes tant
de gens sçauans ensemble, n'en
sçauriez-vous faire vn sage?

LXIII.

Paroles magnanimes du mesme Roy.

ICeluy Roy faisant la guerre en Italie, on luy vint dire, Sire escartez-vous que l'artillerie ne vous offense : Il respondit, Iamais vray Roy de France ne fut frappé de coup de Canon. Qui aura peur, se mette derriere moy. Comme vn homme d'armes fut tué d'vn coup de Canon pres dudit Seigneur, & qu'on le luy fit voir, il dit en riant; Il n'a seulement que froid aux mains.

LXIV.

Fable par luy recitée à quelques Dames.

DEuisant vn iour familierement auec quelques Dames, il leur dit : Au commencement du monde, nature dóna aussi bien des cornes aux Biches, comme aux Cerfs: mais les Biches orgueilleuses de se voir cornues se voulurent

esleuer contre les Cerfs, dont na-
ure fut marrie , & voulant repri-
mer leur arrogance, & les rendre
sujettes à leurs masles, elle les prï-
ua de leurs cornes, & depuis elles
n'en ont point porté.

LXV.

La similitude qu'il fit au Duc d'An-
goulesme.

PArlant à François Duc d'An-
goulesme son gēdre, qui aspi-
roit à la coronne, comme le droict
le vouloit, il luy fit cette comparaison : Vn pere s'estoit mis en chemin auec son fils pour aller à la bōne Ville. Le fils se faschoit que le
chemin estoit si long : toutesfois
aduisant de loing les Clochers &
les murs de la Ville, il dit d'allegresse à son pere: Mon pere, ie prens
courage, nous sommes à la Ville.
Apres ces mots ils cheminerent
bien longuement ; de sorte qu'il
estoit nuict quand ils y arriuerent,

Entrās à la Ville, le pere dit au fils:
Ne dites iamais ie suis à la Ville
iusques à ce que vous ayez passé
les portes. LXVI.

Dict memorable du mesme Seigneur.

APres que Louys Duc d'Or-
leans fut paruenu à la Coronne de France, quelques familiers de sa personne luy persuade-
rent de prēdre vengeance de ceux
d'Orleans, qui luy auoient fermé
les portes de leur Ville, lors que
Charles VIII. luy faisoit la guerre,
iusques à estre contraint de se retirer en Bretagne. Iceluy Roy
Louys XII. du nom, respondit ma-
gnaniment à ceux qui luy persua-
doient de ce faire : Ce n'est pas à
faire au Roy de France de venger
l'iniure faite au Duc d'Orleans.
LXVII.

Le vers Latin dont il taxa les Grecs.

QVelques Ambassadeurs
Grecs vindrent vers sa Ma-

esté luy demander secours pour
resister auxforces du grand Turc,
luy promettant que de leur part, ils
feroient tout deuoir pour le chasser des places par luy occupées. Le
Roy se desfiant de cette nation
estrangere, & taxant leur naturel,
allegua ce Vers du vieil Grammai-
rien Alexandre de Ville-Dieu.

*Barbara Græca genus retinent quod
habere solebant.*　L X V I I.

*Ce que le mesme Seigneur dit à des Sol-
dats balafrez, & la response
qu'ils luy firent.*

LOuys XII. voulant faire leuer
vne Compagnie de gens de
pied, commanda qu'on esleust les
plus puissans & robustes hommes
qu'on pourtoit trouuer. Le iour de
la Montre venu, ils furent reco-
gnus bons compagnons, aguerris,
dechiquetez, balafrez, portans sur
eux les marques de soldats qui
n'auoient pas tousiours esté à la

cuiſine. Le Roy les voyant ainſi
taillez & decoupez en diuers en-
droits, dit à ceux qui les condui-
ſoiét : Voila de bons ſoldats & de
bonne miſe ; mais ceux qui les ont
marquez au viſage & ailleurs, e-
ſtoient encore mieux aguerris &
plus vaillans qu'eux. Les ſoldats
oyans cela reſpondirent à l'inſtant
au Roy : Sire (voſtre Majeſté ſau-
ue) ils ne pouuoient eſtre plus gens
de bien que nous ; car s'ils nous ont
bleſſez, nous les auons tuez.

LXIX.

Belle reſponſe qu'il fit à vn vanteur.

VN Gentil-homme importu-
noit Louys XII. de le recó-
penſer des pertes & dommages
qu'il auoit ſoufferts à la guerre, &
pour mieux colorer ſa demande, il
monſtroit les cicatrices des playes
qu'il auoit receuës au viſage. Le
Roy voyant ſa temerité, & le voulant payer au meſme inſtant de ſes
vanteries,

vanteries, luy dit: Ne troune pas le
visage diere vne autre fois quand
tu t'enfuiras.

LXX.

Dict remarquable de François premier.

COmme on estoit sur le poinct
de traicter la paix entre les
Majestez de Charles V. & de François I. Roy de France, il dit: Nous
ne pourrons iamais demeurer longuement en paix puis que l'Empereur ne veut point auoir de compagnon ; & ie veux encore moins
auoir de maistre.

LXXI.

*Paroles memorables de Henry le Grand
à la bataille d'Iury.*

A Iury, apres auoir rangé son
armée, & remarqué la contenance de l'armée de ses ennemis,
qui estoient deux pour vn, en se
tournant vers les siens, captant
l'attention auec vn sousris, leur fit
cette harangue : Compagnons, il

D

faut faire de ces gés là comme des
escus, desquels les plus forts sont
ceux qui mieux trebuchét. Ce mot
passát de rág en rág, d'escadron en
escadron, se glissant dans l'ame des
Soldats, r'alluma tellemét la fureur
de Bellonne, qu'il n'estoit pas fils
de bó pere qui ne fist trebucher de
ces escus. Le Roy dés ce iour là cómença d'estre riche, ayant à force
de ces escus trebuchans. La Ligue
ayant retiré tous les legers à la fuite, & quasi n'ayant plus le moyen
de les employer à faute de mise, &
de valeurs les remit au billon.

LXXII.

Belle repartie de Henry le Grand, quand
apres la reduction de la ville de Paris
on luy fit voir les Canõs de l'Arsenac.

EN l'an 1594. lors que la Ville
de Paris se rendit à l'obeïssance de Henry le Grand, le Comte de
Brissac, & quelques autres Seigneurs qui auoiét esté du parti Li-

gueux, l'ayans conduit dans l'Arſe-
nac, luy dirent : Sire, vous auez icy
quantité de beaux canons : Le Roy
repartit à l'inſtant : Ventre S. Gris,
ie n'en ay point trouué de plus
beaux que ceux de la Meſſe.

LXXIII.

Belle repartie du meſme Roy à vn
Ambaſſadeur d'Eſpagne.

VN Ambaſſadeur d'Eſpagne
eſtant au Louure, ayant premierement repreſenté les magnifiques & ſuperbes edifices de l'Eſcu-
rial en Eſpagne, tomba neãtmoins
ſur la beauté du Louure, duquel il
admiroit la ſtructure, les ſõptueu-
ſes galeries, & toutes ſes depen-
dances ; & dit à Henry le Grand,
Sire, ie deſire d'auoir le deſſein de
voſtre Louure pour le porter en
Eſpagne, à fin de perſuader à ſa
Majeſté Catholique d'en faire ba-
ſtir vn tout de marbre ſur le meſme
modelle. Le Roy remarquant cet-

D ii

te rodomontade Espagnole luy repartit brusquement : Ventre sainct
Gris , mon frere vostre Maistre
pourra bien faire vn Louure tel
que vous dites , mais il ne pourra
pas mettre vn Paris au bout.

LXXIV.

Belle rencontre du mesme Roy à vn Sei-
gneur estranger qui auoit fait bastir
vne maison de plaisance en France.

SOus le mesme Monarque, vn
grand Seigneur, issu de nation
Allemande , qui est fort renommé
en France, ayant fait faire le taber-
nacle & le tableau du grand Autel
d'vne Eglise de Paris, fit mettre
au dessus en grosses lettres d'or,
Quid retribuam Domino pro omnibus
quæ retribuit mihi ? Le Roy voyant
ceste inscription, dit à ce Seigneur,
Pourquoy n'auez-vous fait mettre
encor, *Calicem iustitiæ accipiam ?* voulant inferer de là que les Allemans
aiment bien à hausser le goubelet.

LXXV.

*Belle repartie qu'il fit à vn Gascon qui
luy demandoit quelque recompense.*

VN Gascon demandoit recõ-
pense à Henry le Grand des
fidelles seruices qu'il luy auoit rendus à la guerre en diuerses occa-
siõs. Sa Majesté recognoissãt qu'il
auoit plus de babil que d'effect, &
que son but ne tẽdoit qu'à auoir de
l'argent, il luy repartit brusquemẽt,
Ventre sainct gris, il ne faut que
deux paroles , & là dessus le laisse.
Surquoy le Gascon s'estant resolu
d'attendre le Roy au passage, le
voyant retourner, luy dit, Sire, mõ
congé, ou de l'argent. Le Roy repartit à l'instant, Ventre sainct gris,
vous n'aurez ni l'vn ni l'autre.

LXXVI.

*Belle repartie du mesme Roy à
vn Gentil-homme.*

HEnry le Grand se pourmenãt
vn iour dans les Galeries du

Louure, touua vn Gentil-homme qui contemploit attentiuement leur magnificence, & regardoit les portraicts des Roys, & Reines, & autres illustres Personnages, auquel il demanda à qui il appartenoit: Le Gentil-homme, tout nouueau dans Paris, qui ne cognoissoit pas le Roy, repartit à l'instant: I'appartiens à moy-mesme. Le Roy luy repliqua; Ventre sainct Gris vous auez vn sot maistre.

LXXVII.

Response du mesme Prince aux Deputez des Eglises Pretendues reformées de Languedoc.

LEs Deputez des Eglises Pretendues reformées de Languedoc furent enuoyez au Roy pour obtenir quelques nouueaux priuileges, & quelques dons, remonstrans leurs extremes necessitez. Apres qu'ils l'eurent, selon

leur couſtume, longuement importuné, finalement ils luy di-
rent:Sire, vos pauures ſujects de la
Religion ſont grandement alte-
rez:LeRoy leur repartit à l'inſtant:
Il y a tant d'eau en Languedoc,
qu'ils boiuent s'ils ont ſoif.

LXXVIII.

Belle reſponſe du meſme Roy à ceux de la
Religion pretendue reformée, qui luy
demandoient des Villes
d'aſſeurance.

CEux de la Religion pretendue
reformée demandoient des
Villes d'aſſeurance à Henry le
Grand: Il leur dit, Qu'il eſtoit la
ſeule aſſeurance de ſes ſubjects.
On luy repliqua que le feu Roy
Henry III. en auoit baillé, Ventre
ſainct Gris, dit-il, le temps faiſoit
qu'il vous craignoit, & ne vous aimoit point;mais moy ie vous aime,
& ſi ne vous crains point.

D iiij

LXXIX.

Belle repartie du mesme Roy, sçachant
l'auancement d'vn Poëte
François à Turin.

L'Vn de nos Poëtes François,
assez renommé en son temps,
lequel mesme fit quelques pieces,
qui furent estimées & bien veuës
de Henry le Grand , duquel il eut
vn honneste appoinctement, neantmoins cupide du gain , ayant
trouué vne condition plus aduan-
tageuse vers sõ Altesse de Sauoye,
se retira à Turin, où il fut veu par
vn Gentil-homme François dans
vn carrosse tiré à quatre cheuaux.
Ce Gentil-homme estant de retour à Paris dit au Roy, qu'il auoit
veu nostre Poëte à Turin, braue &
leste, auec le carrosse tiré à quatre
cheuaux. Hentry repartit à l'instãt!
Ventre S. Gris, il a bien faict d'aller

en Piedmont, car il n'euſt iamais
fait vn tel Quatrain en France.

L X X X.

Acte remarquable du meſme Monarque,
quiguerit vn Gentil-hõme de la fiéure
quarte par le moyen d'vn breuet.

EN ſon voyage de Bretagne
contre Monſieur de Mer-
cœur, ſçachant qu'il eſtoit logé a-
uec ſa Compagnie de Cauallerie
aux Loges, Village diſtant enuiron
deux lieués de Nantes, ſa Majeſté
auance auec ſa Compagnie pour
donner deſſus. Le Duc aduerty de
cette approche deſloge des Loges
à la haſte pour gagner Nantes. Le
Roy y arriue peu aprés, qui fut
logé au logis du meſme Duc, où
vn Gentil-homme de ſa Troupe
eſtoit demeuré, (pour n'auoir peu
ſuiure ſes Compagnons) qui eſtant
rudement aſſailly d'vne fiebure
quarte trembloit dans le lict. Le

Roy entre en cette chambre où voyant le malade, il s'enquit de la cause de son mal : Sçachant que c'estoit la fiebure quarte, il dit à l'instant : Ventre Sainct gris, ie te veux donner vn breuet pour te guerir. Que quelqu'vn me donne vne plume & du papier : Vn de sa suitte luy ayant donné ce qu'il demandoit, il escriuit promptement ce Quatrain:

> Fiebure quarte ie te conjure
> De par la barbe de Mercure
> Qu'hors de ce corps tu desloges
> Comme Mercure fit des Loges.

Sa Majesté s'approche du lict du malade, qui de crainte auoit redoublé son tremblement, luy demande le bras, & auec vn ruban y attache le Quatrain, le fait leuer, & l'asseure de sa guerison. Le Gentilhomme se voyant asseuré & de la vie & de la santé, se leue, s'habille, se iette aux pieds du Roy, luy de

mande pardon, le remercie, & fut
depuis sain & gaillard.

LXXXI.

*Dicts memorables de Louys XIII. sur-
nommé le Iuste, estãt encore Dauphin.*

VN iour estant au bord de l'E-
stang du Iardin de Fontai-
nebleau, il ouyt vn Gentil-homme qui loüoit les Cignes : & comme si cette loüange luy eust des-
pleu, il dit auec desdain, Beaux oi-
seaux qui n'ont ni bec ni griffes.
Et passant vn peu plus bas au long
de l'Estang, trouuant vn qui ioüoit
du Luth, en l'escoutant luy fut dit,
s'il n'en voudroit pas ioüer: Voire,
dit-il, mais on demeure assis.

LXXXII.

*Sur vn petit Carrosse trainé per deux
chiens, & sur la Chasse du Blereau.*

FAisãt trainer vn petit Carrosse à deux chiens, & les faisant courre sans cesse, quelqu'vn
dit que les chiens n'en pouuoient

plus ; S'ils perdent courage, il les
faut, dit-il, ietter dans l'eau. Vne
autre fois ce ieune Prince voyant
battre le Blereau aux chiens d'Ar-
tois, il en remarquoit vn qui n'en
pouuoit defmordre, il s'efcria, Voyez-vous ce petit qui le tient, ie
l'aime, comment s'appelle-til ? il
faut que ie l'aye.

LXXXIII.

Sur la courfe de bague des François & des Efpagnols.

CE Monarque voyant courre
la bague entre les François &
les Efpagnols, qui eftoient venus
auec l'Ambaſſadeur, on luy demãda ce qu'il luy en fembloit, il dit,
Que les Efpagnols tenoient la lan-
ce trop haute, & que les François
apprenoient mieux à donner dans
la vifiere.

LXXXIV.

*Souhaits du mesme Prince en voyant
faire la curée aux chiens.*

EN venant de voir faire la Cu-
ree, entre autres discours il
dit, Ah ! si i'auois cent mille hómes
comme les chiens de mon Pere, ie
conquesterois tout le monde. On
luy demanda pourquoy? D'autant,
repliqua-t'il, que quelques coups
qu'on leur donne, ils ne laissent pas
de s'eslancer, & d'engloutir tout ce
qui leur vient deuant.

LXXXV.

*Belle repartie que fit le mesme Seigneur
estant tout baigné de sueur à vn
Gentil-homme.*

L'An 1608. le 15. de Iuillet sur le
Midy, sautant dans le Iardin
de Fontaine-bleau, & estant tout
en eau, sa Gouuernante le voulant
secher il ne le voulut iamais permettre : Lors vn Gentil-homme

print la hardieſſe de luy dire, Mon-
ſeigneur, vous prédrez mal, laiſſez-
vous ſecher: Comment, dit-il, & ſi
nous ſuons à la guerre, nous vien-
droit-on ſecher le front? Ce Prince
dés ſes plus tendres ans portoit
l'image de ſõ Pere au cœur, & celle
de ſa Mere au viſage; deux dãs vn,
& vn dans deux; Medaillon racour-
cy de ce couple, qui n'eſtãt en l'vn
ne l'autre, monſtre qu'il eſt & l'vn
& l'autre: la vaillance du Pere, & de
la Mere la douceur: la grace de la
Mere, & du Pere les armes; rien de
plus vif, ni de plus prompt; rien de
plus beau, ni de plus agreable.

L X X X V I.

Paroles remarquables d'Alphonſe Roy
d'Arragon, & de Naples.

Alphonſe, ſurnommé le Ma-
gnanime, dixſeptieſme Roy
d'Arragon, Roy de l'vne & l'autre
Sicile & de Naples, oyant reciter

qu'vn Roy d'Espagne souloit dire;
Qu'il n'estoit pas seant à vn Prince
ou grand Seigneur d'estre docte, il
dit : Cette parole ne fut iamais parole d'homme , mais d'vn Asne
coronné.

LXXXII.

Importunité d'vn Vieillard , & la res-
ponse du mesme Roy.

VVn iour ainsi qu'il soupoit, vn
Vieillard demandãt quelque
chose l'importunoit outre mesure,
de sorte qu'il ne pouuoit manger
à son aise. En octroyãt à cet homme ce qu'il demandoit , il fut contraint de dire : Certes ie trouue la
condition des Asnes meilleure que
celle des Rois : car leurs Maistres
leur donnent le loisir de manger,
mais aux Rois les subjects n'en
font pas ainsi.

LXXXVIII.

Responfe qu'il fit à vn fongeur.

COmme on deuifoit en fa prefence des fonges & de leur fi-
gnification , vn Courtifan facetieux voulant de bonne grace ef-
fayer le Roy, recita deuant la compagnie, que la nuict precedente il
auoit fongé que le Roy luy donnoit vn fac plein de Ducats. Le
Roy luy refpoudit : Eftes-vous fi
befte de penfer qu'vn homme
Chreftien doiue adiouft foy aux
fonges?

LXXXIX.

Sentence vertueufe du mefme Roy.

SA fille Eugene n'auoit point
d'enfans, & aduenant vn iour
qu'elle mettoit hors de fon cabinet
des poupées bien-faites, lefquelles
outre leur beauté fembloient auoir
ie ne fçay quoy de gracieux &
d'honnefte, il luy dit : O ma fille,

quel contentement seroit-ce à vostre pere, à vostre mary, & à vous-
mesme, si vous auiez des enfans, issus de vostre ventre, aussi sages &
vertueux que representent les
contenances de ces poupées!

X C.

Sage response d'Antoine Panorme au
Roy Alphonse.

ANtoine Panorme estant interrogé du Roy, quelles choses estoient necessaires pour viure
ioyeusement & pacifiquement en
l'estat de mariage. Il respondit, que
deux choses y estoient requises:
La premiere, que le mary fust
sourd pour n'entendre toutes les
sottises, les mauuaises paroles, & la
maniere de viure de sa femme: La
seconde, que la femme fust aueugle, pour ne voir toutes les intem-
perances de son mary.

XCI.

Responsse du mesme Roy à vn Gentil-homme prodigue.

VN Gentil-homme auoit dissipé son patrimoine à viure en plaisirs, delices & voluptez, & estoit demeuré debiteur de grandes sommes enuers ses creanciers, qui le vouloient contraindre de payer par emprisonnement de sa personne. Ses amis vindrent au Roy Alphonse, le supplier qu'il luy pleust ordonner que le Gentil-homme ne fust contraint de payer, ou d'estre emprisonné. Le Roy leur respondit : Si celuy pour qui vous me priez auoit despendu le sien aux obseques, ou entreés des Roys, ou pour la defense du pays, i'y consentirois volontiers ; mais puis qu'il a fait cette despense pour le plaisir de son corps, c'est chose iuste que son corps en patisse.

XCII.

Vn Soldat par le moyen d'vne accor-
te reſponſe ayant merité la
mort fut abſou du
meſme Roy

VN Soldat tres-accort, qui
s'eſtoit trouué en la guerre
de Corſegue en vne furieuſe eſ-
carmouche, où ſes Compagnons
vaincus par les ennemis furét tous
taillez en pieces, luy ſeul s'eſtät eſ-
chappé à la fuitte. Le Roy ſçachant cette nouuelle le fit venir,
& luy demanda, comme entre tant
de valeureux Soldats qui eſtoient
morts à ſon ſeruice, il s'en eſtoit
ſeul ainſi poltronnement fuy. Il
reſpondit : Sire, voyant la ruine
manifeſte de tous nos Soldats,
& qu'il n'y auoit point d'appa-
rence qu'aucun d'iceux peûſt eſchapper, i'ay pris le deuant, à
fin que ie peuſſe en vous racontät

tout ce qui s'eſtoit paſsé, rendre
teſmoignage de leur valeur. Le
Roy pour vne ſi prompte & gra-
cieuſe reſponſe, ayant auparauant
deliberé de le faire pèdre, luy pardonna, pour faire paroiſtre, qu'entre les Princes benins la iuſtice
cede à la miſericorde, & que le
Roy eſt contraire du Tyran.

XCIII.

Acte memorable du meſme Prince.

SE trouuant vn iour en la boutique d'vn Orpheure pour acheter quelques ioyaux: Le Marchand
ſortit tout ce qu'il auoit de plus rare & de plus precieux pour le faire
voir au Roy, qui en acheta quelques pieces. Et d'autant qu'il y a-
uoit pluſieurs Courtiſans & Gentils-hommes qui les manierent
pour les voir plus particulieremét,
Le Roy dit au Marchand, qu'il reſ-
ferraſt toute ſa marchandiſe, &

qu'il prinſt garde s'il auoit rien perdu. Ayant tout recogneu , il trouua
de manque vne chaine d'or.   Le
Roy ſçachant ces nouuelles, ne
voulut pas que perſonne le quit-
aſt, que premier il ne l'euſt licentié , parce qu'il vouloit que ce qui
auoit eſté deſrobé au Marchand ſe
trouuaſt. Mais pour ne manifeſter
perſonne coulpable d'vn acte ſi
infame , il vſa de cette ſubtilité. Il
fit apporter vn grand vaſe plein de
ſon, & commanda à tous ſes Courtiſans que l'vn apres l'autre ils en-
raſſent le poing clos dedans, &
en ſortiſſent la main ouuerte. Cela
eſtant fait, il rendit le vaſe au Marchand, en luy diſant : Regarde dedans , ſans doute tu y trouueras ta
chaine: Par ce moyen la chaine fut
trouuée , & l'on ne peut ſçauoir
celuy qui eſtoit coulpable de ce
larrecin.

XCIV.

Repartie qu'il fit à vn qui auoit
retenu ses Bagues.

VN matin qu'il se vouloit mettre à table, il sortit ses bagues
pour se lauer les mains, & les remit
au premier seruiteur qui se presenta deuant luy sans y prendre garde.
Cestui-cy voyant qu'il ne les demandoit point, creut qu'il les auoit
oubliees, & les garda. Plusieurs
iours estans passez, croyant que le
Roy ne s'en ressouuenoit plus, il les
retint du tout. Aduint enuiron vn
an apres que le Roy se voulât mettre à table, ce seruiteur se trouua
prés de luy, & tendit la main pour
prendre les anneaux côme l'autre
fois: mais le Roy se baissât iusques
pres de son aureille luy dit tout
bas; Contente toy d'auoir eu les
premiers, ceux-cy seront pour
quelque autre.

X C V.

Propos remarquables du mesme Roy
pour conseruer ses amis.

CE sage Roy souloit dire, que
trois choses conseruoient les
amis , sçauoir , vne botte de vin
tous les ans , vn chapeau , & vne
main de papier; Le vin pour les faire boire quand ils vous viennent
visiter; le chapeau pour les saluër;
& le papier pour respondre à leurs
lettres quand ils sont absens. Vn
autre sage disoit ; Trois choses có-
seruent l'amy, à scauoir, l'honorant
en sa presence, le loüant en son ab-
sence, & le secourant en ses necessitez. Ælian disoit aussi; L'amitié se
conserue en cedant à la colere l'vn
de l'autre , & ne se prouoquant à
mespris.

X C V I.

Gaillardise du Fol du mesme Prince.

ALphonse auoit en sa Cour vn
Bouffon, qui escriuoit dans

vn liure toutes les folies que les
Seigneurs , & Gentils-hommes
hantans la Cour commettoient (au
moins felon fon iugement les croyant telles.) Aduint que le Roy a-
uoit vn More qu'il enuoya en Le-
uant auec dix mille Ducats pour
faire emplaite de cheuaux. Le Fol
efcriuit cet acte dans fon liure,
comme digne d'eftre mis parmy
les autres folies. Quelques iours a-
pres le Roy voulant voir le liure de
fon fol , parce qu'il y auoit long
temps qu'il ne l'auoit pas veu : En
lifant dedans il trouua fur la fin
l'hiftoire de luy & du More, & des
dix mille Ducats. Le Roy courroucé demanda à ce fol pourquoy il
l'auoit mis dans fon Liure : Pour
ce , dit-il, que vous auez fait vne
grande folie d'auoir donné voftre
argent à vn eftranger, que vous ne
reuerrez iamais. Mais s'il reuient,
dit le Roy , & ramene des Che-

uaux, fera-ce folie à moy ? Alors
qu'il fera reuenu, (dit le plaifant)
i'effaceray voftre nom du Liure, &
y mettray le fien, car il fera plus fol
que vous.

X C V I I.

Repartie de Ferdinand Roy d'Efpagne.

LE Cardinal François Xime-
nes fondatenr de l'Academie
de Compluto, rapporte que Ferdinand voulant entrer dans le College d'Ildephons, le Recteur de l'A-
cademie accompagné de fes Re-
gents luy vint au deuant, portant
vn Sceptre, car telle eft la couftume
Les domeftiques & Officiers de la
Coronne en portoient vn autre
marchans deuant le Roy, & crie-
rent aux autres qu'ils miffent à bas
leur Sceptre, & fiffent honneur au
Roy. Mais ce bon Prince leur im-
pofa filence, & croyãt que cela ne
derogeoit en rien à fa Majefté, dit
tout haut, Que c'eftoit la demeure

F.

des Muſes,où il eſtoit permis qu
les Preſtres d'icelles regnaſſent.

XCVIII.

La vengeance de Raymire Roy d'Ara-
gon ſur ſes Barons qui s'eſtoyent
mocquez de luy.

Raymire II. du mon, Roy d'A-
rrogon , homme fort ſimple,
voulant faire la guerre aux Maures,
ſes Barons l'armerent & monterent à Cheual , plus luy mirent ſa
targue à la main gauche , & ſa lan-
ce à la main droite ; & luy baillant
encore la bride de ſon Cheual, il
dit : Mettez-la moy en la bouche,
car les mains ſôt empeſchées. Duquel acte ſes Barons ſe prindrent à
rire à gorge deſployee , ſe gauſſans
de luy ſans aucun reſpect. Mais vn
iour Raymire ſe reſſouuenant de
leur mocquerie, il fit venir en ſa
Ville d'Ozéc vnze de ſes plus nobles Barons , & là leur fit trancher

la teste, sans dire autres paroles
que celle-cy:

Ceste fausse renardaille
Ne sçait de qui elle raille.

XCIX.

Paroles de Solon profitables à Cresus.

LEs Paroles de Solon, grand
Philosophe, furent profitables à Cresus Roy de Lydie; (bien
que ce fust en diuerse maniere qu'à
Denys) car ayant esté vaincu en
guerre par Cyrus Roy des Per-
ses, s'estant de nouueau rebellé, &
se voyant derechef vaincu, fut par
iceluy condamné à estre brusté.
Se voyant sur le bucher, il s'escria
à haute voix, *Solon, Solon.* Cyrus
luy demanda pourquoy il appe-
loit Solon. Il luy respondit : Solon, homme tres-sage, m'auoit
dit autres fois : *Que nul homme n'e-*
stoit heureux en cette vie ; ce que ie
ne croyois pas : mais ores malgré
moy ie le cognois, & en fay l'expe-

rience. Ces paroles considerées
par Cyrus, l'inciterent à pardonner
à Cresus. De là l'on peut conclur-
re, que *Les paroles des Sages sont com-*
me les pierres precieuses, qui en temps
& lieu par vne certaine vertu cachée
operent des effects merueilleux.

C.

Exemple memorable d'vn vieillard qui
donna quelques aduertissements à
Iacques IV. Roy d'Escosse.

COmme Iacques IV. Roy d'Escosse s'acheminoit vers son
armee, estant allé à Vespres à Lim-
much, voicy entrer vn Vieillard
ayant la cheuelure tirant sur le
roux, & pendante sur les espaules,
le deuant de la teste chauue, & sans
chapeau, vestu d'vne longue robe
bleüe, serrée d'vne ceinture de lin,
ayant vn port graue & la face venerable, lequel demandant à parler
au Roy, fendit la presse, & se fit faire large. Estant pres du Roy, d'vne

simplicité ruftique il s'appuya fur
la chaire d'iceluy, & dit, Sire, i'ay
efté enuoyé vers vous, afin de vous
aduertir de ne paffer outre, & fi
vous faites autrement il ira mal
pour vous, & pour ceux qui vous
accompagnent. Dauantage il m'a
efté commandé de vous dire, que
fi vous hantez trop priuément les
femmes, & fuiuez leur confeil, ce
fera voftre honte & ruine.   Cela
dit, le Vieillard rentre en la preffe;
& comme apres Vefpres le Roy
l'euft fait cercher, il ne fe trouua
plus; ce qui fut trouué plus merueilleux, que de tous ceux qui l'a-
uoyent côme touché & remarqué,
defireux de l'enquerir plus particulierement, nul ne l'apperceut
s'en aller. Mais ce pauure Prince
mefprifant tels aduertiffemens, &
les bons confeils des Seigneurs
d'Efcoffe, qui le prioient de ne
donner point bataille aux Anglois,

& au lieu de penser aux affaires de
la guerre s'amusant trop apres vne
Damoiselle prisonniere, ses trou-
pes logées en campagne deserte,
destituées de viures, & munitions
de guerre, ce qui les contraignit de
se desbander: peu de temps apres il
fut deffait en bataille rangee pres
de Fleuridon, & tué sur le champ,
presques auec toute sa noblesse.

DICTS ET FAICTS
MEMORABLES ET RE-
CREATIFS, ACCOMPAGNEZ
de riches pointes & mots subtils de
quelques Ducs, Princes, Seigneurs,
Gentils-hommes, Damoiselles, Cheualiers, Capitaines, & Soldats.

SECONDE CENTVRIE.
I.

Comparaison du Fol du Duc de Milan
touchant les Aduocats & Medecins.

VNE plaisante que-
stion fut proposée en
la presence de Sfor-
ce Duc de Milã, sça-
uoir qui estoit à pre-
ferer, & digne de plus grand honneur, ou l'Aduocat, ou le Medecin:
L'vn disoit, l'Aduocat plaide les
causes pour la conseruation du
droict, & l'augmentation du bien

particulier & public. Le Médecin, disoit l'autre, par sõ sçauoir entretient la santé de l'homme, & luy oste la maladie. Sur ce conteste le Fol du Duc de Milan, qui estoit là present va dire : S'il plaist à Monsieur le Duc que i'en die mon opinion , ie vous mettray bien tost d'accord. C'est raison, dit le Duc, dits en ton aduis, Messieurs, repliqua le Fol, voyez-vous pas ordinairement que quand on mene vn larron au gibet, le larron va le premier , & le bourreau chemine apres?

II.

Sage aduis d'vn Fol du Duc d'Austriche.

LVpolde Duc d'Austriche faisant la guerre contre les Suisses , alliez à l'Empereur Louys de Bauieres , auoit assemblé sous la charge de quelques Capitaines Allemans iusques au nombre de vingt mil hommes , tant de pied que de cheual, & auoit iuré leur totale ruine. Il fit donc assembler son Conseil de guerre pour deliberer de quel costé on entreroit en leur pays ; & comme on eut determiné l'affaire le Fol du Duc qui s'y trouua, ayant oüy tout ce qu'on auoit deliberé , leur dit: Vostre Conseil ne me plaist point, vous auez bien consulté par quel moyen nous pourrons entrer en leur pays, mais pas vn de vous n'a regardé par où nous en pourrons sortir.

III.

Plaisante response du Frere du Roy
d'Espagne au Pape.

LE Consistoire estant assemblé à Rome sur le faict de la guerre contre les Sarrasins, qui occupoient la Terre saincte, il fut longuement debattu qui seroit digne d'en prendre la charge, & d'auoit le gouuernement de toute l'armée. Apres que chacun eut opiné, il fut conclu que Sanctius frere du Roy

E v

d'Espagne, pour ses rares vertus,
hardiesse, prouësse & grāde valeur
seroit esleu Chef de cette loüable
entreprise , parce qu'on le recognoissoit esloigné d'ambitiō, prudent, valeureux, & expert pour cō-
duire vne telle armée. Apres cette
ellection il vint à Rome, & se trouuant au Consistoire où assistoient
le Pape, les Cardinaux, & plusieurs
Princes Chrestiens, il fut au mesme instant en la présence de toute
l'assistance par decret & Ordonnance du Pape proclamé & declaré Roy d'Egypte: de quoy à l'instāt
toute la Compagnie commença à
faire vn cry de ioye. Luy qui n'entendoit pas la langue, ne sçachant
dequoy le Constdoire s'estoit tant
resiouy, en demanda la cause à son
Truchement, qui luy fit entendre
que sa Saincteté par ses Lettres luy
auoit donné le Royaume d'Egypte. Il dit alors à son Truchement:

Leuetoy, & prononce icy deuant
tous , puis que le Pape m'a creé
Roy d'Egypte , qu'il sera Caliphe
de Baldach.

IV.

*Response d'vn Duc de Mantouë à
vn importun.*

FEderic Duc de Mantouë, e-
stant vn iour pressé parvn importun, qui se plaignoit à luy de ses
voisins qui luy prenoiét les pigeós
de son colombier auec des lacs,
& en tenoit vn pendu par le col qui
estoit mort. Le Duc respondit qu'il
y pouruoiroit, & luy rendroit iustice. Nostre fascheux retombe tousiours sur sa perte, non seulement
vne fois, mais plusieurs, montrant
son pigeon pendu, en disant : Que
vous semble, Monseigneur , que
l'on doiue faire de telle chose? Le
Marquis dit finalement; Il me semble que ce pigeon ne doit pas estre
enseuely en terre saincte , car puis

qu'il s'est pendu de soy-mesme, il
est à croire qu'il s'est desesperé.

V.

*Dict remarquable & picquant de Marc
Antoine Colonne.*

VN Cheualier de marque a-
uoit en plusieurs sortes blas-
mé & mesdit de Marc Antoine
Colonne, sans qu'en sa presence il
luy en fist aucun semblant : Et parce qu'vn iour l'abordant, il luy dit:
Monsieur, auez-vous point oüy
parler des choses estranges qui
sont arriuées en tel lieu ? Non, respond Marc Antoine, mais cecy
me semble bien plus estrange, que
depuis si long téps que nous nous
cognoissons, i'ay tousiours dit du
bien de vous, & vous tout au rebours auez tousiours continué à
dire du mal de moy, & neantmoins
nous sçauons bien que l'vn & l'autre auons menty.

VI.

*D'vn Duc de Ferrare qui vouloit
faire gueyer à son Trompette vne
riuiere rapide.*

VN Duc de Ferrare pour es-
sayer le gué d'vne riuiere
tres-rapide, voulut que son Trompette passast le premier, lequel se
retournant vers le Duc, luy dit:
Monseigneur, passez le premier, s'il
vous plaist, car l'honneur vous appartient.

VII.

*Gaillardise d'vn seruiteur du Duc
de Ferrare.*

HErcules Duc de Ferrare auoit
vn ancien seruiteur, auquel il
auoit promis de prendre deux de
ses fils pour Pages; mais il aduint
pendant que le pere les esleuoit
qu'ils moururét tous deux. Le Duc
entendát cette noluuelle s'en attri-
stoit auec le pere, disant, qu'il ne les

auoit veus qu'vne seule fois , mais
qu'il les auoit trouuez tres-beaux
enfans , & en auoit conceu vne
grande esperance. Le bon pere luy
respondit: Monseigneur, vous n'a-
uez rien veu ; car depuis quelques
iours en ça ils estoient creus en
beauté & vertu, & chantoient desia
ensemble côme deux Esperuiers.

VIII.

Response de Cosme de Medicis à
Pallas Stroffy.

PAllas Stroffy estant exilé de
Florence , il y enuoya vn seruiteur pour quelques affaires : Entre autres commissions qu'il luy
donna, il luy dit tout en colere: Tu
diras de ma part à Cosme de Medicis, la Poule, sans paracheuér ce
qu'il vouloit dire. Le seruiteur faisant le message qui luy auoit esté
commandé par son Maistre, estant
deuant Cosme luy dit, La Poule.
Cosme luy, repartit à l'instant : Tu

diras de ma part à Stroſſy : Que la
poule ne peut bien couuer hors de
ſon nid.

IX.

Prouerbes Italiens alleguez à Aſca-
nio Colonne.

AScanio Colonne ayant pluſieurs belles terres en la Ro-
manie, arriua en vne ſienne Ville,
où tous les Seigneurs d'icelle luy
vindrent faire la reuerence & le careſſer, excepté vn riche Bourgeois,
qui auoit vn fils, honneſte ieune
homme, doüé des graces de nature
autant ou plus qu'aucun de la Ville.
Aſcanio inuita le Bourgeois au
ſouper, à l'iſſue duquel il luy demãda ſon fils pour le ſeruir, luy promettant de grands biens & aduan-
tages. Le Bourgeois luy dit, Mon-
ſeigneur, ie ne vous le bailleray
point, car il me ſouuient d'vn an-
cienProuerbe qui m'empeſche d'y

confentir. Quel eft-il, dit Afcanio?
Le Bourgeois refpondit:Efcoutez
Monfeigneur;

> *Male è chi gli ferue,*
> *Peggio è chi gli diſſerue,*
> *Beato è chi gli non conoſſe.*

C'eſt à dire, Il eſt mal qui les fert,Il
eſt pis qui les offenſe, &, Tres-heureux qui ne les cognoiſt point.

x.

Du Duc d'Vrbin, & d'vn criminel con-
damné à eſtre pendu.

VN mal-faicteur condammé à
eſtre pendu, fupplia François
Marie d'Vrbin, qu'il luy fiſt cette
grace de changer fon fupplice à
fe ietter du haut d'vne tour en bas,
qu'il defiroit mourir de cette forte.
Le Duc, Prince tres-debonnaire,
luy octroya fa demande, & le fit
monter au faiſte d'vne haute tour,
où le miferable commença à prendre courſe en ce peu d'eſpace qu'il

y auoit pour se ietter hardiment en
bas: mais comme il approchoit le
bord, considerant sa hauteur, il
s'arrestoit tout court: Il recom-
mença sa course, & en fit encore
autant, & tout de mesme la troisiesme fois. Le Duc ennuyé luy dit,
Ne veux-tu pas te ietter, tu as desia
pris trois courses sans affranchir le
sault. Le criminel respondit: Monseigneur, ie vous le donne en quatre. Par le moyen de cette subtilité
il fut absous.

XI.

Charité remarquable d'Aimé Duc de Sauoye.

AYmé deuxiesme du nom Duc
de Sauoye fut interrogé par
quelques Ambassadeurs, où estoiét
les chiens de chasse, & qu'il luy
pleust les leur faire voir. Il leur
dit : Reuenez demain, & ie vous
les monstreray. Estans de retour

le iour fuyuant, il les mena en v
falle, où il y auoit vne grande quã
tité de pauures mendians, beüuans
& mangeans à la table. Voila, dit-il
aux Ambaſſadeurs, les chiens que
ie nourris, auec leſquels ie pretens
chaſſer & prendre la gloire celeſte

XII.

*Imprecation que Charles de Bourbon fit
pour auoir de l'argent des Milanois.*

CHarles Duc de Bourbon, demandant aux Milanois grãde
ſomme de deniers pour payer ſes
Soldats, & eux là refuſans, à cauſe
des guerres & exactions precedẽ-
tes qui les auoient eſpuiſez , leur
promit en cas qu'ils luy aidaſſent
cette fois, & fourniſſent l'argent
requis, ſi on leur faiſoit extorſion
quelconque puis apres, il ſouhait-
toit & demandoit à Dieu , qu'à la
premiere rencontre d'ennemis en
bataille, ou en aſſant de ville, il fuſt

rauerſé d'vne bale d'harquebuſe:
Peu de temps apres le Duc mena
l'armée Imperiale vers Florence,
où ne pouuãt rien faire, il tira droit
à Rome, pour s'en rendre maiſtre,
où faiſant ſes efforts, comme il
montoit à la breche, il fut terraſſé
& tué d'vn coup d'arquebuſe. Pluſieurs eſtiment que cela aduint par
vengeance diuine, Dieu le puniſ-
ſant de ce qu'il auoit rompu la foy
promiſe aux Milanois.

XIII.

*Acte remarquable de Laurens
de Medicis.*

Laurens de Medicis ne ſçachant par quel moyen corriger l'extreme liberalité de ſon fils
Coſme, qui donnoit des exceſſiues
ſommes d'or & d'argent à ſes fauoris; Et ne voulãt que ſon fils fuſt
reputé prodigue, ni luy auaricieux,
il ne luy en voulut dire mot, ains
s'aduiſa d'vn ſubtil & honneſte

moyen : C'est qu'il commanda à son argentier, que quand son fils demanderoit de l'argent, qu'il le luy donnast, à condition toutefois que Cosme le conteroit luy-mesme. Voicy qu'il demande à l'argentier huict mille Ducats, pour donner à quelque mignon : Il les luy accorde, à condition qu'il les conteroit, suiuant le commandement de son pere. Cosme acceptant l'offre se mit à conter les Ducats, & n'en ayant encore conté deux mille, comméça à s'ennuyer, pource que cela luy sembloit autât de temps perdu, & n'ayant pas accoustumé de ce faire, il quitta tout. Puis faisant vne reflexion en soy-mesme, il remarqua que cette somme estoit excessiue, & deslors delibera de n'estre plus si prodigue.

XIV.

Paroles remarquables du Sei-
gneur d' Aßier.

IAques de Genouillay, Seigneur
d'Aßier, dit Galeot, GrandMai-
tre de l'Artillerie de France sous
le regne de Louys XII. voulant aller à Mitilin contre les Turcs, sous
la charge de Monsieur de Rauaſtin,
& diſpoſant de ſes affaires pour ſõ
voyage, fut aduerty par ſes amis de
faire ſon Teſtament, & ordõner de
ſa ſepulture, s'il aduenoit qu'il fuſt
tué à la guerre: Auſquels il reſpondit : Qu'ay-ie à faire de me ſoucier
où ie ſeray enterré, ni par qui? au-
ay-ie pas aſſez de pionniers à l'entour de moy qui ne me lairrõt ſans
ſepulture ſi de fortune i'y demeure?

XV.

Belle repartie dudit Seigneur
d'Aßier à ſon fils.

SOn fils prenant congé de luy
pour ſe trouuer à la iournée de

Serizoles, contre l'armée de Char
les cinquiefme, il luy dit : Vous n
ferez pas à temps à la bataille. Le
fils refpondit ; Ie m'y en iray e
pofte. Le pere repliqua; Ferezvou
aller vos Cheuaux, & porter vo
armes en pofte ? Non , dit le fils
quand ie feray là ie trouueray &
armes & Cheuaux. O pauure hom
me! (dit le Seigneur d'Affier) vou
lex-vous aller cercher la mort e
pofte?

X V I.

Acte remarquable de Galeace
Duc du Milan.

ON recita au Duc Galeace
qu'il y auoit dans Milan v
Aduocat fi fubtil à trouuer moye
de faire les caufes longues , & le
procés fans fin quand il l'auoit en
trepris , ou par faueur , ou par ar
gent. Le Duc le voulant expe
rimenter s'enquit d'vn fien Ma

stre d'Hostel, s'il estoit rien deu à
ceux qui fournissoient sa maison
Il se trouua vn Boulenger auque
on deuoit cent liures, au nom duquel il se fit adiourner pour comparoistre deuant le Senat. Apre
s'adressant à cet Aduocat, il luy
demanda le moyen pour dilayer
ce payement. L'Aduocat luy promit d'y remedier, & que le Boulenger ne toucheroit de l'argent
d'vn an ny de deux s'il vouloit.
La cause appellée & preste à iuger,
le Duc demanda à l'Aduocat s'il
estoit possible d'y remedier. L'Aduocat respondit, qu'il n'en verroit la fin de deux ans. O grande injustice, dit le Duc ! O homme plein d'iniquité! ne sçais-tu
pas que ie t'ay dit que ie luy dois
cent liures ? Veux-tu faire contre ma conscience & la tienne,
& frustrer le pauure de son deu?
Faut-il plaider contre vn debte?

Prenez , dit-il à ses gens, ce mef-
chant homme, qu'il foit pendu, &
fon corps efcartelé , à fin que la
Republique ne foit à l'aduenir par
luy corrompue. La fentence fut
confirmée par le Senat , dont s'en-
fuiuit l'execution de l'Aduocat.

XVII.

Paroles remarquables du fils du Duc de Bretagne.

IEan Duc de Bretagne, cinquiefme du nom , voulant marier
Monfieur François fon fils auec
Ifabel fille du Roy d'Efcoffe, le ieune Prince s'enquit qui eftoit cette
Dame Ifabel. On luy dit que c'e-
ftoit vne Dame belle & fage , bien
difpofée à auoir lignée , mais peu
eloquente en fon parler. Elle eft
telle que ie la demande , (dit le
Prince) car ie tiens vne femme affez fçauante quand elle fçait mettre difference entre le pourpoint
& la

& la chemise de son mary.

XVIII.

Acte memorable d'vne Duchesse.

VN grand Prince de France, auec dispense du Pape, fut separé d'auec sa femme, parce qu'elle estoit inhabile à la generation, & se remaria à vne autre. Quelque temps apres ce Seigneur, memoratif de ses premieres amours, & ne pouuant mettre en oubly sa premiere espouse, luy enuoya au iour desEstrenes vne robe riche & belle par vn Gentil-homme son familier, qui la luy presenta le mesme iour. La Princesse receuant la robe, interrogea le Gentil-homme si c'estoit bien son mary qui la luy faisoit presenter. Comme elle fut asseurée que c'estoit luy-mesme, elle la descousit, & separa le corps d'auec le bas, puis bailla au Gentil-homme le corps de la robbe, & luy dit : Mon amy, vous remercierez voſtre Maiſtre de l'amiré qu'il me porte, & luy reporterez cette partie de robbe, luy diſant de ma part. Qu'il garde bien le haut, & ie vous cóſerueray tresbien le bas, ſi longuement que Dieu me preſtera la vie.

XIX.

*Reſponſe de la Ducheſſe de Normandie
à ſon mary.*

Richard Duc de Normandie, fils de Guillaume, ſurnommé Longue-eſpee, auoit aimé Gonor, Damoiſelle parfaite en beauté, qu'il eſpouſa apres le decés d'Auine ſa premiere femme, fille d'Hugues le Grand, Comte de Paris. Icelle Gonor la premiere nuict des nopces eſtant couchée auec le Duc luy tourna le dos. Le Duc eſmerueillé de cette façon de faire, luy

dit : D'où vient cela, ma mie, que
vous auez tant de fois couché auec
moy, sans que ie vous aye iamais
veu faire vne telle action ? Elle répondit ; Certes mon amy, auparauant ie couchois en vostre lict, &
faisois vostre volonté : mais maintenant ie couche dans nostre lict,
où ie me peus reposer sur tel costé
que ie voudray.

XX.

Response accorte de Laurens de Medicis.

VN familier de Laurens de
Medicis l'alla trouuer vn matin bien tard qu'il estoit encore au
lict, & luy reprochant qu'il se le-
uoit trop tard, il luy dit : I'ay des-
ja esté au marché neuf & au vieil, &
suis sorty hors de la porte S. Gal
pour me pourmener autour des
murailles, & ay fait mille autres
choses, & vous dormez encore.
Laurens luy répondit : Ce que i'ay

fongé en vne heure vaut mieux
que ce que tu as fait en quatre.

XXI.

Paroles memorables du Duc
de Medina.

LEs Efpagnols qui achetent les
traiftres plus cherement que
les autres nations, n'en font pas
pourtant plus d'eftat ; ils les veil-
lent & efpient toufiours, ne leur
donnent iamais pouuoir abfolu, &
ne leur font bon traitement que
de paroles. On marque le Palais
du Duc de Medina Sidonia à Val-
ladolit, pour y loger le Duc de
Bourbon : Ma maifon, dit le Duc,
eft au pouuoir de l'Empereur, mais
i'y mettray le feu fi toft que cet
eftranger en fera forti.

XXII.

Belle repartie de Camille Porcher à
Marc Antoine Colonne.

MArc Antoine ayant appris
que Camille Porcher auoit

fait vne harangue, où il auoit grandement loüé plusieurs Princes &
grands Seigneurs d'Italie, & entre
autres ne l'auoit pas oublié, ayant
fait vne tres-honorable mention
de luy. Apres qu'il l'eut remercié,
il luy dit: Monsieur Porcher, vous
auez fait de voftre amy comme
font par fois quelques Marchans
de leur argent, lefquels ayans quelque efcu faux, pour s'en desfaire
le mettent parmy les bons , par
ainfi le font paffer. De mefme pour
m'honorer, encor que ie vale bien
peu, vous m'auez mis en la compagnie de tant de vertueux & valeureux Seigneurs, à ce que par leur
merite ie puiffe d'aduanture paffer
pour bon. Porcher refpõdit: Ceux
qui falfifient les efcus , ont couftume de les dorer , fi bien qu'ils
femblent à l'œil beaucoup plus
beaux que les bons : parquoy fi
l'on trouuoit auffi bien des Faux-

monnoyeurs d'hommes comme il
s'en trouue d'escus, on pourroit
soupçonner que vous fussiez faux,
veu mesmes que vous estes de
beaucoup plus beau , & de plus lui-
sant metal que nul des autres.

XXII.

Repartie du Connestable de Castille au Collonnel d'Ornano.

HEnry le Grand sçachất la venuë du Cónestable de Castille en France, & qu'il deuoit passer
par Bordeaux, mãda au Mareschal
d'Ornano de le bien voir & receuoir, comme il fit, luy allant au deuant auec grand nombre de Seigneurs & Gentilshommes du pays.
L'Empereur Charles V. passant en
France, admiroit la grande & belle suite des Gouuerneurs de Pro-
uinces qui le venoient rencontrer,
& s'en loua beaucoup. Le Connestable de Castille plus plein de ses
fumées n'en fit pas grand conte,

&reccut ces honneurs d'vne façon toute Espagnole. Le Mareschal d'Ornano l'entretenant des raretez de ce Royaume, luy dit, qu'il verroit vn pays, vn monde en voyant Paris. Il respondit, qu'il auoit laissé derriere ses espaules les plus belles Villes de la Chrestienté. Mais elles ne sont ny si grandes, ny si peuplées, dit le Mareschal d'Ornano. Aussi dit le Connestable, n'est-ce rien que le peuple pour l'excellence des Villes, si bien c'est quelque chose pour la force de l'Estat. Le Mareschal luy demanda s'il verroit pas le Roy. Il fit connoistre en sa réponse qu'il en estoit peu curieux. Si le falut-il voir auec le respect & l'humilité deuë à cette Majesté, & vint à Paris auec vn grand train.

XXIV.

*Dicts remarquables de Zinzenin Octa-
uian frere du grand Turc estant
prisonnier à Rome.*

Zinzenin estant prisonnier de
guerre à Rome, voyant les
Ioustes & Tournois qui se practi-
quent en Italie, dit: Qu'ils luy sem-
bloiēt excessifs pour estre faicts en
ieu, mais peu pour estre à bon es-
cient. Luy estant aussi depeinte la
galantise du Roy Ferdinand le ieune, son agilité, la disposition de sa
personne à courre, saulter, & volti-
ger, & choses semblables : Il fit response, qu'en son pays les Esclaues
se delectoient à semblables exer-
cices.   XXV.

*Acte remarquable de Marc Antoine
Colonne à deux de ses subjects.*

Deux subjects de Marc Antoine Colonne s'estoient ache-
minez à son Hostel, l'vn pour luy
demander l'aumosne, & l'autre vne

Grace, qui espierent l'heure que les seruiteurs disnoient. Colonne ayant desia disné passa dans vne grande salle pour s'aller recreer dans vn iardin, dans laquelle voyāt ces deux compagnons, & particulierement celuy qui demandoit la Grace, qui tenoit dans sa main vne bonne somme d'argent, il leur demanda ce qu'ils desiroient de luy. Celuy qui demandoit l'aumosne ayant parlé le premier ; l'autre dit qu'il portoit quelque present au valet de chambre de Monsieur, parce qu'il auoit promis de luy faire obtenir vne Grace qu'il desiroit. Alors Colonne en soufriant luy dit: Puisque mon seruiteur t'a promis cette Grace, & que ie suis celuy qui te la dois donner, il vaut mieux que i'en aye le profit , & que tu me dōnes ce que tu portes. Ayant dōc donné la Grace à cettuy-cy , & receu l'argent, il le donna à celuy qui

qui demandoit l'aumofne, & par
ce moyen les renuoya tous deux
ioyeux & contens, fe reſſouuenant, peut eſtre de cette Sentence;
*Qu'il appartient à vn Prince gene-
reux de ne laiſſer partir perſonne de ſa
preſence qu'il ne ſoit ſatisfait.*

XXVI.

Reſponſe d'vn Pilote au Prince d'Oria.

LA reſponſe d'vn Pilote au
Prince d'Oria fut tres-belle,
car ſe voyant par la faute de quelques Capitaines mal traicté, ſans
oſer preſques ſe plaindre, delibera
de quitter le ſeruice du Prince, &
luy demander quelque argent qui
luy eſtoit deu de ſes gages. Il n'eut
pourtãt iamais le moyen de ce faire, ſinon vn iour que le Prince
s'embarquoit à Gennes pour à la
meſme heure s'acheminer en E-
ſpagne pour quelques affaires im-
portãtes, & ſembloit que ce voyage precipité le rendiſt meſcontent

& fasché. Le Pilote luy ayant fait la reueréce le pria d'escouter deux paroles. Alors le Prince tout en colere luy dit en iurant: Prens bien garde qu'il n'y en ait que deux, car autrement ie te feray vn mauuais party. Cettuy-cy au mesme instant respondit brusquement : Congé, argent. Doria fut si satisfait de cette prompte response , qu'il le fit payer , & luy donna encore quelque present. *Les responses plaisantes & promptes , données à propos , ont vn grand pouuoir pour acquerir la bien-vueillance des Princes.*

XXVII.

Action remarquable de Madame la Dauphine

MArguerite fille du Roy d'Escosse, & femme du Dauphin, qui depuis fut Louys XI. passant dedans yne salle, où estoit endormy sur vn banc Alain Chartier, secretaire du Roy Charles VIII hô-

me docte, Poëte & Orateur tres-
eloquent en la langue Françoise,
l'alla baiser à la bouche en presence de sa compagnie. Et comme
quelqu'vn de ceux qui la condui-
soient luy eut dit : Madame, on
trouue estrange que vous baisiez
vn homme si laid : Elle respondit:
Ie n'ay pas baisé l'homme, mais la
bouche de celuy d'où sont sortis
tãt d'excellens propos, tant de ma-
tieres graues, & de paroles disertes.

XXVIII.

Sage response de Iulie à son pere Auguste.

IVlie, fille d'Auguste, salüant vne
fois son pere, s'apperceut que
ses yeux s'estoient scandalisez de
ses trop lascifs ornemẽs, bien qu'il
fit semblant de ne les pas voir. Le
iour suiuant ayãt changé d'accou-
stremens, elle vint embrasser &
baiser son Pere, qui la voyant ainsi
modestemẽt vestuë fit grandemẽt

ioyeux, & dit: O que ces habits sõt
beaucoup plus conuenables à la
fille d'Augufte ! Elle refpondit:
Ouy vrayement, parce qu'auiour-
d'huy ie me fuis veftue pour plaire
aux yeux de mon pere, & hier pour
plaire à ceux de mon mary.

XXIX.

Refponfe de Pififtrate pour excufer vn
ieune homme qui auoit baifé fa fille.

PIfiftrate Tyran d'Athenes a-
uoit vne fille tres-belle, laquelle eftant vn iour rencontrée
par vn ieune Gentil-homme, qui
en eftoit efperduëmèt amoureux,
il prit la hardieffe de la baifer: dequoy la mere de la fille grandemèt
irritée, recherchoit tous les moyés
pour efmouuoir Pififtrate de s'en
venger : Mais en foufriant il dit:
Que ferons-nous à ceux qui nous
haïffent, fi nous voulons nuire à
ceux qui nous aiment?

XXX.

Denys se mocque de la Sentence d'vn
Philosophe, mais par le moyen
d'icelle il est deliuré d'vne
grande coniuration.

DEnys le Tyran (bié que quelques vns disent que ce fut vn
Empereur Romain) ayant plusieurs
fois donné occasion à quelques
Barons ses subjects de conspirer
contre luy, fit vne fois preuue du
dire d'vn Philosophe, duquel il a-
uoit coustume de se mocquer, cõme de chose qu'il reputoit sotte &
grossiere: parce qu'il luy, dit, qu'il se
ressouuinst de ces paroles : *Pense*
bien à ce que tu fais, & à ce qui t'en peut
arriuer. & auoit coustume de les di-
rè par mocquerie à tous ceux qui
traictoient familieremét auec luy.
La coniuration donc estant faite
ils promirent vne grande recompense au Barbier du Tyran, à ce
qu'en luy faisant la barbe il luy

coupast la gorge. Il estoit sur le
poinct d'executer son entreprise,
quand Denys luy dit ces paroles
par maniere de passe-temps : *Pense bien à ce que tu fais, & à ce qui t'en
peut arriuer :* Le Barbier, qui n'auoit
iamais seruy le Roy, auquel tel
Prouerbe estoit nouueau, se douta
d'estre descouuert, dont sans faire
autre chose il s'agenoüilla à ses
pieds, & luy demanda pardon. Le
Tyran qui ne sçauoit rien de tout
ce qui s'estoit traicté, s'estonna de
cette action, & s'enquit particulierement dequoy il luy demandoit
pardon. Ainsi le Barbier luy ayant
tout declaré, la coniuration fut
descouuerte, & rompue au dommage des entrepreneurs, & Denys esprouua combien luy furent
vtiles les paroles du Philosophe,
qu'il auoit tousiours mesprisées.
Elian dit, que le Tyran est semblable au pourceau, qui soup-

çonne & craint toutes choses, parce qu'il sçait bien que comme le
pourceau il est debiteur de sa vie
à chacun.

XXXI.

Acte plaisant de Denys le Tyran.

Denys de Syracuse fit vn iour
venir en son Palais trois belles filles, & appellant Aristippe, il
luy dit : Regarde laquelle de ces
trois te plaist le mieux, à ce qu'elle
soit à toy : Les ayant considerées, il
dit : Ie les veux toutes trois ; parce
que ie ne voudrois pas qu'il m'ar-
riuast comme à Paris ; pour auoir
iugé Venus la plus belle.

XXXII.

Comme il fit couper la langue à vn flatteur.

VN certain Pedant s'estoit representé que Denys auoit
mal traitté quelques sages & do-

ſtes perſonnages pour luy auoit dit
la verité , parce qu'il n'y auoit perſonne qui en diſt du biē,à cauſe de
ſes horribles mᵃſchācetez, dont il
s'aduiſa d'acquerir par quelque autre moyen ſes bonnes graces. Il
s'employa donc à le louër en toutes ſes actions, en telle ſorte que
par fois il eſtoit ennuyeux au meſme Tyran : Et non content de cela il compoſa vne Iliade de Vers,
qui le depeignoiēt vn demy-dieu,
& les luy preſenta. Denys pour recompenſe luy donna vne bonne
ſomme d'argent , & luy fit couper
la langue. Comme il fut interrogé
pourquoy il l'auoit ſi mal traicté,il
reſpondit:Puis que les dieux m'ōt
fait cette grace de trouuer vn hō-
me qui chante mes loüanges , &
parle en bien de moy , ie veux que
cette langue ſoit embaumée, & re-
poſe en vn Temple comme choſe
ſacrée.

XXXIII.

De Guillaume Allemand Comte de Maſ-
con qui fut emporté par le diable.

Villaume Allemand eſtoit vn
Seigneur puiſſant & opulent,
& deuint ſi inſolent qu'il traittoit
auec toute ſorte de cruauté ſes
pauures ſubiects, voire les Eccle-
ſiaſtiques, deſquels il eſtoit le fleau,
& entre tous il en vouloit aux
Moines de Cluny, leſquels il per-
ſecutoit à toute outrance. Mais
auſſi il ſentit combien eſt formida-
ble la iuſtice diuine : car vn iour e-
ſtant en vn feſtin dans ſa Ville
de Maſcon, le diable en forme hu-
maine le vint appeller, le mena
hors la maiſon, & l'enleua, & em-
porta en l'air, d'où l'on entendoit
ſa voix qui crioit, & diſoit, *Succur-*
rite Ciues, Ciues ſuccurrite, mais en
vain, car oncques depuis il n'a eſté
veu, ni ſon corps trouué ; dequoy
ſon fils vnique ſe forma vne ſi ve-

hemente imagination, que quit-
tant le monde, il remit son Comté
de Mascon au Roy, & s'en alla rendre Religieux à Cluny auec quelques vns de ses plus notables amis,
où il a mené vne saincte vie.

XXXIV.

Prudence d'vn Prince Allemand pour
sçauoir les plaintes que ses subiects
pourroient faire de luy.

VN Prince Allemãd a esté fort
loüé de ce qu'en habit incogneu souuent il se trouuoit parmi
les bergers, moissonneurs, laboureurs, & autres rustiques ses subiets, desquels il s'équeroit fort particulierement ce qu'ils sçauoient
des deportemẽts de leur Seigneur,
quel homme c'estoit, s'il se gouuer-
noit benignement, si ses officiers
administroient bonne iustice, &
s'il recognoissoit les gens de bien.
Là dessus on luy demanda vn
iour pourquoy, luy qui estoit de

race tres-illustre & grand Prince
feignoit ainsi le paysan? Il faut, dit-
il, que i'apprenne la verité de la
bouche des pauures bergers & laboureurs: car mes courtisans &do-
mestiques ne sont que flatteurs &
flagorneurs, qui ne seruent autre
chose qu'à me complaire, & cha-
touïller mes oreilles.

XXXV.

Plaisante response du fol du Marquis de
Guast à Monsieur d'Anguien.

AVant que la bataille de Seri-
zolles se dónast, le Marquis
de Guast s'asseurant de la victoire
deuát le choc, donna à son plaisát
vne armure dorée & vn cheual
d'Espagne, & luy promit encore
500. ducats pour porter les premieres nouuellesde sa victoire àla mar-
quise sa femme. Mais sa vaine gloire fut bié tost abbattuë: car les Frá-
çois gagnerêt la bataille, & l'armee

el Empereur fut deffaite. Le plaifant du Marquis fut trouué entre
les prifonniers Efpagnols, que l'on
prenoit, eftant fi bien monté & armé, pour quelque grand Seigneur,
ou braue Caualier. Il fut dõc amené deuant Monfieur d'Anguié, qui
le reconneut apres l'auoir interrogé : Et luy demandant qui l'auoit fi
bien equippé : Il refpondit, Monfieur le Marquis m'a donné le cheual & les armes , & m'auoit encore
promis cinq cẽs ducats , pour porter à Madame la Marquife les premieres nouuelles de fa victoire,
mais ie croy que le Marquis a voulu gagner luy-mefme fon argent,
& qu'il y eft allé en perfonne.

XXXVI.

Belle comparaifon de Iean de Gonzague.

IEan de Gõzague ioüoit vne fois
aux dez , & ayant perdu vne
grande fomme d'argent, il remar-

qua qu'Alexandre son fils s'en faschoit , qui l'incita de dire à quelques Gentils-hommes : Alexandre
le Grand lors qu'il estoit encor ieune pleuroit à chaudes larmes quãd
il entendoit dire que Philippe de
Macedone só pere gaignoit quelque bataille , ou conquestoit quelque Royaume. Interrogé pourquoy il pleuroit, il respondit ; que
son pere gagneroit tant de pays,
qu'il ne luy lairroit rien à conque-
rir ; Mais tout au rebours , mon fils
Alexandre a la larme à l'œil voyant que ie perds ; car il doute que
ie ne perde tant que ie ne luy laisse
rien à perdre.

XXXVII.

De quelle façon Pierre Comte de Sauoy
se presenta à l'Empereur.

Pierre Comte de Sauoye alla
vers l'Empereur Othon pour
luy faire hommage de ses terres,
estant vestu d'vne robe, moitié d'a-

cier en façon d'vn harnois doré; de
forte que du cofté dextre il eftoit
richement veftu, & du cofté gauche eftoit armé.   Et comme il eut
demandé l'inueftiture de fes terres
à l'Empereur, & qu'il la luy eut ac-
cordée; le Comte s'eftãt retiré par
deuers le Chancelier pour auoir fa
defpefche, & monftrant les vieux
tiltres & lettres de fes Predecef-
feurs, le Chãcelier luy demãda s'il
n'en auoit point des terres de Cha-
blais, d'Ofte, & de Vaux, fçachant
bien que nouuellement il les auoit
cõquifes. A quoy le Côte mettant
la main à l'efpée, & la luy monftrãt
toute nuë refpondit, qu'il n'en a-
uoit autres lettres que cela. Depuis
l'Empereur luy demanda qui le
mouuoit de porter vne telle robe,
moitié de brocardor, & moitié d'a-
cier. Le Comte refpondit, qu'il
portoit le brocardor à main droite pour faire honneur à fa Maje-

sté : & quant au costé gauche, cel
signifie que si l'on me dresse quel
que querelle sinistre & mauuaise
ie suis prest de me defendre , &
combattre iusques à la mort.

XXXVIII.

Belle response du Comte d'Anguien au
Marquis de Guast.

FRançois de Bourbon Comte
d'Anguien, estant pour le Roy
François I. en Piedmont contre
l'armée de Charles V. dont estoit
Chef le Marquis de Guast. Iceluy
Marquis manda audit Sieur d'Anguien , qui estoit encore ieune
Prince , qu'il auoit la barbe trop
ieune pour auoir la hardiesse de le
combattre. Monsieur d'Anguien
luy fit response, que les barbes des
François ne tranchoient ni ne
combattoient , mais ouy bien les
espées auec lesquelles on gagnoit
les batailles.

*Responſe accorte du Prince de Naſſau à
la Reine de Hongrie.*

LE Comte de Naſſau, Lieutenant de l'Empereur Charles
V. ayant aſſiegé la Ville de Peronne, qui tenoit pour François I. la
Reine de Hongrie, ſœur de l'Empereur, & Gouuernante des pays
bas, eſcriuit audit Comte, qu'elle
s'eſtonnoit comme il eſtoit ſi longuement deuant Peronne, qu'on
n'eſtimoit qu'vn petit Colombier.
Il luy fit responſe, Qu'à la verité ce
n'eſtoit qu'vn petit Colombier,
mais que les pigeons qui eſtoient
dedans eſtoient forts & difficiles à
prendre.

X L.

*Plaiſant rencontre du Perroquet du
Comte de Fiaſque.*

LE Comte de Fiaſque auoit vn
Perroquet, qui ayant vn iour
deſrobé du roſty à la Cuiſiniere, la-

quelle indignée de ce larrecin, luy ietta de l'eau bouillante qui l'attrapa sur la teste, dont les plumes luy en tomberent. Or aduint vn iour qu'vn certain Abbé vint visiter Monsieur le Comte, qui ayant demeuré quelque temps descouuert, le Perroquet luy voyant la teste rasee. va dire: A, a, auez-vous encore desrobé du rosty? Ce qui dõna sujet de rire au Comte & à l'Abbé, sçachans la cause pourquoy le Perroquet auoit dit cela.

XLI.

Sentence remarquable d'vn Chancelier de France.

COmme on parloit vn iour en la presence d'Antoine du Prat Chancelier de France de la guerre de François I. pour recouurer Milan, & que quelques vns disoient, qu'il vaudroit beaucoup mieux que Milan fust du tout perdu &

ruiné pour le dommage qu'il apportoit aux François. Il respondit:
Il est necessaire que Milan demeure ainsi; car il sert de purgation à la
France pour luy oster les mauuaises humeurs des hommes gastez &
desbauchez, qui la pourroient cor-
rompre.

XLII.

Chasteté remarquable d'vne Comtesse Angloise.

LA pudicité d'Æclips Côtesse
de Salberic est digne d'estre
celebrée par la memoire de tous
les siecles, laquelle voyāt Edoüard
III. Rôy d'Angleterre brusler
d'vn trop desordonné amour, lequel enyuré d'vne passion si vio-
lente luy voulut rauir l'honneur, la
sollicita selon que son affection
le conduisoit à l'amour deshon-
neste ; mesmes ses Courtisans
luy voulans preparer du plaisir,
& n'ayans autre esgard que de

luy cõplaire, luy conſeillerent, que
ſi de bon gré elle ne vouloit cõde-
ſcendre à ſa volonté , qu'il deuoit
vſer de force , & ſe ſeruir de ſon
authorité Royale. Auquel conſeil
adherant il enuoya querir Ælips
pour en abuſer à ſon plaiſir, laquelle ſe voyant preſſée, deſtituée de
tout ſecours humain, & craignant
d'eſtre violée, ſe proſterna à ge-
noux aux pieds du Roy, luy remõ-
ſtrant d'vne voix tremblante, & a-
uec grãde effuſion de larmes, puiſque la fortune & le deſtin contraire
l'auoient là amené deuant luy cõme l'agneau innocent au ſacrifice,
elle le ſupplioit humblement de
luy vouloir octroyer vne requeſte
qu'elle luy vouloit faire. Le Roy e-
ſtant ioyeux de cela luy iura par la
dignité du Sacrement de Bapteſme
qu'il auoit receu, qu'elle ne ſeroit
refuſée de choſe qui fuſt en ſon
pouuoir, voire luy fiſt-elle deman-

de de son sceptre, qu'il le luy o-
ctroyeroit. Lors la chaste Dame luy
presenta vn grand couteau qu'elle
auoit caché expres sous sa robe,
luy disant, que le dõ qu'elle requeroit, & pour lequel sa foy estoit demeurée obligée, c'estoit qu'elle le
supplioit tres-humblemẽt, plustost
que luy rauir son honneur, ou qu'il
dõnast fin à sa vie auec l'espée qu'il
portoit ceinte, ou qu'il luy permist
de se tuer auec ce couteau tran-
chant, afin que son sang innocent
portast tesmoignage deuant Dieu
de sa pure chasteté. Le Roy voyãt
l'inuiolable constãce de ceste vertueuse Dame fut vaincu d'vn re-
mords de conscience, & pour la re-
compenser en quelque sorte de
l'effort qu'il s'estoit efforcé de luy
faire, & recognoistre son inuiolable pudicité, il cõsentit de la prendre pour sa loyale Espouse; & print
pour compagne celle qu'il auoit

voulu laiſſer heritiere de ſes vices, & la fit Reine d'Angleterre pour le loyer de ſa chaſteté. Voila comme Dieu ſçait bien recompenſer les bonnes volontez de ceux qui s'expoſent au peril de leur vie, pluſtoſt que de conſentir à l'offenſer.

XLIII.

Courage memorable d'Ennia mere d'Edoüard Roy d'Angleterre.

EDoüard II. Roy d'Angleterre fit mettre en priſon Ennia ſa mere qui auoit eſté fauſſement accuſée d'adultere par Goodouin Prince d'Angleterre, laquelle en teſmoignage de ſa chaſteté & innocence ſe precipita en vn grand feu ardant en la preſence du Roy & de tous ceux de ſa Cour, proteſtant & diſant: Ainſi ce feu puiſſe bruſler & conſommer mon corps, comme ie ſuis coulpable des faicts dont ie ſuis accuſée, & de faict elle ſortit du feu ſans eſtre en aucune

façon endommagee. Et ainſi fut
cogneu qu'à tort & iniuſtement
on luy vouloit rauir l'honneur,
qu'elle auoit auſſi cherement gardé que la vie.

XLIV.

Subtilité des Dames de Vreinsberg pour
ſauuer la vie à leurs maris.

L'Empereur Conrad III. apres
vne aſſez longue & douteuſe
guerre contre Guelfe Duc de Ba-
uiere, finalement contraignit Guelfe, deuenu foible, de ſe renfermer
dedans VVeinsberg, où il delibera
l'attraper, & ruiner ſa Ville, ſans
vouloir entendre conditions quel-
cõques. Mais à la parſin vaincu par
les ſupplications de quelques Dames & Damoiſelles, il leur permit
de s'en aller ſauues, à condition de
n'emporter hors la Ville, ſinon ce
qu'elles pourroient ſouſtenir &
porter ſur leurs eſpaules. Alors ces
vertueuſes femmes d'vn courage

viril & deuotieux chargerent sur
leurs dos, l'vne le Duc, les autres
leurs maris, enfans, peres & meres:
spectacle qui donna tel contentement à l'Empereur, que pleurant à
chaudes larmes de la ioye d'vne si
naïfue amitié, il mit bas en premier
lieu tout mal-talent, puis pardonna
aux habitans de VVeinsberg, &
receut en amitié le Duc, auquel parauant il vouloit mal de mort.

X L V.

Acte magnanime d'vne grande Dame.

VNe Dame, issuë d'vne tres-illustre famille, estant vefue,
fut assiegée dans vn Chasteau tresfort par vn Baron qui la vouloit
auoir à femme contre sa volonté:
Elle le haïssoit à mort, le recognoissant tres-meschant homme,
veu mesmes qu'il luy auoit enleué
deux ieunes fils qu'elle auoit. Ce
Baron pour l'induire à se rendre,
les luy montra vn iour proche du

Chasteau, accompagné de ses soldats, lesquels auec l'espée nuë me-
naçoient cette Dame de tuer ses
enfans, si elle demeuroit obstinée
& ne se rendoit. Remarquez l'acte
viril qu'elle fit : S'estant mise toute droite en vn lieu où elle estoit
pleinement veüe de son ennemy,
elle leua le deuant de sa robe, &
dit : Si tu me tues ceux-là, ie suis
encore assez ieune pour en faire
d'autres. Le Baron demeura si confus de cet affront, qu'il ne la mo-
lesta plus, ains luy rendit ses deux
fils, parce qu'il recogneut bien que
c'estoit en vain qu'il combattoit
contre la resolution & fermeté de
cette Dame. Cela me fait souuenir
d'vne belle Sentence de Ciceron,
qui dit en sa Rhetorique : *La vertu*
seule est en la puissance d'elle-mesme, &
toutes les autres choses sont soufmises à
la domination de la Fortune.

G v

XLVI.

Belle repartie d'vne grande Dame.

VN grand Seigneur de France, tres riche, mais qui n'a-uoit pas tout l'esprit du monde, faisoit bastir vne superbe maison, en laquelle il y alloit vne tres-grãde despense, mais les regles de l'Architecture n'y estoient point obseruées, parce qu'il la faisoit bastir selon sa fantaisie. Vn iour comme l'on discouroit en vne noble compagnie de ce bastiment, vne grande Dame oyant parler de ses defauts dit en sousriant: Il me semble quand il sera paracheué, qu'il representera deux choses, sçauoir, le trop d'argent, & le peu de iugement du maistre. Dont on peut dire, que *Des richesses mal employées, on n'en acquiert autre que blasme & vitupere.*

XLVII.

Dicts de Talbot Capitaine Anglois
se voyant en peril auec son fils
en vne bataille.

TAlbot Capitaine Anglois se
voyant en vne bataille pour-
suiui des François, & apperceuant
le danger eminent où luy & son
fils estoient, il conseilla à son fils de
prendre la fuite , & qu'il valoit
mieux que luy seul y demeurast
apres tant de victoires qu'il auoit
gaignées sur les François. Mais toy,
dit le Pere au fils , quand tu mour-
ras icy ce te sera peu d'honneur, au
lieu qu'eschappant à la fuite, tu
peux à l'aduenir par ta vertu acquerir de l'honneur, & seruir la nation Angloise. Lors le fils respondit; Il n'est pas conuenable, mon
pere, de fuïr pour l'amour de cette
vie mortelle, qui est tost passée, ie
veux courir la mesme risque que
vous.

G vj

XLVIII.

*Gaillardise d'vn Seigneur de Castille
qui plaidoit vn Duché.*

VN grand Seigneur de Castille plaidoit en Cour vn Duché du Royaume : mais pendant
qu'il alloit au Palais pour soliciter
ses affaires, il s'amouracha d'vne
belle Damoiselle, nommée Blanche, & la prit pour femme à l'in-
sceu de son pere, vers lequel vn
amy du nouueau marié s'achemi-
nant pour luy persuader d'agreer
ce qu'auoit fait son fils: Il respondit: Ie ne peux m'empescher de tirer peine & trauail d'esprit, puis
que mon fils plaidoit pour vn Ducat, ou Duché, & il s'est contenté
d'vne Blanche. Il faisoit allusion
du nom de la femme de son fils, à
vne monnoye ainsi nommée, qui
couroit en ce lieu.

XLIX.

Plaisante response à vn qui s'estoit fait representer en marbre.

VN Seigneur assez lourdaut, & tres-auare, auoit fait tailler son effigie en marbre à vn excellent Sculpteur. La faisant voir vn iour à quelques Gentils-hommes ses amis pour sçauoir s'il estoit bien representé, L'vn d'iceux luy dit: Monsieur, ce marbre vous ressemble en corps & en ame.

L.

Sage repartie d'vn Mareschal de France.

IEan le Maingre, dit Bouci-quault, Mareschal de France, & Lieutenant pour le Roy Charles VI. à Genes, se pourmenât vn iour à cheual par la ville, rencôtra deux Courtisanes richement vestues à la mode du pays, qui luy firent la reuerence, & luy à elles. Huguenin de Tolligny, qui estoit deuant luy, s'arresta, & luy dit ; Monseigneur, qui sont ces deux Dames que vous auez si humblement saluées ? Ie ne sçay, dit le Mareschal. Huguenin repliqua, ce sont filles de ioye : Le Mareschal respondit, Ie ne les cognoy pas: mais i'ayme mieux auoir fait la reueréce à dix filles de ioye, qu'auoir manqué à saluër vne femme de bien.

LI.

Simplicité d'vne femme parlant au Mareschal d'Aumont, & la repartie qu'il fit à vn Capitaine.

AV siege d'Autun en Bourgógne , il y eut vne bonne Villageoise qui se vint ietter aux pieds du Mareschal d'Aumont, luy disant : Monsieur le Serrurier , ayez pitié de moy , & me faites rendre vne vache que vos soldats m'ont desrobée ; Helas! i'ay quatre petits enfans qui languissent de faim. Le Mareschal luy dit: Bonne femme, commēt sçauez-vous que ie m'appelle Monsieur le Serrurier ? On m'a bien dit (repliqua-t'elle) que l'on vous appelle Monsieur le Mareschal, mais ie croy vous faire plus d'honneur de vous appeller Monsieur le Serrurier, parce que le mestier est plus spirituel. Il falut en fin sçauoir qui auoit desrobé la vache. Quelques soldats de la Compagnie du Capitaine Clou en furent accusez, dont leur Capitaine fut au mesme instant appellé deuāt Monsieur le Mareschal, qui luy dit : Min Dieu, min Dieu (tel estoit son iuron) ie suis le Mareschal , & vous estes le Clou; mais si vous ne faites rendre la vache à cette pauure femme, ie vous riueray.

LII.

Vn Gentil-homme voulant gausser vn
artisan eut son payement .

VN Gentil-homme voulātrire va demāder à vn sien pro-

chevoisin qui trauailloit en sa boutique, Vien ça, dy moy pour la pareille, combien vous estes de Co-
cus en vostre ruë. Ce voisin voyãt
que cela le touchoit de pres, il repartit , Nous pouuons bien estre
vne douzaine, Monsieur , & si ie ne
vous conte pas. Ce fut à Monsieur
à s'oster de là , & à regarder si personne les auoit ouïs.

L I I.

Ignorance d'vn Seigneur Italien.

VN Seigneur Italien voulant
auoir en sa maison vn Secretaire, il desira lors qu'il luy fut presenté d'esprouuer sa capacité, &
qu'il luy fist voir quelque lettre escrite en Latin. Ce Secretaire, qui
estoit assez docte & experimenté
luy en fit voir vne tres-elegante
qu'il escriuit au mesme instant, qui
fut leuë de ce Signore, qui entendoit le Latin comme vn Cheual,&
neantmoins presumoit beaucoup

deſoy. L'ayant leuë il dit à ce Secretaire, qu'il n'eſtoit pas propre
pour le ſeruir, parce qu'il eſtoit
grandement incorrect. Eſtant enquis des fautes qu'il auoit trou-
uées, il reſpondit, qu'il auoit eſcrit
Beneuolentia, au lieu de *Beneuolencia*,
& *ſané* par deux nn, le lourdaut
croyant que les accens fuſſent de
tiltres. Par ce moyen il fit cognoiſtre ſon ignorance, & pour ce ſeul
ſubjet il ne voulut point de ce Secretaire en ſa maiſon.

LIV.

Belle repartie du Seneſchal de Cham-
pagne à quelques Seigneurs.

IEan Seigneur de Ioinuille con-
ſeilloit au Roy S. Louys de ne
retourner en France iuſques à ce
que les guerres de la terre ſaincte
fuſſent miſes à fin. Quelques Seigneurs indignez de cela qui deſi-
roient leur retour, l'appelleręt Poulain, qui eſtoit vne iniure practi-

quée alors entre les paysans. Il leur repartit; I'aime mieux estre Poulain brusque que Cheual recreu.

LV.

Paroles remarquables d'Imbraym Truchement & Ambassadeur du grand Turc, lors que Maximilian II. fut esleu Empereur.

IMbraym Truchemēt & Ambassabeur du grand Turc se trouuant à Francfort auec le Sieur de Busbeque lors que Maximilian II. fut esleu Empereur, on luy monstra trois grands Princes, les Ducs de Saxe, de Bauieres & de Iulliers, marchans ensemble à cheual deuant Ferdinand & Maximilian: puis on luy dit que chacun de ces trois estoit si puissant, qu'auec ses moyens il pouuoit assembler, souldoyer, & mener vne puissante armée contre les Turcs: qu'il y auoit plusieurs tels autres Princes en Alle-

magne : & ce qu'il penſoit deuoir
aduenir ſi tous ioignans leurs forces enſemble couroient ſus à ſon
Maiſtre. Imbraym ſe print à rire,
& dit : Que le nombre des Princes
qui ſe trouuoient là luy faiſoient
aſſez coniecturer que les abſens
auoient de grands moyens, & que
les forces de l'Allemagne eſtoient
infinies : mais qu'il eſtimoit les
cœurs des Allemans reſſembler à
vne beſte qui auoit beaucoup de
teſtes , & encore plus de queuës:
Que cette beſte eſmeuë s'efforçant
de trauerſer vne haye, les diuerſes
teſtes cerchoient chacune ſon trou
à part , à fin d'auancer & paſſer outre : ce qui eſtoit cauſe neceſſaire-
ment que le corps & les queuës ne
bougeoient , eſtans empeſchées
d'aller auãt, ou arriere. Mais que le
Sultan ſõMaiſtre pouuoit eſtre cõ-
paré à vn puiſſantAnimal ayãt vne
ſeule teſte &pluſieurs queuës;telle-

ment que si l'Animal fourroit la teste par vn trou, il falloit que le corps & les queuës allassent apres sans empeschement. Il ne vouloit representer par cet apologue que la desunion des Princes Chrestiés, & à l'opposite la concorde, & la puissance bien vnie des Turcs.

LVI.

Belle comparaison de l'Ambassadeur du
Grand Seigneur touchant la force des
Chrestiens & celle du Turc.

VN Ambassadeur du Grand Turc fut enuoyé au Roy de France, & pendant son seiour à Paris il fut logé chez vn grand Seigneur de la Cour, lequel vn iour pour luy donner du plaisir fit venir vn ieune homme qui ioüoit parfaictement bien du Luth. Cettui-cy voulant commencer à ioüer, demeura quelque temps, seló la coustume, à accorder son instrument; & apres auoir ioüé quelque peu

vne corde se rompit, & peu apres
vne autre, d'où vint qu'il luy falut
encore prendre la peine d'en remettre d'autres, & l'accorder de
nouueau. Au mesme téps cet Ambassadeur fit venir vn sien seruiteur
More, auec vn instrument à deux
cordes, duquel il ioüoit auec l'ar-
chet, qui, sans tarder gueres à le
mettre d'accord, cómença à ioüer.
Ayant ioüé vn bon espace de téps,
l'Ambassadeur dit à ce Seigneur
François; Voyez comme vostre
Musicien voulant ioüer a eu beaucoup de peine à accorder só Luth:
& apres l'auoir accordé, au meilleur de son ieu il s'est deux fois de-
saccordé. Mais l'instrument de mó
Seruiteur a esté à l'instát d'accord,
& en a ioüé, comme vous auez veu
long-temps, & seroit encore propre à en ioüer tout le iour, voire
iusques à demain, sás qu'il se desac-
cordast. Ie dis donc à propos, que

vous autres Chrestiens estes faits
tout ainsi que vostre instrument:
car estás plusieurs testes, vous auez
beaucoup de peine à vous accorder pour faire quelque entreprise;
& apres que vous estes d'accord,
vous ne demeurez gueres à vous
desaccorder : par ainsi vos entre-
prises demeurent sans nul effect.
Mais nous ressemblons à nostre
instrument , lequel n'a que deux
cordes qui s'accordent auec grande facilité, comme vous auez desia
veu, parce que nous, tant nobles
que roturiers , sommes si bien ac-
coustumez à seruir & à obeïr à no-
strePrince:que nous venons à former vn corps, duquel il est le chef;
de sorte que nous commandant,
sans côtrarieté nous luy obeïssons,
& ainsi nous sommes soudain
d'accord, sans qu'il nous puisse arriuer de la discorde. De sorte qu'il
ne se faut pas esmerueiller si estans

vnis en vn corps seul nous sommes souuent vainqueurs survous,
qui estes diuisez en plusieurs.

LVII.

Gaillardise d' vn Gentil-hõme Castillan,
& d'vne Marchande Portugaise.

LEs Portugais ont coustume de
dire par maniere d'affront,
Paſſe, c'est vn Castillan.   Aduint
qu'vn Gentil-homme Castillan
braue & de bonne mine s'adreſſa à
Lisbonne à la boutique d'vne
Marchande, & demande à vne fille
qui gardoit la boutique, qu'elle luy
fiſt voir vne piece de toile d'Hollande. La fille paſſe par vne porte
de derriere, appelle ſa Maistreſſe,
luy disant, Il y a vn Castillan qui
veut acheter vne piece de toille
d'Hollande: La Portugaiſe vint, &
dit à ceste fille; Sotte, & mal appri-
ſe, as-tu point de honte d'appeller
Castillan vn honneste homme
comme cestui-cy?

LVIII.

Ingratitude d'vn Gentil-homme en-
uers vn Villageois qui luy fit recou-
urer son Faucon.

VN Gentil-homme se dele-
ctant grandement à la chasse
de l'Oiseau; aduint vn iour qu'ayât
sur le poing vn des meilleurs Faucons qu'il eust, il eschappa, & s'alla
percher au faiste d'vn peuplier tres-
haut & de difficile accés, où par
malheur il demeura attaché par les
pieds. Le Gentil-homme tres-mar-
ry de voir son oiseau ainsi pris , &
qu'il estoit presques impossible de
monter au sommet de l'arbre : Finalement se resolut d'y faire monter l'vn de ses subjects, luy donnât
esperâce d'vne bonne récompen-
se. Cettui-cy plus par amour & par
obeïssance que pour le profit en-
treprit l'affaire, qui luy reüssit tres-
bien. Le Gentil-homme n'admiroit pas moins l'obeïssance que la
hardiesse

hardieſſe de ſon vaſſal ; & comme
il vid qu'il tenoit le Faucon , qui
battant des aiſles ſembloit à tout
moment luy deuoir eſchapper des
mains, il s'eſcria à haute voix: Garde bien vilain traiſtre qu'il ne t'eſchappe, ſi tu ne veux queie te pen-
de en l'vne des branches de cet arbre. Ayant receu ſon Faucon, il ne
donna autre recompenſe à ce villageois (qui s'eſtoit mis au hazard
de ſe rompre le col) que trois ou
quatre bonnes paroles, en luy donnant de la main ſur l'eſpaule, de
quoy le pauure manant fut tres-
content, & payé pour trois mois.

LIX.

Plaiſant rencontre d'vn Gentil-homme.

VN Gentil-homme voulant
acheter du vin Corſe, com-
me on luy en fit taſter, il recogneut
en mouuant la teſte qu'il y auoit de
l'eau. Le Marchand luy dit : Mon-

H

Monsieur, ie vous asseure que ce
vin est Corse. Le Gentil-homme
respondit : Vrayement il me semble bien qu'il a couru, parce qu'il
est encore tout en eau.

LX.

Plaisante response d'vn Gentil-homme
Alleman à vne femme d'Auignon
qui se vouloit mocquer de luy.

VN Gentil-homme Alleman,
(qui toutefois parloit assez
bon François) passant sur le pont
d'Auignon pour entrer dans la Ville ; son Cheual qui estoit assez las,
vint à manquer des deux pieds de
deuant, & s'abbattit deuant vne
femme vn peu suspecte de l'honneur, laquelle voyant cela se print
à rire, & sembloit se vouloir mocquer de ce Gentil-homme, qui luy
dit : Madame, ne trouuez pas cela
estrange, car toutes les fois qu'il
void vne putain, il en fait de mes-

me. Elle repartit en sousriant, Mõsieur, ne passez pas plus auant, car si vous entrez dans la ville vous estes en danger de vous rompre le col.

LXI.

Subtile response d'vn Gentil-homme à vne Damoiselle qui le voulait gausser.

ALfonse Carille estant à la Cour du Roy d'Espagne cõmit quelques fautes de ieunesse, qui n'estoiét pas beaucoup importantes, dont par le commandemēt du Roy il fut mis en prison, où il demeura toute la nuict, & en sortit le lendemain. Venant le matin au Palais, il entra dans la grande salle, où il y auoit plusieurs Gentilshõmes & Damoiselles qui se gaussoient de son emprisonnemēt. Entre autres, vne Damoiselle luy dit, Mõsieur, vostre infortune m'estoit grandement ennuyeuse, par-

ce que tous ceux qui ont l'honneur
de vous cognoistre pensoient que
le Roy vous feroit pendre. Alphonse repartie à la Damoiselle,
I'en auois plus de peur que vous,
toutefois i'auois esperance que
vous me demanderiez pour vostre
mary. Il disoit cela, d'autant qu'en
Espagne, comme encore en plusieurs autres lieux on auoit de coustume quand on menoit quelque
criminel au supplice, si vne putain
publique le demandoit pour son
mary, on le luy octroyoit.

LXII.

Gentille repartie d'vn Gentil-homme
à vne Damoiselle.

VN Seigneur de marque estoit
en vn festin entre deux Gentils-hommes, qui n'estoient pas
seulement en reputation de bien
manger, mais de deuorer. Vne
Dame de qualité luy dit : Com-

ment vous va, Monfieur, ie ne
vous voy point ioyeux à l'accou-
ftumée. Il refpondit, Madame, ne
vous en eftonnez pas, car me voyant entre le Scylle & le Carybde,
ie fuis en perpetuelle crainte. Il dit
cela fi à propos, & de fi bonne grâ-
ce qu'il donna fubjet de rire à toute la compagnie.

LXIII.

Rencontre plaifant d'vn Gentil-
homme François.

VN Gentil-homme François
ayant à faire vn voyage en
Allemagne, cerchoit vn homme
pour l'accompagner, & luy feruir
de Truchement & de Secretaire.
On luy adreffa vn ieune homme
tres-propre à ce qu'il defiroit, qu'il
accepta & mena quant & foy en fõ
voyage. Or il aduint que ce ieune
homme tomba malade à Ausbourg
& y mourut. Ce Gentil-homme

estant de retour en France, plusieurs parens & amys du defunct
luy demanderent pourquoy il n'a-
uoit ramené son Truchement. Il
leur respondit, vous me l'auez
donné de vin, & les Allemans
l'ont beu.

LXII.

Sage response d'un Gentil-homme à vn sien amy.

VN Gentil-homme fut inuité
à disner par vn sien amy, qui
le voyant boire si peu, luy dit : Si
persóne ne beuuoit plus que vous,
le vin seroit à meilleur marché
qu'il n'est pas. Vous vous trompez,
respond le Gentil-homme, car il
seroit de beaucoup plus cher si
chacun beuuoit comme moy, puis
que ie boy tant que ie veux.

LXV.

Rencontre subtil d'vn Gentil-homme.

VN Gentil-homme voyant qu'on amenoit prisonnier à Rome vn Gouuerneur de Spolete, lié & garroté, il dit : Cet homme à eu les plus grandes fortunes du monde, parce qu'il sortit de Rome Gouuerneur, & on l'y ramene *Legato*, c'est à dire lié.

LXVII.

Mort memorable d'vn Gentil-homme Milanois.

QVand Galeas Duc de Milan fut tué dans l'Eglise sainct Estienne, comme l'on faisoit le diuin seruice, l'vn des conspirateurs & meurtriers fut tué à l'instant au mesme lieu: l'autre nommé Ierosme, ayant esté caché par trois iours sous la boutique d'vn marchand à la rüe, fut contraint par famine d'en sortir : Et estant apprehendé fut condamné à estre fen-

du & escartelé vif. L'execution se
faisant, luy estant estendu sur vne
table, au bout de laquelle sa teste
pendoit en bas, comme on luy eut
ouuert la poictrine & le ventre, il
dressa sa teste de viue force pour
voir ses entrailles sortir de son
corps, & dit, *Collige te Hieronyme;
mors acerba, laus perpetua*, & à l'instant mourut.

LXVII.

*D'vn Gentil-homme qui portant le
dueil, montoit vne mule harnachée de velours rouge.*

VN Gentil-homme Italien,
bien qu'il portast le dueil de
sa mere qui estoit decedée depuis
quelques mois, ne laissoit pourtant
de monter vne mule harnachée de
velours rouge cramoisy. Quelques
vns de ses amis luy voulans remõ-
strer que cela estoit indecent, il
leur fit response : Si la mere de ma

mulé estoit moite, ainsi qu'est la
mienne, il seroit bien raisonnable
qu'elle en portast le dueil: mais n'e-
stant pas morte, pourquoy est-ce
que sa fille sera vestue de noir?

LXVIII.

Belle repartie d'vn Gentil-homme qui
elogisoit sur les beautez d'vne
Damoiselle.

VN Gentil-homme le moins
du monde gausseur, entra sur
le traquenar de son bien dire pour
elogiser sur les beautez & perfections d'vne Damoiselle, qui se res-
sentoit quelque peu de l'antiquité.
Il luy disoit entre autres loüanges:
Vos bónes graces, Madamoiselle,
excellent en perfection celles de
Carites, vous estes le vray paran-
gon des Béautez, & vostre eloqué-
ce clost la bouche aux plus diserts
de ce siecle. La Damoiselle ouurát
les leures à demy, repliqua : Ce
n'est pas à moy, Mõsieur, à qui ces

H v

loüanges s'adreſſent ; cela feroit
bon à quelque plus belle & plus
ieune que moy ; car ie ſuis deſia
vieille. En cela, Madamoiſelle, (adiouſta le Gentil-homme) vous
reſſemblez aux Anges, qui ſont les
premieres, & les plus anciennes
creatures que Dieu ait creées.

LXIX.

D'vn vanteur qui ſans y penſer ſe ma-
nifeſta baſtard.

VN Gentil-homme, forty du
coſté gauche quant à la no-
bleſſe, ſe trouuant vn iour auec vne
brigade de galants hômes où l'on
s'entretenoit aux deſpens de quelques mariez ; pour faire eſclatter
ſon extraction, il dit: Ie ſçay bien
qu'on ne peut pas me reprocher
d'eſtre fils d'vn cornard, parce que
mon pere ne fut iamais marié. Il
donna ſujet à toute cette compagnie de rire, en ſe declarant honneſtement fils de putain.

LXX.

Vn Gentil-homme Neapolitain est moc-
qué à cause de sa simplicité.

VN Gentil-homme Neapoli-
tain, qui pour sa bonté naturelle se rendoit aimable à la Noblesse de Naples, ayant composé
vne Oraison spirituelle, & desirant
de la faire imprimer, il luy monta
en fantaisie d'auoir des Indulgen-
ces du Pape pour tous ceux qui la
liroient. Pour cet effect, comme il
sollicitoit plusieurspersonnes d'authorité pour le fauoriser en cet
affaire, vn galant homme luy dit:
Monsieur, selon mon iugement,
vous deuriez plustost procurer vn
Brief de sa Saincteté, par lequel
il fust enioint à tous les Confesseurs, qu'ayant des copies de vostre Oraison, ils la donnassent à
lire pour penitence à tous ceux
qui auroient commis quelque

grãd peché, car par ce moyé vous ferez plus asseuré qu'elle sera leuë.

LXXI.

Repartie d'vne Damoiselle à vn
Gentil-homme.

VNe Damoiselle dit à vn Gentil-homme qui parloit beaucoup & donnoit peu : Il vaudroit beaucoup mieux, Monsieur, que ce qui est en vostre bourse si resserré fust en vostre bouche.

LXXII.

Vne Damoiselle croyant faire vn affront
dans vn bal à vn Gentil-homme,
le receut elle mesme.

VN Gentil-homme, qui auoit deux playes aux aynes, ou à fin que ie ne me trompe, qui auoit fait de ses chausses vne Escuyrie, en dansant l'vn de ses emplastres coula au long de sa cuisse, & tomba à terre. Vne Damoiselle croyant

de luy faire vn affront, fut prompte
à le leuer, en luy difant, Monfieur,
voila voftre emplaftre. Le Gentil-
homme repliqua à l'inftant, en arrachant fans eftre apperceu, & mõ-
ftrãt l'emplaftre de fon autre playe:
Excufez moy, Madamoifelle, c'eft
le voftre, car voicy le mien.

LXXIII.

Raillerie d'vne Damoifelle à vn Gentil-
homme camus.

VN Gentil-homme eut cette
difgrace de nature qu'il naf-
quit auec vn demy nez. Ie dis cela
à propos d'vne raillerie tres-fubti-
le dite à l'encontre de luy par vne
Damoifelle, parce qu'il s'eftoit
mocqué d'vne fienne parente, dequoy defplaifante, elle dit à plufieurs Damoifelles qui en parloiët:
Il me femble que cé Gentil-homme s'eft en cela grandement trompé, parce qu'il deuroit pluftoft en-

durer d'estre gaussé que de se mocquer des autres : d'autant qu'on a
coustume de dire à celuy qui reçoit
quelque raillerie, qu'il est demeuré
auec vn pan de nez, d'où vient que
luy qui en a tant de besoin , seroit
en cela grandement soulagé.

LXXIV.

Response d'vne Damoiselle à vn Gentil-
homme qui la reprenoit de son fard.

VN ieune Gentil-homme fa-
milier auec vne Damoiselle,
la voyant vn iour fardée extraordinairement d'vn fard qui reluisoit
cóme vn miroir, il luy dit : Ie vous
prie n'vsez plus de ce fard , car il
m'esblouït la veüe. La Damoiselle
repliqua au mesme instant : Monsieur, ie voy bien que c'est, vous
estes si laid que vous ne voudriez
iamais vous voir en vn miroir.

LXXV.

*Response d'vne Damoiselle interrogee
pourquoy elle estoit pensifue.*

IL n'y a pas long-temps qu'vn
Gentil-homme voyant vne Damoiselle toute morne & pensifue,
il luy demanda d'où prouenoit son
mescontentement. Elle respondit:
Ie pense à vne chose, laquelle toutes les fois que ie la mets en mon
souuenir, me donne vn extreme
ennuy, & ne la peux oster de ma
fantaisie : C'est que me representant que tous les corps doiuent re-
susciter au iour du Iugement vniuersel, & comparoistre tous nuds
deuant le Tribunal de Nostre Seigneur, ie ne puis supporter la peine que ie sens, quand ie conside-
re que le mien sera aussi veu tout
nud.

LXXVI.

Response ioyeuse à vne Damoiselle vestue de blanc.

V Ne ieune Damoiselle de Lyon parfaictement noire, s'estant vn iour d'Esté vestuë de blanc, demanda à vne sienne voisine si tel habit luy estoit bien-seāt. Elle luy respondit: Ouy vray emēt, car vous ressemblez vne mouche dans du laict.

LXXVII.

Replique picquante, d'vn ieune homme à vne Damoiselle.

V N ieune homme ayant saluë vne Damoiselle qui ne luy rendoit pas son salut, il luy dit : Ce n'est pas sans cause qu'on dit que les belles sont glorieuses & hautaines. Indignée de ces paroles, en se retournant elle dit à cettui-cy : O quelle Cheure: Madamoiselle, re-

pliqua-t'il, ie suis aussi asseuré de
n'estre pas Cheure, comme ie serois asseuré d'estre bouc si i'estois
vostre mary.

LXXVIII.

D'vne Damoiselle qui protestoit estant
au mal d'enfant de ne retomber
iamais en ces peines.

VNe Damoiselle estant sur le
poinct d'enfanter, souffroit
de tres-griefues douleurs, & protestoit que de sa vie elle ne retourneroit en l'action pour deuenir enceinte, de crainte de retomber aux
mesmes peines : Mais incontinent
apres qu'elle fut deliurée, elle dit à
vne feruante qui tenoit vn cierge
benit allumé : Esteignez ce cierge,
& le serrez pcur vne autre fois
quand i'en auray besoin.

LXXIX.

Response accorte d'vne Damoiselle à son seruiteur qui luy enuoyoit vne lettre.

VN Gentil-homme faisant la cour à vne Damoiselle, de laquelle il estoit esperdüement amoureux, luy escriuit vne lettre qu'il prit de mot à mot dans vn liure intitulé, *La Prison d'Amour,* qui en contient plusieurs de Lerian à Laureole; laquelle luy estant presentée elle recogneut incontinent l'Autheur, & comme tres-iudicieuse respondit au mesme instant au messager, Cette lettre ne s'adresse pas à moy, mais bien à Laureole. Par ce moyen elle descóurit l'ignorance de celuy qui luy escriuoit.

LXXX.

Belle repartie d'vne Damoiselle qui auoit appellé vn ieune homme pour danser.

VNe ieune Damoiselle, belle en perfection, ayant appellé vn ieune homme pour danser, il fut tout estonné de ceste faueur, & croyoit parfaictement qu'elle fust amoureuse de luy: de sorte qu'il ne peut s'empescher de l'accoster, & apres plusieurs caresses la supplia instamment de luy dire pourquoy elle l'auoit plustost choisy qu'vn autre, croyant d'en auoir quelque response fauorable. Monsieur, (repartit la Damoiselle) ne vous esbahissez pas de cela, il m'a fallu faire de la sorte: car mon ma-ry m'a commandé de danser auec des personnes qui ne luy

puiſſent point donner de ſoup-
çon, & vous ayant remarqué tel, ie
vous ay choiſy entre les autres:
C'eſtoit, ce me ſemble, l'appeller
honneſtement lourdaut.

LXXXI.

Subtile reſponſe d'vne Damoiſelle à
vn qui l'aimoit.

VN ieune Gentil-homme e-
ſtoit paſſionnément amou-
reux d'vne Damoiſelle, à laquelle
pour eſtre trop honteux il n'oſoit
manifeſter ſó amour la recognoiſ-
ſant treshonneſte, & grandement
ialouſe de ſon honneur ; de ſorte
que ne pouuant plus ſupporter cette ardente paſſion, il delibera de
luy deſcouurir la cauſe de ſon mal.
L'occaſion donc ſe preſentát pour
ce faire, il luy dit: Madamoiſelle, il
y a deſia long-temps que ie ſuis eſ-
claue de vos beautez, & que i'ado-
re vos rares vertus, d'où vient que
ie n'aſpire pour comble de ma feli-

cité, qu'à estre accepté au nombre
de vos humbles seruiteurs: mais ie
n'ay iamais osé prendre la hardieffe de vous le manifester, quoy que
ja des long-têps en aye le desir, de
crainte d'entreprédre chose côtre
vostre volonté. La Damoiselle luy
fit cette respôse: I'ay grand regret,
Monsieur, que vous ayez souffert
pour l'amour de moy vne telle paf-
sion, laquelle vous me pouuiez faire entendre dés le commencemét
aussi bien que maintenant, parce
que si vous me l'eussiez declarée
plustost, vous n'eussiez perdu que
le temps que vous auez ores perdu.

LXXXII.

Replique ioyeuse sur l'aage d'vne
Damoiselle.

VNe Damoiselle se trouuant
en vne compagnie où il vint
à propos de parler des aages, on

luy demanda quel aage elle auoit,
elle respondit, qu'elle auoit trente
ans. Ce qu'entendant vn honneste
Gentil-homme qui la cognoissoit,
pour confirmer son dire, repartit:
Cela peut bien estre, Madamoiselle, car il y a au moins seize ans que
ie vous ay oüy affirmer que vous
auiez trente quatre ans.

<h2 style="text-align:center">LXXXIII.</h2>

Plaisante repartie d'vn Capitaine re-
tourné à son premier mestier.

VN Capitaine du party li-
gueux, qui n'auoit esté parel-
seux à prendre à toutes mains,
pendant la Ligue alloit braue, ma-
nioit l'or & l'argent à poignées,
croyant que cette vie deuoit tous-
jours durer. Aduint que la paix e-
stant faite, son peu de mesnage &
le ieu furent cause que ce qui estoit
venu par le tambour s'en retourna

par la flute ; & falut qu'il reprift fon
premier meftier, qui eftoit de ra-
commoder des fouliers. Or comme vn defes Camarades, qui auoit
mieux que luy ioüé fon roolle, le
vid à Paris en vn coin de ruë empreffé à reglourer des fouliers, il
luy dit, Qu'eft-cela, mon Capitaine,
auez-vous changé voftre efpée,
voftre pertuifane, & toutes vos armes à de la poix, du lignon, vne ha-
lene, vn tranchet, & quelques for-
mes ? Noftre Capitaine Sauetier
repartit, Que voulez-vous que i'y
faffe, Camarade, i'obeïs aux Edicts
du Roy, qui ordonnét que chacun
retourne à fon premier meftier.

<h2 style="text-align:center">LXXXIV.</h2>

D'vn Caualier qui montoit vn
Cheual maigre.

VN Caualier montoit vn Cheual maigre & desfait, qui à

peine se pouuoit soustenir sur
pieds. Se voyant en danger de tó-
ber, il s'escria à gorge desployée:
Secours, Secours Messieurs, car ie
ne le peux pas tenir. Plusieurs estás
accourus, voyans la foiblesse du
Cheual, luy dirent; De quoy auez-
vous crainte, ne voyez-vous pas
qu'à peine se peut-il soustenir?
C'est pour cela, dit-il, que ie demande du secours, ayant peur qu'il
ne tombe sous moy.

LXXXV.

Noise entre vn Docteur & vn Gentil-homme.

VN Docteur tres-fameux eut
querelle auec vn Gentil-homme, de noble extraction, mais de
mœurs deprauées, qui vouloit luy
imposer le silence, en disant, Tais
toy & ayes honte du lieu où tu es
né. Le Docteur respondit: Si ie suis
honteux d'auoir vn Village pour

mà patrie, ta patrie doit eſtre hon-
teuſe d'auoir vn tel Citoyen.

LXXXVI.

Gaillardiſe d'vn qui prit la croupe
du Cheual d'vn Gentil-
homme.

VN Caualier rencontrant vn
ſien amy par la Ville, luy offrit compagnie & la croupe de ſon
Cheual, qu'il accepta. Apres s'e-
ſtre longuement pourmenez, ils
arriuerent au logis du Caualier,
qui voulant deſcendre dit à cet
amy qu'il deſcendiſt le premier.
Ce que ne voulant faire par honneur il dit: Monſieur, cela vous appartient, ie ne deſcendray pas que
premier vous ne ſoyez deſcendu.
Le Caualier repliqua: Ie vous prie
deſcendez, & ne me faites plus
attendre, parce que l'heure me
preſſe. Pour toutes ces prieres il
n'en voulut rien faire: de ſorte que

I

le Caualier irrité, pour sortir de la
selle, en haussant la iambe donna
vn grand coup d'esperon deuant
la moustache de nostre ceremo-
nieux, qui se sentant frappé dit,
Monsieur excusez-moy si ie vous
ay empesché de descendre.

LXXXVII.

Gaillardise d'vn Caualier, qui n'estant
des plus experts montoit vn
Cheual fort en bouche.

VN Caualier montoit vn Cheual fort en bouche, qui couroit à bride abbatuë sans qu'il
peust le retenir. Quelques vns de
ses amis le voyans en danger de
tomber luy dirent: Monsieur, pourquoy ne retenez-vous vostre Cheual? Il leur respondit: Comment
voulez-vous que ie le retienne
n'ayant point d'esperons?

LXXXVIII.

Gaillardise d'vn Capitaine qui se plai-
soit à manger des bons morceaux.

VN Capitaine facetieux dif-
noit à Lyon auec vn de ses
amys, qui n'estoit pas moins plaifant que luy. Or toutes les fois
qu'il voyoit vn bon morceau deuant celuy qui l'auoit inuité, en
difcourant de la guerre, il prenoit
ce bon morceau, & difoit: Cela me
puiffe eftrangler fi ce que ie vous
dis n'eft vray. Cela ayant continué trois ou quatre fois, fon hofte
retira le plat en luy difant : Mon
Capitaine, ne iurez plus, car ie vous
crois bien fans iurer. Que fi vous
auez enuie de faire de tels fermēs,
dites que la premiere moufqueta-
de qui fe tirera, quand vous irez à
la guerre vous puiffe attraper, cela
fentira mieux fon Soldat.

LXXXIX.

*Response heroïque du Capitaine Bayard
à vn Collonnel de l'Empereur
Charles V.*

FRancisque de Stringen Collonnel en l'armée de l'Empereur Charles V. ayant assiegé la Ville de Mezieres, dans laquelle estoit le Capitaine Bayard pour François I. Roy de France, luy manda par vn Herault qu'il eust à se rendre auec la place. A quoy Bayard respondit ainsi : Le Bayard de France ne craint point vn Roussin d'Allemagne.

XC.

*Belle repartie d'vne femme sur la mort
d'vn Capitaine coüard.*

VN Capitaine Espagnol qui estoit vn peu coüard, s'accõpagna de quelques autres pour aller combatre contre les Mores de Grenade. Les Mores donnerét sur

eux, & les mirent en pieces, parce
qu'ils estoient trois fois plus que
les Chrestiens : Comme le bruit
courut que ce Capitaine coüard y
auoit esté tué, vne femme qui le
cognoissoit dit, que cela ne pouuoit pas estre : Comme on luy demanda pourquoy, elle repartit;
Parce que les Mores ne mangent
point de chair de lieure.

XCI.

*Plaisante response à vn qui loüoit
vn Chef d'Armée.*

VN Gentil-homme oyant parler d'vn Capitaine, qui vrayement n'auoit iamais eu du bon à la
guerre, ains auoit esté tousiours
battu, fors qu'alors, peut estre, qu'il
auoit fait son entrée dans le païs
qu'il auoit corquis auec beaucoup
de magnificence, estant vestu d'vn
tres-bel habit de velours cramoisy
qu'il portoit tousiours apres ses vi-

ctoires. Le Gentil-homme qui ef-
coutoit toutes ces nouuelles refpondit : Cet habit donc deuoit
eftre tout neuf.

XCII.

Rencontre plaifant d'vn duel.

LE Capitaine Peralque s'eftant
porté fur le pré pour fe battre
en duel contre Aladaue ; le Capitaine Molart parent d'Aladaue demanda à Peralque, s'il auoit point
de breuets, ou de charmes pour les
armes. Peralque iura, qu'il n'auoit
ni breuets, ni charmes, ni mefmes
reliques, ni deuotion aucune en
laquelle il adiouftaft foy. Alors
Molart l'accufant d'eftre Athee,
luy dit: Ne faites point de ferment
de cela, car ie croy tres-bien que
vous n'auez ni foy, ni religion.

XCIII.

*Response subtile d'vn vieux Capitaine
à vn grand Seigneur.*

VN grand Seigneur pendant ces derniers troubles de France, estant deuant vne place importante & forte, protesta qu'il ne poseroit point ses esperós qu'il ne fust dans la Ville. Vn vieux Capitaine luy dit, Monseigneur, vous coucherez donc long-temps sans linceuls.

XCIV.

*Plaisant rencontre d'vn Sergent
au siege d'Amiens.*

SOus le Regne de HENRY LE GRAND, Prince d'heureuse memoire, lors qu'il assiega, battit, & dechassa l'Espagnol de sa Ville d'Amiens, il y eut vn Sergent du Regiment des Gardes, la valeur duquel a esté assez cogneuë en des bonnes occasions, qui d'a-

bondant eſtoir remarqué entre les
autres, parce qu'il auoit vne iambe
de bois.   Aduint qu'allant reco-
gnoiſtre vne breſche pour voir ſi
elle ſeroit ſuffiſante pour y donner
l'aſſaut : En faiſant retraitte , il receut vne mouſquetade qui luy
rompit ſa iambe de bois.   Alors
tournant ſa face vers celuy qu'il
croyoit auoir tiré le coup, il luy dit
tout haut: Ha Compagnon, tu crois
de m'auoir rompu vne iambe, mais
i'en ay vne autre toute neufue dans
mon bahut.

C X V.

Reſponſe ſubtile d'vn Capitaine à vn
Commiſſaire des Guerres.

VN ieune Capitaine, autant
orné de valeur que de galantiſe, auoit par ſa courtoiſie entrete-
nu deux ou trois mois ſes ſoldats
ſans receuoir leur ſolde, attendant
que le Commiſſaire leur fiſt faire
monſtre. La monſtre ſe faiſant , le

Commiſſaire recogneut vn Paſſe-
volant, & dit qu'il auoit pris les habits d'vn ſoldat auquel vne dent
de deuant manquoit, & qu'à ceſtui-
là il n'en manquoit point. A ces paroles le Capitaine tout coleré luy
dit: Vous ne deuez pas vous eſton-
ner de cela, car vous auez demeuré
ſi long-temps à le payer que la dēt
luy eſt reuenuë.

XCVI.

Subtilité d'vn Capitaine Parmeſan pour
ſe deliurer de danger.

VN Capitaine Parmeſan paſ-
ſant à Saluces ſe trouua en la
grande place, au milieu de laquelle eſt dreſſée vne haute colonne,
ayant ſur ſon couronnement vne
grande Aigle Imperiale. Eſleuant
ſa veuë en haut pour la cõtempler,
comme ſi quelque grand eſtonne-
ment l'euſt ſaiſy, il fit cette imprecation: Malheur puiſſe arriuer à ce-

I v

luy qui t'a esleuee si haut. Plusieurs habitans qui se pourmenoient en la place, oyans les paroles de ce Capitaine en aduertirent le Magi-strat, deuant lequel il fut mené : Et interrogé s'il auoit proferé les pa-roles dont on l'accusoit : il confes-sa les auoir dites, & ce qui l'auoit esmeu à ce faire, estoit pource que l'Aigle estoit trop haut esleué : car, disoit-il, ie porte tant d'honneur & d'affection à l'Aigle, qui represen-te la Maiesté imperiale, que si elle estoit en vn lieu où ie peusse facile-ment aborder, ie ne serois iamais lassé de l'embrasser & de la baiser. Cette subtile réponse interpretée contre l'intention de ceux qui l'a-uoient accusé le rendit absous, & digne de loüanges.

XCVII.

Plaisantes rodomontades d'vn Gendarme pour r'auoir son cheual.

VN hôme d'armes passāt dans vne Ville, fit quelques excés, qui occasionnerent les habitans de saisir son cheual, & laisserét la selle. Estāt extrememét en colere de cét affront, il menaça tous ceux de la Ville, iura qu'ils s'é repétiroient, & qu'il sçauoit biē ce qu'il feroit. Par l'aduis des principaux de la Ville, son cheual luy fut rendu; & au mesme temps on luy demanda ce qu'il eust fait. Que i'eusse fait, repartit-il, morbieu i'eusse vendu la selle. Lors ceux de la Ville conneurent bien qu'il n'estoit pas si grand diable qu'il estoit noir.

XCVIII.

Paroles hardies de la Hire à Charles VII.

LA Hire, Capitaine François, estant enuoyé de l'armee vers

le Roy Charles VII. pour luy remonstrer les affaires de la guerre,
& que par faute de viures, d'argent,
& autres choses necessaires , les
François auoient perdu quelques
Villes , & batailles contre les Anglois. Le Roy voulant vser de fa-
miliarité enuers la Hire, luy monstra les delicieux appareils de ses
plaisirs , les esbattemens , les Dames, & les banquets en quoy il prenoit sa recreation, luy demandant
ce qu'il luy en sembloit. La Hire
luy respondit, Sire, ie ne vis iamais
Prince qui perdist plus ioyeusement le sien que vous.

XCIX.

Gaillardise d'vn soldat qui faisant le
brauache n'auoit pourtant
gueres de valeur.

PEndant ces derniers troubles
de France, deux soldats, apres

vne longue diſpute, eſtans proches
d'en venir aux mains, l'vn commē-
ce à brauer l'autre , diſant qu'il le
mettroit en pieces , & menoit tant
de bruit qu'il fut oüy de quelques
Camarades qui y accoururent.
Mais cettui-cy qui ne ſonnoit mot,
ayant mis la main à l'eſpee , chargea en telle ſorte ce brauache , &
luy dōna tant de coups , que n'euſt
eſté le ſecours il fuſt demeuré ſur
la place. Ces nouuelles paruenuës
aux aureilles du Capitaine, ſçachāt
comme ce grand criard auoit eſté
bleſſé , il dit : *Chien harnieux qui n'a*
de la force, doit prendre garde à ſa peau.
Et d'abondant, *Le chien qui abbaye*
beaucoup ne mord gueres volontiers.

C.

Plaiſante reſponſe faite à vn Soldat qui
vendoit ſon cheual parce qu'il
fuyoit les coups.

VN Soldat qui vendoir ſon
Cheual , il luy fut demandé

pourquoy ille vendoit: Il respondit, parce qu'il n'est pas bon à la guerre , & fuit quand il oit les mousquetades. Quelqu'vn luy repliqua: Ie trouue bien estrange que vous le vendiez, car vous le deuriez plustost acheter, estant fort propre pour vous qui fuyez les coups.

FIN DE LA II. CENTVRIE.

PROPOS MEMORABLES,

TRES-PLAISANS, ET SVB-TILS DE QVELQVES IVGES, Aduocats, Medecins, Philosophes, Astrologues, Poëtes, Musiciens, Peintres, Pedants, Escoliers, Amoureux, & autres personnages.

TROISIESME CENTVRIE.

1.

Responce plaisante d'vn qui fut appellé deuant vn Iuge pour rendre tesmoignage d'vne batterie.

VN hôme dans Lyon fut appellé pardeuãt Monsieur le Lieutenant Criminel, pour dire verité touchant vne batterie suruenuë la nuict deuant son logis, où quelques vns furent blessez. Apres auoir leué la

main, il dit : Que vrayement lors
que la difpute commença il auoit
la tefte à la feneftre, mais qu'oyant
le bruit des efpées, pour ne rien
voir de la batture, il auoit foudain
auallé fon chaffis, & s'eftoit allé
coucher tout droit. Le Iuge ayant
oüy fa depofition dit au Greffier,
Efcriuez qu'il n'a rien veu de la
batture , & qu'il aualla fon chaffis,
& s'alla coucher tout droit.

11.

Refponfe fubtile à vn Iuge.

VN honnefte homme fut ap-
pellé deuant vn Iuge pour
dire verité de quelque affaire:
Ayant prefté le ferment, & fait fa
depofition, le Iuge luy dit qu'il e-
ftoit vn menteur. Il fouftient fon
dire veritable, & le print à prou-
uer; Ce qu'ayant fait, le Iuge luy
dit : Ie vous dois maintenant repa-
ration d'honneur. Cettui-cy repliqua; Monfieur, vous auriez bien à

faire s'il vous faloit restituer l'honneur à tous ceux ausquels vous
l'auez rauy, car vrayement ie croy
qu'il ne vous en resteroit point.

III.

Belle response d'vn riche laboureur,
se voyant mesprisé de Monsieur
le Iuge son fils.

VN riche Laboureur, allant voir
son fils à la Ville, qui estoit
Monsieur le Iuge, trouua en sa maison plusieurs personnes de qualité,
qui voyans ce beau Vieillard s'en=
quirent quel homme c'estoit : Le
Iuge respondit, C'est vn Laboureur qui me sert il y a ja long têps.
Le bon Vieillard voyant le mespris
que son fils faisoit de luy, dit: Messieurs, ie suis bien Laboureur, mais
le Laboureur a fait le Iuge, & non
pas le Iuge le Laboureur, & s'en
alla. Par ce moyen il donna à entendre à la compagnie, qu'il estoit
pere du Iuge qui l'auoit ainsi mes-

prifé. L'arrogance oſte à l'homme
la cognoiſſance de ſoy-meſme.

IV.

Diſ memorable d'vn Iuge à vn homme
qui auoit en meſme temps cinq
femmes eſpouſees.

IL y auoit vn homme à Meſſine
qui en meſme temps auoit cinq
femmes eſpouſees, qui fut accuſé,
pris & mené à la Iuſtice, où ſans
attendre les tourmens, il confeſſa
la verité. Le Iuge luy demanda
pourquoy il auoit eſpouſé tant de
femmes. Il reſpondit, pour en trouuer vne bonne, s'il eſtoit poſſible,
& s'arreſter auec elle. Alors le Iuge repliqua en ſouſriant : Si tu n'en
trouue de bonnes en ce monde,
tu en iras chercher en l'autre, &
le condamna à eſtre pendu, en diſant.

Vn vice non puny
S'accroit à l'infiny.

V.

*Subtile response d'vn Villageois
à vn Iuge.*

VN Villageois follicitoit quelques procés deuant vn Iuge,
vers lequel il se rendoit grãdement
importun. Le Iuge presfé d'autres
affaires voyãt son importunité, luy
dit: Ie ne m'estonne pas si l'on t'appelle Martin, car tu tiens bjen de
l'Asne. Le Villageois luy respondit, Monsieur, s'il faut regarder
aux noms, sçachez qu'en Poictou
l'on appelle communément les
pourceaux des Gorrets, tel estoit le
surnom de ce Iuge.

VI.

*Vn Iuge corrompu par deux plai-
deurs reçoit des presens de l'vn
& de l'autre.*

DEux personnages plaidoient
vn affaire d'importãce, dont
celuy qui auoit le droict, pour obtenir plustost Sentence, donna au

Iuge deux cruches pleines d'huile.
Ce qu'entendant l'autre, & sçachât
que le Iuge auoit grande enuie d'a-
-uoir vne Mule qu'vn certain vouloit vêdre bien chere ; il l'alla trouuer, & sans auoir esgard au prix , il
l'acheta & l'offrit au Iuge, qui l'acceptant d'vn visage ioyeux , luy
d** : Comment feray-ie, puis que la
Sentence est donnée ? Reuóquez-
la, respond cettui-cy , car vous le
pouuez bien faire, puis qu'elle n'est
pas encore prononcée. Le Iuge
repliqua ; Ne sças-tu pas qu'il m'a
donné deux cruches pleines d'huile ? Qu'importe-t'il , dites que la
Mule d'vn coup de pied les a rom-
pues. Que ceux qui sont esleuez
aux dignitez de Iudicature oyent
ces paroles de Thucydide : *C'est*
chose plus honteuse à ceux qui sont esle-
uez en quelque dignité d'acquerir auec
fraude couuerte qu'auec violence ma-
nifeste.

VII.

*Plaisante proposition faite à vn
Iuge touchant la succession
d'vn Asne.*

CEtte question fut proposée à
vn Iuge pour donner Sentence sur icelle: Vne femme auoit vne
Asnesse, de laquelle elle se seruoit
en plusieurs choses, comme à la
porter, aller & venir chargee au
moulin, & autres bons & agreables seruices qu'elle luy auoit rendus l'espace de dix huict ou vingt
ans. Cette bonne femme se voyāt
proche de la mort fit son testamét,
& nomma son heritier vniuersel
vn fils vnique qu'elle auoit, à condition que cette Asnesse ne seroit
plus chargee, ni fatiguee en façon
quelcóque, mais que tous les iours
on l'enuoyeroit au paturage dans
vn pré qui luy appartenoit, & tous
les soirs on luy dōneroit la mesure

d'auoine qu'elle auoit couſtume de luy donner. Il aduint quelque têps apres que l'Aſneſſe mourut; Ie voudrois bien ſçauoir ſi l'Aſne, Monſieur, que i'ay acheté, qui eſt ſon fils vnique & legitime, doit heriter de la meſure d'auoine qu'on donnoit à ſa mere. Le Iuge reſpondit: L'Aſne mõ amy, eſtant fils legitime demeure heritier de l'auoine qui auoit eſté leguée à ſa mere, & vous comme maiſtre dudit Aſne la pouuez demander en ſon nom à l'heritier de la Maiſtreſſe de l'Aſneſſe.

V I I I.

Prudence remarquable d'vn Iuge.

ANtoine Lunato de Pauie, du temps de Iean Galeas Duc de Milan, Seigneur de Peruſe fut fait Iuge de cette Seigneurie, où au temps qu'il y fut arriué, vn meurtrier tomba entre ſes mains. On voulant luy faire trancher la teſte,

comme ordonnent les loix Impe-
riales, les Agents de la Commu-
nauté l'intimiderent d'vne ancien-
ne Pancarte qui absoluoit ce crime
moyennant deux cens liures, & disoient que ce priuilege auoit esté
confirmé par leur Duc. Le Iuge ne
voulant qu'vn tel forfaict demeurast impuny, fit executer le mal-
faicteur, dequoy les principaux de
la Ville sembloient se vouloir mu-
tiner voyans leurs Priuileges rompus. Lunato considerant cela, voulut voir leurs papiers, desquels lisant la teneur, au mesme temps il
paya deux cens liures, en leur disãt:
Puis que i'ay fait mourir celuy dõt
vous vous plaignez, ie vous en fay
satisfaction, & vous oste le sujet de
vous plaindre. Le Duc oyant ces
nouuelles, ne loüa pas seulemẽt vn
acte si notable, mais encore fit a-
bolir vne si iniuste Ordonnance.

IX.

Responſe d'vn criminel à ſon Iuge.

VN Iuge enuoye querir par ſes Archers vn criminel, lequel eſtant en ſa preſence fut ſi teme-raire qu'il luy dit: Vous reſſemblez à Pilate. Le Iuge luy repartit: Si ne ſera-t'il pas beſoin que ie me laue les mains quand ie condamneray vn ſi meſchant homme que toy à la mort.

X.

Plaidoyé facetieux ſur la mort d'vn Chien.

VN bon compagnon ſe voyant rudement aſſailly par vn chié, duquel il euſt eſté maltraicté s'il ne ſe fuſt defendu d'vne halebarde qu'il portoit, de laquelle il le tua. Ceſte mort venuë à la notice du maiſtre du chien, il voulut le faire payer à celuy qui l'auoit tué, di-ſant

sant que sa bonté & fidelité le luy rendoient grandement cher. Cettui-cy refuse le payement, disant qu'il ne l'auoit pas tué malicieusement, mais que pour le deffendre, & se garder d'estre mordu il auoit esté contraint de ce faire. Le Maistre du chien voyant qu'il n'en pouuoit tirer autre raison, le fit appeller deuant le Iuge : qui l'enquit pourquoy il auoit tué ce chien. Il respondit que le chien le vouloit mordre, & qu'il s'estoit defendu. Le Iuge repliqua : Tu deuois tourner le manche de la halebarde & non pas la pointe. Il repartit : Ie l'eusse bien fait s'il m'eust voulu mordre de la queuë, & non pas des dents. Le Iuge oyant cette gentille response l'enuoya absous.

K

XI.

Repartie d'vn ieune Aduocat à vne Da-
moiselle qui le vouloit gausser.

VN ieune Aduocat nouuellement licentié és Loix, s'estãt
vn iour solemnel equippé de ses
plus beaux habits, pendant qu'il
faisoit sa monstre par la Ville, vne
Damoiselle saisie de son ver co-
quin voulut semocquer de luy, &
prenant sõ suiet sur son long manteau, elle luy dit, Monsieur, leuez
vostre queuë: l'Aduocat se sentant
picqué, repartit, Elle est assez le-
uée, Madamoiselle, pour vostre
seruice.

XII.

Testament plaisant de Ludouic Cortu-
sius Iurisconsulte Padoüan tou-
chant sa sepulture.

LVdouic Cortusius Iuriscõsul-
te Padoüan, homme fort re-

nommé en ſon temps, pretendit,
comme ie penſe, ramenteuoir par
ſon teſtamét la couſtume des Cau-
ſiens qui pleurent les enfans nouueaux nez, & riét ſur les morts, les
tenans tres-heureux, pour l'inſtruction de la poſterité. Car peu auãt
ſon treſpas, faiſant tout au rebours
de la couſtume, il defendit bien
exprés à ſes parens & alliez de
pleurer, & ſe lamenter, comme
il ſe practiquoit és funerailles des
autres, à l'exemple du grand
Poëte Ennius : banniſſant toutes
tapiſſeries, & draps de dueil,
auec impoſition de groſſe amande
à ſon heritier, s'il n'executoit de
poinct en poinct cette ſienne derniere volonté. Au contraire il ordonna qu'au lieu de pleureurs, on
appellaſt des Chantres, Muſiciens,
& ioüeurs de toutes ſortes d'inſtrumens, qui auec fluſtes,
hauts-bois, ſaquebutes, violons,

luths, & harpes, marchaſſent parm
les Preſtres deuant le corps, &
qu'vne autre troupe ſuiuiſt encore:
l'vne & l'autre compoſée de cinquante Muſiciens, & Meneſtriers,
à chacũ deſquels il legua demi ducat pour leurs peines. Voulut outre
plus que douze ieunes filles ve-
ſtues de verd portaſſent la biere
où il ſeroit enclos iuſques en l'E-
gliſe, en laquelle il entēdoit d'eſtre
enterré; leur premettant chanter à
haute voix chanſons de ioye, &
leur donnãt certaine ſomme pour
ſubuention de mariage. Il fut enterré à Saincte Sophie, & à ſon
conuoy y eut cent cierges & vingt
torches portées par les Preſtres,
ſuiuis des Parroiſſes, & de tous les
Conuents des Religieux, excep-
tez les veſtus & barrez de noir,
qu'il forcluöit de ſon conuoy, de
peur que par ceſte couleur ils n'ob-
ſcurciſſent la gayeté des funerail-

les. Il mourut l'an M. CCCC.
VIII. le XVI. iour de Iuillet, comme le monstre son Epitaphe.

XIII.

Gaillardise d'vn Aduocat qui ap-
print à plaider à vn Payſan
pour vn Ducat.

VN Aduocat promit à vn Villageois de luy apprendre ſi
bien à plaider, qu'il ne perdroit iamais cauſe, au moyen de quoy le
Villageois luy promit vn Ducat.
L'Aduocat ſe fiant à ſa promeſſe
luy dit : Prens toy garde de nier
tout ce qu'on te demandera. Apres
il demanda le Ducat qu'il luy auoit
eſté promis. Le Villageois commençant à practiquer ce qui luy
auoit eſté enſeigné nia tres-bien
de luy auoir rien promis.

XIV.

Vn Aduocat auec vne belle repartie confondit quelques Gentils-hommes qui le vouloient gausser.

EN la Ville de Naples, la niepce d'vn Aduocat ayant esté desbauchee, il en eut vn tel desplaisir qu'il en fut malade, & demeura long-temps sans sortir de la maison. Or commençant à paroistre par la Ville, il trouua vne troupe de Gentils-hommes, lesquels en se gaussans, luy dirent: Adieu Monsieur, nous sommes infinimét desplaisans de l'infortune qui vous est arriuée, laquelle comme chose infame vous doit estre difficile à supporter. Nostre Aduocat cognoissant quelques vns de ces brocardeurs, desquels les femmes, ou les sœurs n'estoient en trop bon predicament, respondit: Messieurs le desastre qui m'est arriué m'apporte

vn tres-grand desplaisir : mais ce
qui me console. c'est qu'estant en-
rollé en vostre tres-noble compagnie, ie seray côme vne Brebis entre tant de Boucs. Cette replique
ne fut moins gracieuse que picquante. Pource Isocrate disoit:
Ceux qui prennêt plaisir aux infortunes
d'autruy, ne recognoissent pas que les
reuers des disgraces sont communs à
tous.

X V.

Plaisante repartie d'vn larron
qu'on foüettoit, à vn
Aduocat.

IL y a quelque temps qu'vn
Aduocat voyoit foüetter vn
larron par les mains d'vn bourreau
tout autour d'vn grande place,
dont esmeu à commiseration de
le voir ainsi deschiqueter, & que
pour tout cela il ne se hastoit
d'vn pas ; & quoy que les espaules luy saignassent de tous co-

ftez, il alloit fi bellement qu'on euft
iugé qu'il faifoit quelque pourme-
nade où il prenoit vn fingulier
plaifir : Il luy dit, Chemine, pauure
homme, fors viftement de cette
efcorcherie : Alors le patient tout
eftonné, s'arreftant tout court, repliqua tout en colere : Quand tu
feras foüetté, tu iras à ta guife, ie
veux maintenant aller à la mienne.

XVI.

Gaillardife d'vn ieune Aduocat
de Tholofe.

VN ieune Aduocat de Tholofe, qui depuis n'agueres eftoit
venu de Paradis, parce qu'il en e-
ftoit encore tout glorieux, auoit
couftume de porter vne fotane de
damas, fçauoir tout le deuant, & vn
pied au bas fur le derriere : mais
tout le refte qui eftoit caché fous
vn grãd manteau de taffetas: eftoit
de treillis. Aduint vn iour qu'il fe
trouua inopinement à vn bal, où

quelques Escoliers , estudians aux
loix (qui sçauoient son bon mesnage) l'apperceuans, ne manquerét
de solliciter vne Damoiselle à l'appeller pour danser; ce qu'elle fit: Et
nonobstant toutes les honnestes
excuses , & le refus de Monsieur
l'Aduocat il falut bon gré mal gré
qu'il en eust dancer, auec l'aide que
luy donnerent Messieurs les Escoliers à leuer son manteau. Le voila
qu'il dāce, toute la cōpagnie, & sur
tout les Damoiselles se pasmoient
de rire , voyans sa sotane dont le
derriere estoit de treillis.   Ayant
paracheué de dancer, sans s'estonner aucunemét, il dit à haute voix:
Mes Damoiselles, ie m'estonne de
ce que vous riez de ma Sotane:
quāt à moy ie ne suis soucieux que
d'embellir ce que ie voy; si vous ne
trouuez le derriere à vostre fanta-
sie, faites-le faire à vos despens, ou
bien seruez-vous du deuant.

XVIII.

Vne Damoiselle par le moyen d'vn Per-
roquet voulant se mocquer d'vn Me-
decin eut son change.

VNe Damoiselle auoit vn Perroquet si spirituel, qu'il ap-
prenoit par cœur tout ce qu'on luy
disoit, & le tenoit d'ordinaire à vne
feneſtre. Aduint vn iour comme
elle se recreoit auec son Oiseau,
qu'vn Medecin de sa cognoiſſance
vint à paſſer par là, qui eſtoit beaucoup plus accort & picquāt qu'elle
ne croyoit pas. Or soit pour mal
qu'elle luy vouluſt, ou pour donner
carriere à sõ eſprit, elle fit dire à sõ
Perroquet, Medecin cornard. Le
Medecin voyāt cette Damoiselle à
la feneſtre, qui riāt à gorge ouuerte
teſmoignoit d'y prēdre vn singulier
plaiſir, luy dit : Madamoiselle, ſçauez-vous pourquoy voſtre Perroquet m'appelle cornard, c'eſt qu'il
croit que vous ſoyez ma femme.

XVIII.

Gaillardise d'vn Medecin auec quelques
Damoiselles qui le vouloient tromper.

VN excellent Medecin s'en
valla voir vne Damoiselle
malade en vne bonne maison de
Paris, où il trouua plusieurs autres
Damoiselles à marier qui estoient
venuës visiter leur côpagne. L'vne
de la troupe se doutant que le Medecin voudroit voir de l'eau de la
malade, auoit auparauant remply
vn verre de son eau, qu'elle fit voir
à Monsieur le Medecin, qui n'estant
pas moins galant, qu'accort, recogneut que cette eau ne sembloit
point celle d'vne malade, dit en
contrefaisant l'estonné : Ha mon
Dieu ! cette eau est d'vne femme
grosse. Celle qui l'auoit faite respondit: I'aimerois mieux que toutes les dents vous fussent tombees
que si cela estoit vray. Alors le Me-

decin en sousriant repliqua : Cela
me suffit, ie cognois bien maintenant que c'est de vostre eau.

XIX.

Belle repartie d'vn Medecin à
vne Damoiselle.

VN Medecin fut appellé pour
visiter vne Damoiselle mala-
de, à laquelle voulât taster le poulx,
esmeuë de quelque petite honte,
faisant de la delicate, & craignant
qu'il ne maniast son bras nud, elle
tira le bout de la manche de sa chemise iusques sur la main ; ce que
voyant le Medecin, il prit le bout
de son mâteau, & s'en couurit toute la main, puis maniant le poulx de
la Damoiselle, il luy dit : A poulx de
toile Medecin de drap.

XX.

Vn gausseur se voulant mocquer d'vn
Medecin eut son payement.

AV temps des vendanges, vn
Medecin passant aupres de

quelques vendangeurs, le maiſtre
dela vigne le voyant monté ſur ſa
Mule, & que ſon manteau couuroit
toute la croupiere, pour le gauſſer
luy dit: Monſieur le Medecin, leuez
voſtre manteau, car voſtre mule
veut vuider ſon ventre, ie le cognois au branlement de ſa queuë.
O lourdaut, dit le Medecin, ne vois
tu pas qu'elle fait cela pour t'inui-
ter à gouſter, & à fin que la viande
ne te bruſle elle l'eſuente. Cette
ſubtile reſponſe rédit muet noſtre
gauſſeur, & luy apprit à ne s'atta-
quer pas vne autre fois à ceux du
meſtier.

X X I.

Accorte reſponſe d'vn Medecin à
vn facetieux.

VN homme naturellement facetieux & plaiſant, auoit vn
nez ſi deſmeſurément gros & grãd,
que ceux qui le rencontroient le
regardoient par merueille. Aduint

vn iour qu'vn Medecin, qui n'estoit
pas moins facetieux que luy, dautant que sa Mule s'arresta, se ressouuenant de son archi-nez, il se
retourna vers le Medecin, & luy
dit : Est-ce voſtre Mule, ou bien
ſi c'est vous qui vous estonnez de
mon nez ? Le Medecin respondit:
C'est plustoſt moy, car ie sens
vne grande demangeaison au derriere.

XXII.

Belle repartie d'vn Medecin.

L'Vn des celebres Medecins de
Lyon, se trouuant vn soir bien
tard à la visite d'vn Gentil-homme
malade logé chez moy : il fut necessaire d'enuoyer à la mesme heure chez l'Apoticaire pour auoir
quelques medicamens. Or à faute d'vn garçon, on recourut à l'v-
ne de mes Chambrieres Sauoyar-
de, qui estoit le parfait remede
d'amour. Au mesme instant que

Monſieur le Medecin la vid , il dit
de tres-bonne grace : Qu'elle ail-
le en toute aſſeurance, elle eſt comme le maſſecoulis , le haut defend
le bas.

XXIII.

*Sçauoir ſi les Medecins ſont neceſſaires,
ou non.*

ON diſcouroit en vne bonne
cõpagnie de choſes diuerſes,
ſelon qu'il venoit à propos, & entrant de diſcours en autre, on mit
en campagne vn doute; Sçauoir s'il
valoit mieux pour le bien public
qu'il n'y euſt point de Medecins
aux villes que d'y en auoir , alleguant que Rome s'eſtoit mainte-
nüe enuiron ſix cẽs ans ſans iceux,
choſe que pluſieurs approuuerent.
Quãd chacun eut dit ſon opinion,
l'vn de la troupe reſtant opina
tout au contraire , & approuua
qu'ils eſtoiét tres-neceſſaires , parce, dit-il, que ſans les Medecins

les hommes multiplieroiët en telle
forte, que le monde ne feroit pas
capable de les contenir.

XXIV.

Gracieuse reſponſe d'vn Medecin à
vne Damoiſelle.

VNe Damoiſelle d'humeur
melancolique demanda à vn
Medecin, ſi les grenoüilles, qu'elle
aimoit grandement, eſtoient point
contraires à ſa maladie. Non, Madamoiſelle, dit le Medecin, parce
que là où elles ſõt on les oit à toute heure chanter. Cette reſponſe la
prouoqua à rire; d'où l'on peut cognoiſtre que c'eſt vn ſouuerain remede contre la melancolie de dire
le mot ioyeux.

XXV.

Plaiſante reſponſe d'vn febricitant à
ſon Medecin.

DAns la Ville de Lyon vn hõ-
neſte homme auoit vne fié-

ure continuë , qui luy apportoit
vne tres-grande alteration. Le Medecin le venant voir , apres auoir
ordonné quelques remedes , il dit
au malade ; Monſieur , il vous faut
prendre par fois quelques griottes
confites , ou quelques tranches de
citron pour vous deſalterer & eſ-
teindre cette grande ardeur que
vous auez dans le corps& à la bouche. Le malade repliqua à ſon Medecin ; Monſieur ordonnez-moy
ſeulement des remedes pour m'o-
ſter la fiéure , car quant à la ſoif ie
ſçauray bien me l'oſter.

X X V I.

D'vn Mareſchal qui croyoit eſgaller en
qualité vn Medecin.

VN Medecin enuoya ſa Mule à
   vn Mareſchal pour la penſer
d'vne maladie qu'elle auoit, laquelle par l'induſtrie du Maiſtre vint à
conualeſcence en peu de iours.

monſieur le Medecin le voulãt recompenſer de ſa peine, il refuſa
ſon payement, & ne voulut receuoir aucun ſalaire, diſant, qu'eſtans
tous deux d'vne meſme vacation,
il ne faloit point de payement,
mais ſe ſeruir l'vn l'autre aux occa-
ſions ſans aucune recompenſe.

XXVII.

Subtile repartie faite à vn Medecin.

VN Medecin reprochoit à vn
honneſte homme qu'il eſtoit
fils d'vn maçon. Cettui-cy luy répondit : Qui vous le peut auoir dit,
que voſtre pere qui portoit du
mortier & des pierres au mien ?

XXVIII.

D'vn qui côtrefaiſint le Medecin auoit
entrepris de guerir vn malade.

VN homme aſſez conneu dás
Lyon, qui faiſãt de l'Empiri-

que estoit plus propre à faire empirer les maladies qu'à les guerir,
s'adressa au Sieur Chauagneu, l'vn
de mes bons amis, qui depuis enuiron sept ans , est grandement incommodé de sa personne par vne
longue maladie, & promit de luy
donner entiere guerison, quoy que
les Medecins , Pharmaciens &
Chirurgiens eussent fait tout leur
pouuoir pour le remettre en santé.
Le malade conuint de donner à
son nouueau Medecin douze escus
tant pour acheter les drogues, que
pour ses peines & vacations, & sur
bon conte luy auança six Ducátos,
que c'est Empirique promettoit de
luy restituer en cas qu'il ne le gue-
rist. Voicy donc nostre nouueau
Æsculape empesché & empressé à
composer ses medicamens , qui
fait ses cinq cens de nature pour
guerir nostre malade : mais voyant
qu'il y perdoit son Latin, & qu'il ne

dit . Puis que voſtre mal eſt plus grand que mes remedes, il faut re-courir aux remedes diuins : Il y a vne Oraiſon de S. Vincēt Ferrier, tres-bonne à ces maladies incura-bles, que ie vous donneray par eſ-crit, & ſi vous la dites pendāt quel-ques iours deuotement, moyennāt la grace de Dieu vous receurez gueriſon. Noſtre malade contre l'accord fait en eut pour ſes ſix du-catons, & s'il euſt voulu croire ce noūueau Medecin, il luy euſt en-core donné le reſte. Pour l'Orai-ſon il ne s'en parla plus.

XXIX.

Belle repartie d'vn docte Medecin à
vn detracteur.

VNe troupe de Gentils-hom-mes diſcourans auec le Duc de Grauine, il s'en trouua vn en la compagnie qui eſtoit eſtimé grand detracteur, lequel neātmoins eſtoit tout eſtropié des gouttes : Pource le Duc luy dit: Si les cauteres font tant loüez de Meſſieurs les Medecins, pourquoy n'en faites-vous faire vn? Le Goutteux luy reſpondit: Si ie n'ay en tout mon corps aucune place qui ſoit ſaine, où veut voſtre Excellence que ie face ce cautere? Alors vn docte Medecin qui ſe trouua en cette compagnie, luy dit: Monſieur, faites-le faire en voſtre langue, il vous donnera beaucoup de ſoulagement: voulant inferer de là qu'il n'auoit point de partie ſur luy qui euſt plus beſoin de gueriſon que ſa langue meſdiſante.

X X X.

Belle réponſe d'vn Medecin à vn interrogat qui luy fut fait touchant les femmes.

VN Medecin fut vne fois interrogé pourquoy il s'enqueroit de la ſanté des femmes, quoy qu'il viſt leur viſage frais &

en bon poinct. C'est, dit-il, dautant que i'ay veu plusieurs bou-
teilles qui auoient la robe toute
neufue, & le verre estoit cassé dedans, & plusieurs pommes des-
quelles l'escorce estoit vermeille
& reluisante, dont le dedans estoit
pourry & mangé des vers.

XXXI.

Gaillard rencontre d'vn Chirurgien.

VN ieune garçon se battant à
coups de pierres auec quelques autres, eut par malheur vn
œil creué. Comme il se vid entre
les mains du Chirurgien pour estre
pensé, il luy dit: Monsieur, croyez-
vous que ie doiue perdre l'œil de
ce coup? Le Chirurgien respondit:
N'en ayez point de crainte, vous
ne le pouuez pas perdre, puisque ie
l'ay dans ma main.

XXXII.

D'vn qui fut blessé en separant quelques autres qui se battoient.

VN ieune esuenté de Lyon, voulāt separer quelques vns qui se battoient, receut vn grand coup d'espée sur la teste. Comme le Chirurgien le pensoit, & recerchoit auec l'esprouuette si le cerueau estoit offensé ; vn honneste hóme qui estoit là present luy dit: Vous estes à la bonne foy, ne sçauez-vous pas que s'il eust eu de la ceruelle il ne se fust pas allé mettre là où à la male heure pour luy il s'est mis.

XXXIII.

Acte plaisant de Dantesieu & de quelques Chirurgiens.

DAntesieu, decedé depuis quelques années, estoit vn persónage assez cognu dās Lyon, & remarqué à cause de ses boutades fola-

tres. Aduint vn iour de S. Cofme
& S. Damian, que trauaillât deuât
fa boutique à noircir fes coffres à
bahuts, quelques Compagnons
Chirurgiens paffans pour aller au
feruice diuin dans l'Eglife de leurs
Patrons, réuerferent fon pot plein
d'ancre, ou par mefgarde, ou ma-
licieufement. Noftre Maiftre Dan-
tefieu n'en fit pas autre femblant,
ains remit la partie pour en tirer
raifon à l'iffuë de la Meffe. Comme
nos Chirurgiens fortent braues &
leftes, côme le iour de leur Fefte,
voicy ce Maiftre fou qui les attend
auec fon pot qu'il auoit remply
d'ancre, & ayant reconneu fes gés,
ne manque point auec le pinceau
de leur bailler de grandes benedi-
ctions, tât fur leurs vifages, que fur
leurs fraffes & rabats, & en peu de
téps en noircit cinq ou fix, en leur
difant en FRANC Lyonnois, *Et ma
fauffa que me la payera tay.* Ayant fait
cette

cette execution, il gagne sa boutique proche de là, sans que Messieurs les Chirurgiens le peussent
attrapper, qui auoient tout le desir
du monde de carrillonner en sa
Parroisse, quoy que ce ne fust pas
le iour de sa Feste.

XXXIV.

Dict memorable de Socrate Philosophe.

SOcrate exhortoit la ieunesse
de se regarder souuent dans
vn miroir, à ce que s'ils estoient
beaux, ils deuinssent encore dignes
de cette beauté, & s'ils estoient
laids, ils couuriuent cette laideur
par la vertu.

XXXV.

*Response d'vn Philosophe, pour s'excuser
de ce qu'il auoit dechassé son
fils vicieux.*

ARistippe ayant dechassé son
fils, en fut repris par quelques

vns de ſes amis, auſquels ils reſ-
ſpondit : Ne ſçauez-vous pas que
les poux & autres vermines s'en-
gendrent de nous, & cependant
comme choſe ſale & vilaine nous
les abhorrons & dechaſſons? Autant en deuons-nous faire de nos
enfans quand ils ſont meſchans
comme le mien.

XXXVI.

Du Philoſophe Anacreon qui ne pouuoit
dormir ayant de l'argent.

ANacreon ayant eu de Polycrate Tyran de Samos quelques milliers d'eſcus entra en tel
penſement qu'il demeura trois
nuicts ſans dormir : De quoy
eſpouuanté pour les incommoditez qu'il en receuoit, il porta cet
or à Polycrate en luy diſant : Ie te
rends ces ennemis qui ne me laiſ-
ſent point dormir.

XXXVII.

Thales est mocqué d'vne vieille.

Diogenes Laërtien rapporte que le Philosophe Thales fut vne nuict mené dehors par vne vieille pour contempler les Astres, ce que faisant il tomba dãs vn fossé. Au mesme instant il fut mocqué de cette Vieille, qui luy dit: N'as tu point de honte, ô Thales, de vouloir sçauoir ce qui se fait au Ciel, & leurs mouuements, quand tu ne peux discerner en terre ce qui est deuant tes pieds?

XXXVIII.

Diogenes se mocque d'vn qui faisoit de l'entendu aux Astres.

Le Philosophe Diogenes dit à vn qui discouroit des effects des Planettes : O amy, dis-moy, y a-t'il long-temps que tu es venu du Ciel à nous ? Il se mocquoit par ce moyen de celuy qui discouroit en public de l'estat du

Ciel, & du mouuement des Planettes, quoy qu'il n'euſt iamais eſté
au Ciel, ni moins practiqué auec
les Eſtoilles.

XXXIX.

Sage reſponſe de Iouian Pontan.

IOuian Pontan, excellent Philoſophe & Poëte, eſtant vn iour
interrogé, pourquoy il ne mangeoit que d'vne ſeule viande en ſes
repas, & encore bien ſobrement, il
reſpondit : C'eſt à fin que ie n'aye
que faire des Medecins.

XL.

Subtilité du Philoſophe Pitton pour mettre d'accord les habitans de Conſtantinople.

PItton auoit vn eſprit tres-ſub-
til, quoy qu'il euſt le ventre ſi
gros qu'il en paroiſſoit mõſtrueux.
Eſtant vn iour irrité de voir les ha-

bitans de Cõstantinople en diuorce, & prests à se tailler en pieces, il
delibera de les mettre d'accord.
Comme il commença sa harangue, tout le monde se print à rire
en voyãt son extraordinaire gros-
seur. Au mesme instant, épris d'vne
louable pensée, il prit son sujet
de parler de la paix. Vous riez, dit-
il, de ce que ie suis si gros, & si gras:
sçachez que ma femme est vne fois
plus grosse, & plus grasse que moy,
& neantmoins quand nous sommes en paix, nous couchons tous
deux dans vn lict assez estroit, mais
au contraire quand nous sommes
en discord, toute la maison n'est
pas suffisante pour nous contenir.
Ces paroles furent si puissantes &
si persuasiues, qu'elles inciterent
ceux de Constantinople à s'accorder, & à viure en paix.

L iij

XLI.

Subtile response d'vn Philosophe.

ON demandoit à vn Philosophe, pourquoy les hommes
font plustost l'aumosne aux boiteux & estropiez, qu'aux Philosophes. Il respondit: C'est dautant
qu'ils ont plus de crainte de deuenir boiteux & estropiez que Philosophes.   XLII.

Sage response faite à vn Astrologue.

LE tres-docte Guillaume Pari-
sien rapporte qu'vn Astrologue promit à vn certain persónage
des grands honneurs, & des dignitez releuees, suiuant la constella-
tion de sa natiuité, ou de son Horoscope. Cettui-cy dit à l'Astrologue : Si Dieu ne vouloit pas que
ie paruinsse à ces dignitez, croyez-
vous que i'y puisse paruenir? Non,
respondit l'Astrologue. Il adiouste:
Et si Dieu vouloit que ie les posse-

dasse, pensez-vous que les Planettes, ou les Estoilles le peussent empescher ? Nullement, car ils n'ont
pas ce pouuoir. Alors ce personnage repliqua : Puis que toutes
choses dependent du vouloir de
Dieu, ie me remets à luy seul.

XLIII.

Prediction d'vn vieux Notaire de Lyon.

IL y a quelques années qu'vn
vieux Notaire de Lyon nommé
Poursant , (assez cogneu dans la
Ville , & particulierement par ce
qu'il alloit tousiours vestu à l'anti-
que) se trouua vn soir d'Esté au
milieu de Belle-court , le Soleil
couché , & les Estoilles commençans à paroistre , où s'arrestant il
elleua sa face vers le Ciel , & demeura enuiron vn quart d'heure
à le contempler attentiuement.
Le peuple qui se pourmenoit
dans cette belle place , voyant
ce venerable Vieillard si atten-

tif à regarder les Eſtoilles , creut
que comme vn nouueau Noſtra-
damus il deuoit prognoſtiquer
quelque euenement merueilleux,
& pour ce ſujet l'enuironna de toutes parts , deſireux d'oüyr ce qu'il
diroit. Son exſtaſe (s'il faut parler
ainſi) l'ayāt quitté, abaiſſant la teſte
& la veüe, & ſe voyant enuironné
de toutes parts, deſireux de contenter la compagnie , il dit d'vne
voix tremblante : Meſſieurs & Dames, ſelon la cognoiſſance que ie
peux auoir des Aſtres, & ſuiuant
mon iugement , deuant qu'il ſoit
deux ans nous aurons changement
de temps. Toute l'aſſemblee ſe prit
à rire, & ſe retira auec moins d'vn
pied & demy de nez.

XLIV.

*Le mauuais tour qu'vn Duc de Milan
ioüa à vn Aſtrologue.*

VN faiſeur d'Horoſcopes, qui
ſe diſoit grád Aſtrologue, &

se mesloit de dire la bonne ou mauuaise fortune, se croyant grãd Phisionomiste , & tres-expert en la
Chiromancie ; se trouuant vn iour
auec Iean Galeas Duc de Milan , il
luy dit apres l'auoir attentifuement
regardé au visage : Monseigneur,
pensez à vostre conscience, & di-
sposez de vos affaires , car selon
vostre Phisionomie vous n'auez
pas long temps à viure. Le Duc luy
dit, Comment le peux-tu sçauoir?
Ie le sçay bien, dit-il, parce qu'ayãt
fait vostre Horoscope, & conside-
ré les lineamens de vostre visage,
vous deuez mourir en la fleur de
vostre aage. Et toy (repliqua Galeas) combien dois-tu viure? l'A-
strologue respondit : Ma Planette
me promet vne longue vie. Or à
fin, dit le Duc, que tu n'adioustes
plus de foy à ta Planette, ni en tes
vaines Propheties, tu seras maintenant pendu contre ton opinion, &

tous les Astres ne t'en pourront
garantir. A la mesme heure que cet
Arrest fut prononcé, le pauure
Astrologue fut pendu & estranglé.

XLV.

Response subtile & remarquable
d'vn Poëte Comique à vn qui
le vouloit gausser.

MArc Antoine, Poëte Italië,
auoit composé vne Come-
die fort longue, où il y auoit plusieurs Actes & grand nombre d'ac-
teurs. Vn certain nommé Bothon
pour le picquer luy dit : Il faudra
tout le bois de l'Esclauonie pour
dresser ton Theatre. Marc Antoine luy respondit : Pour l'appareil
de ta Tragedie il ne faudra que
trois pieces de bois.

XLVI.

Response d'vn Poete à vn qui vouloit
aristarquer sur ses escrits.

VN tailleur d'habits, nommé
Maistre Remōd, se delectoit

à faire quelques compositions, soit en prose, ou en vers; mais il n'y pouuoit pas estre trop attentif, parce qu'outre sa femme il auoit six petits enfans à nourrir; neantmoins il faisoit par fois quelques Sonnets qu'il communiquoit à ses amis. Aduint vn iour qu'vn Censeur trop scrupuleux, voulant Aristarquer sur ses compositions, luy dit, qu'il n'auoit pas bien obserué les Regles de la Poësie, & que l'Art Poëtique de Ronsard donnoit d'autres enseignemens. Si Ronsard, dit-il, & tous ceux qui ont esté Maistres en cette science, eussent eu vne femme meschante comme la mienne, six enfans à gouuerner & nourrir, comme i'ay, & vne maisõnette qui menace vne prochaine ruine, comme celle où i'habite, peut estre qu'ils n'eussent pas Poëtisé gueres mieux que moy. *Il est vray que les com-*

modités facilitent toutes les operations:
mais bien souuent les delices donnent de
l'empeschement à la vertu.

XLVII.

Plaisante repartie de Dante à vn sot.

LE Poëte Dante demandoit vn
iour à vn Bourgeois de Floré-
ce quelle heure il estoit : Il luy fit
cette sotte response ; que c'estoit
l'heure que les bestes alloiēt boire.
Dante luy repartit à l'instant: Que
fais-tu donc icy que tu n'y vas?

XLVIII.

D'vn Poëte ignorant qui auoit fait vn Epithalame.

VN Poëte tout nouuellement
imprimé auoit fait vn Epi-
thalame sur le Mariage d'vn Seigneur, qu'il croyoit vne piece rare
& excellemment bien faite. Il le fit
voir à vn Poëte fameux, plus pour
en auoir des loüanges, que pour en
receuoir des corrections, duquel

demandant l'opinion, il ne recogneut pas qu'il en fist beaucoup
d'estat, qui l'occasiōna de luy dire.
Croyez moy, Mōsieur, i'ay fait cette piece en vne nuict. Alors nostre
Poëte en le picquant subtilement,
luy dit: Sans que vous me le disiez,
ie le recognois tres-bien.

<h2 style="text-align:center">XLIX.</h2>

*D'vn Poëte Italien qui n'estoit des
plus experts.*

RAphael Toscan, Poëte me-
diocre, ayant fait mettre au
iour vn Liure de ses Oeuures, fut
interrogé par vn hôme tres docte,
s'il auoit vne belle Bibliotheque. Il
luy respondit, auec plusieurs ser-
mens, pour faire voir la galantise
de son bel esprit, qu'on ne trouue-
roit en sa chambre qu'vn escritoi-
re & quelques fueilles de papier.
Le Docte luy respōdit : Ie vous en
croy bien sans que vous en iuriez.

L.

Subtile requeſte de Iean de Meun Poete François pour eſchapper la fureur des Dames.

CE rencontre eſt triuial, & peu de gens l'ignorent: mais parce que pluſieurs l'attribuent à diuerſes perſonnes, nous en deſcrirons la verité : Et oſerons dire que cet acte que fit vne Reine de France auec ſes Dames à Iean de Meun, l'vn de nos premiers Poëtes François, eſt bien diſſemblable à celuy de Madame la Dauphine à Alain Charretier. Ce Iean de Meun auoit compoſé le Roman de la Roſe, liure jadis tant renómé, dans lequel il introduit vn ialoux, qui dit toute ſorte de mal des femmes, qui fut cauſe qu'il tomba en l'indignation de la Reine & des autres Dames,

qui deliberent de s'en venger. Vn
iour la Reine, assistée des Dames
de sa Cour, fit moyen de tenir Iean
de Meun en sa puissance; & apres
plusieurs iniures & menaces, parce
qu'il auoit mesdit du sexe feme-
nin, elle commanda à ses Dames
& Damoiselles qu'il fust despoüil-
lé tout nud, & attaché à vne colomne, à fin que la iustice en fust
faite par leurs propres mains. Nostre pauure Poëte voyant que ses
excuses, ni ses raisons n'auoient
le pouuoir d'appaiser leur rage, &
qu'il n'estoit assez persuasif pour
moderer leur colere, il supplia
humblement la Reine qu'elle luy
octroyast vn don auant que faire
mettre sa sentéce à execution: Luy
ayant finalemét esté octroyé, quoy
qu'auec beaucoup de difficulté, il
dit à la Reine: Ie vous prie, madame
puis que i'ay trouué tant de graces

enuers vous que de m'auoir octroyé ma demande , que la plus
grande putain de vos Dames &
Damoiselles cōmence la premiere , & me donne le premier coup.
Cela dit, les Dames & Damoiselles
de la Reine se regardans les vnes
les autres, se trouuerent toutes cōfuses , & par ce moyen laisserent
nostre pauure Poëte.

L I.

*Quatrain donné à vn Thresorier de
France par Pierre de Ronsard.*

LE Prince de nos Poëtes François fut inuité vn iour auec
quelques siens amis pour disner en
la maison de plaisance d'vn Thresorier , qu'il auoit fait bastir tout
nouuellement aupres de Paris. Les
inuitez ne manquerent de se trouuer à l'heure donnée, où ils furent
tres-bien traictez. Apres le disner,

Monfieur le Threforier voulut
faire voir à fes hoftes tout ce qui
eftoit de particulier, & de plus rare
en fon nouueau baftiment. Entre
autres raretez il leur môftra le grâd
portail de l'entrée de fa maifon,
dont l'architecture eftoit tres-belle; au deffus duquel il y auoit vne
grande table de marbre noir tres-
bien poly , dans laquelle il n'y
auoit point d'infcription. Ceux de
fa compagnie remarquans ce defaut, fupplierent Ronfard , en re-
cognoiffance du bon traictement
qu'ils auoient receu de leur Hofte,
de faire quelques Vers pour remplir le vuide de ce marbre. Ronfard s'excufa de ce faire , difant
qu'il n'y eftoit pas difpofé , & que
fa Verue ne luy vouloit rien di-
cter. Finalement à force d'impor-
tunitez , tant du Threforier, que
de fes amis , voyant que fon laquais tenoit fon Cheual tout preft,

Il demande vne plume & du papier, & escriuit ce Quatrain:

> Pour auoir en mon temps sceu prendre
> I'ay fait bastir ceste maison,
> Que si l'on m'eust fait la raison
> Dés long temps on m'auroit fait pendre.

Ces Vers escrits, Ronsard les donne à Monsieur le Thresorier, le remercie, monte à cheual, & luy dit
adieu.

LII.

Gaillardise d'vn Musicien qui ayant
auallé vne souris croyoit que ce
fust vn pepin de raisin.

EN l'Eglise de S. Croix d'Orleans il y a vne tres-belle Musique, composee de Chantres tres-
excellens, qui n'attendent gueres
volontiers la grande Messe sans
boire. Ils auoient coustume d'aller
en vn logis non gueres esloigné de
l'Eglise, où bien souuent ils desieu-
noient, & n'y estoient pas si tost

arriuez que la Baſſe-contre de Muſique, au meſme temps que la châbriere leur alloit querir du vin, hochoit les pots qui eſtoient ſur le dreſſoir, & s'il y auoit du vin dedãs, il ne manquoit de les mettre ſur le nez & les vuider. La Chambriere s'eſtant maintes fois apperceüe de cela, en aduertit ſon Maiſtre, qui au meſme temps fit tendre la ſouriſſiere, où l'on prit vne ſouris, qui fut à la meſme heure miſe dans vn pot auec du vin, & y coucha toute la nuiĉt. Nos Chantres ne manquent point de venir le lendemain pour deſieuner, & noſtre Baſſe-contre, ſelon ſa couſtume ſe met le pot ſur le nez, où auoit couché la ſouris auec le vin, & le vuida d'vne traiĉte. Ce qu'ayant fait, il dit; Parbleu i'ay aualé vn pepin de raiſin. L'Hoſte venoit de la Ville, qui oyant ces paroles luy dit; Vous pouuez bien dire que vous auez aualé vn pepin de raifin, voſtre goſier eſt bien dilaté : c'eſt vne ſouris qui a couché toute la nuiſt dans le pot, pour vous apprendre vne autre fois à mettre le nez dedans. Ce pourroit eſtre, dit-il, Giboury auec ſes cornes, ſi eſt-il paſſé.　LIIL.

Pointe ſubtile d'vn ieune Muſicien qui ioüoit excellemment bien du Luth.

VN ieune homme ioüoit du Luth en la preſence de quelques perſonnes de qualité : Sçachans qu'il eſtoit prompt aux repliques quand on luy en donnoit l'occaſion, & que peu de choſe le mettoit en humeur, ils luy dirent d'vn commun accord, qu'ils cognoiſſoient vn ioüeur de Luth qui d'excelloit à bien ioüer. Il leur repartit à l'inſtant, Meſſieurs, ie ne ſçay pas comme cela peut eſtre, car ie crois eſtre maintenant vn Orphée. C'eſtoit les appeller honneſtement beſtes.

LIV.

Subtile repartie d'vn Musicien à deux Banquiers de Lyon.

DEux Banquiers Italiens se pourmenans il y a enuiron trois ans, en la place du Change à Lyon, arresterent Monsieur Clement, Musicien tres-fameux, (lequel outre ce qu'il a bien estudié, ne manque d'auoir le mot gaillard, accompagné de beaux rencontres & riches reparties) & luy mõstrerent le portraict d'vn Flamand peint en huile, tenãt vn verre plein de vin à la main, & vn Liure de Musique ouuert deuant luy, qui estoit estallé en l'vn des coings du Change. Ces Banquiers croyans de le gausser, luy dirent : Que represente autre chose ce Flamand auec le verre à la main, & le Liure de Musique ouuert, sinon que les Musiciens aiment bien à boire? Alors Monsieur Clement repartit:

Meſſieurs, vous vous trompez, ce
n'eſt pas ce que vous dites : car ce
qu'il tient le verre plein de vin à la
main; c'eſt pour môtrer qu'il fait rai-
ſô à tout le môde, & le liure ouuert
manifeſte qu'il tient bon conte, &
ne fraude perſóne. Nos Banquiers
eſtans ſuſpects, & ſe ſentans pic-
quez, lors qu'ils en voulurent donner d'vne, en eurent de deux , & ſe
retirerent ſans ſonner mot.

L V.

D'vne Damoiſelle, qui ſe voulant faire
peindre en Vierge ne trouua ſon por-
traict aſſez grand quand il
fut paracheué.

VNe Damoiſelle, dôt ie tais le
nom, qui pour ſa beauté &
riche taille eſt aſſez cogneüe dans
Lyon, s'adreſſa à l'vn des premiers
peintres de la Ville pour faire ſon
portraict , & vouloit qu'il la repre-
ſentaſt en Vierge de ſa meſme hauteur. Le peintre n'oublia rien de

son Art pour contenter la Damoiselle, & sceut si bien desrober son
visage qu'il n'y auoit rien à redire.
Comme elle vid son portraict paracheué , elle remarqua qu'elle
estoit plus grande : de quoy se fas-
chant contre le peintre, il s'excu-
sa du mieux qu'il luy fut possible:
mais voyãt qu'il ne la pouuoit appaiser, il luy dit ; Madamoiselle, Ie
vous ay peint plus petite que vous
n'estes, parce que ie ne croy pas, au
temps où nous sommes , qu'il se
trouue des Vierges , ou pucelles si
grandes que vous.

LXI.

Gaillardise d'vn peintre en peignant
les armes d'vn vilain nouuelle-
ment annobly.

VN Peintre peignoit les armoiries d'vn vilain nouuellement annobly, où il y a tousiours à
mettre & à oster: car on dit que les
armoiries d'vn vilain sont faites

à plaisir. Si bien qu'en peignant ces
armoiries, celuy pour qui elles e-
stoient ne se contentant iamais, le
peintre fut contraint de luy dire;
Ie ne suis iamais plus empesché
que quãd ie fay les armoiries d'vn
vilain ; car il y a tousiours à redire.

LVII.

Plaisante repartie de Raphael d'Vrbin
à vne Damoiselle.

Raphaël d'Vrbin, peintre excellent, peignoit la galerie du
Palais d'vn grand Seigneur à Rome, en laquelle il auoit representé
plusieurs figures des Dieux & De-
esses des Payens, & entre autres
pourtraicts il y auoit vn grand Po-
lipheme, & vn ieune Mercure, qui
estoient nuds. Vne Damoiselle,
qui mõstroit d'auoir vn esprit subtil & resueillé entre à la Galerie, &
voyant ces peintures loüa & l'ouurier & l'ouurage, puis elle dit en
sousri-

fouſriant : Seigneur Raphaël, toutes ces figures ſont tres-belles , &
ne ſe peut rien voir de mieux ; mais
il me ſemble que vous euſſiez bien
fait de couurir les parties honteuſes de ce petit Mercure auec quelques Roſes ou fueillages. Raphaël
luy repartit à l'inſtant en riant : Ex-
cuſez-moy , Madamoiſelle , ſi ie
n'ay eu cette diſcretion : mais ie
voudrois bien ſçauoir pourquoy
vous ne me reprenez pluſtoſt de la
piece du milieu de ce grand Poli-
pheme , que de celle de ce pauure
petit Mercure.

LVIII.

Rencontre plaiſant d'vn Sculpteur
Milanois.

ANtoine de Roſſi Milanois,
l'vn des excelliens Sculpteurs
de ſon temps , dit à vn ieune hôme
eſdenté qui ſe vouloit meſler de
gauſſer auec luy : Ie ne m'eſtonne
pas , mon enfant , ſi tu as peu de

dents, car ayans eu honte d'ouïr
tant de sottes paroles sortir de ta
bouche, elles sont tombées.

LIX.

D'vn Pedagogue qui vint visiter ses
Disciples à Pauie, & du traicte-
ment qu'ils luy firent.

RAo raconte qu'vn pauure Pedagogue fait tout à la bonne
foy, vint à Pauie pour visiter quelques siens Disciples qui y estoient.
Le bon homme croyoit ferme-
ment, parce que ces ieunes gens
auoiét esté sous sa ferule, & qu'ayāt
pris beaucoup de peine à les instruire, ils luy feroient bon accueil,
& le receuroient courtoisement.
Mais l'infortuné voulant corriger
l'vn d'iceux, parce qu'il auoit dit
Domini Scholares, en luy remonstrāt
amiablement qu'il ne deuoit plus
vser de ce mot *Scholares*, parce qu'il

eſtoit barbare. Ceſtui-cy reſpondit
ſoudain: Ie maintiens qu'il n'eſt pas
Barbe, mais qu'il eſt Genet. Finalement eſtans ſur ce conteſte, qu'il
eſtoit Genet, ils monterent le pauure Pedagogue à Cheual, & celuy
qui touchoit deſſus, à chaque coup
luy diſoit; Eſt-il Barbe, ou Genet?
& le tindrent monté pendant qu'il
le maintint Barbe, ſans diſconti-
nüer de le foüetter. Mais, tout hô-
teux, premier que le vouloir dire
Genet, il receut plus de cent coups
de foüets. Le pauuret voyant la
cruauté & l'ingratitude dont auoiét
vſé ſes Diſciples en ſon endroit
entra en telle colere, qu'il maudit
toutes les Leçons qu'il leur auoit
données, tous les Vers qu'il leur
auoit expliquez, tous les interrogats qu'il leur auoit faits, toutes les
Fables qu'il leur auoit recitées, toutes les Hiſtoires qu'il leur auoit dites, tous les Exéples qu'il leur auoit

monstré , toutes les Epistres qu'il
leur auoit données , tous les The-
mes qu'il leur auoit dictez, tous les
Cuius dont il les auoit interrogez,
toutes les Figures qu'il leur auoit
enseignées, tous les Preceptes qu'il
leur auoit monstré , tous les Enseignemens qu'il leur auoit faits, tous
les Liures , toutes les Tragedies,
toutes les Decades , tous les Saty-
res ; tous les Eloges, tous les Pane-
gyres, toutes les Vies, & finalement
tous les Autheurs qu'il leur auoit
leus , tous les coups de foüets, toutes les ferules , tous les tiremens
d'oreilles & de cheueux, & tous les
soufflets qu'il leur auoit donnez.
O miserables & infortunées peines, disoit-il, ce sont donques icy
les fruicts qu'apres tant de trauaux
vous m'enfantez ! O trompeuse
esperance, au lieu du profit & de
l'honneur, vous me donnez de l'in-
famie, & du dommage!

L X.

D'vn qui auoit appris toute sa science à son Disciple, qui neantmoins estoit demeuré vn gros Asne.

VN Auuergnat (que ie n'ose pas bonnement nommer Pedant, à cause de la dignité où il est promeu) eut ce bon-heur dãs Lyon d'entrer en la Maison d'vn Seigneur de marque pour estre son Aumosnier, où il receut plusieurs faueurs, en sortit auec vne notable somme d'argent, & outre ce fut recompensé d'vne bonne Cure. Neant-moins poussé d'ingratitude & d'vne auarice extreme, se plaignoit dudit Seigneur à vne seruante, luy disant, que Monsieur ne luy auoit rien donné qu'il ne l'eust bien gagné, & autres semblables discours, reprochant les seruices qu'il luy auoit rendus pẽdant trois ans. Ces plaintes venües à la notice de son

Bien-faicteur, le mirent en mauuais mefnage, cauferent fa difgrace, & diuertirent d'autres biens-
faicts qui luy eftoient promis. A
fon entrée en cefte Maifon, le
plus ieune des quatre fils luy fut
donné à gouuerner, tant pour luy
apprendre fes Rudimens & prin-
cipes de Grammaire, que pour le
mener au College. Il fe peine fans
trop fe peiner à enfeigner fon Di-
fciple, qui pour fon bel efprit &
gentille humeur luy donnoit beaucoup de foulagement. Trois ans,
ou enuiron fe paffent de la forte,
l'Efcolier ne peut plus gueres apprendre de fon Maiftre : Ce que
recognoiffant Monfieur le Magi-
fter, porté de ie ne fçay quel def-
dain, dit en prefence de quelques honneftes perfonnes, voire à
moy en particulier : Ce lourdaut,
cette groffe tefte, il y a trois ans
que ie me peine à l'enfeigner ; i'ay

employé plusieurs veilles , ie me
suis leué de grand matin pour luy
repeter ses leçons , voir ses The-
mes, luy demander plusieurs *Cuius*:
bref ie luy ay appris tout ce que ie
sçay , & ce pendant il est demeuré
vn gros Asne.

LXI.

D'vn Pedant tres-facetieux qui se
mocqua d'vn Bastelier au passa-
ge à vne riuiere.

VN Pedant tres-facetieux,
nommé Pierre de Liuour-
ne, marchandant le passage d'vne
riuiere en Toscane, & n'ayant de
l'argent pour payer , il dit au Bastelier , que s'il le vouloit passer il luy
donneroit les trois paroles de la verité. Le Bastelier luy respõdit, qu'il
vouloit de l'argent, & non pas des
paroles, mais nostre Maistre Pierre
fut si persuasif, qu'il le fit cõ descendre à la volonté. Et ainsi entrant à

la Barque, il dit , *Qui fait bien ne manque point* : c'eſt icy la premiere. Quand ils furent au milieu de la ruiere, il adiouſta : *L'importance eſt en la fin*, qui eſt la ſeconde. Comme il fut arriué à bord, il manifeſta la troiſieſme, en luy diſant : *Amy, ſi tu fais aux autres comme à moy, tu gagneras peu*.

L X I I.

D'vn *Pedanteſque Latiniſeur*.

Nous mettrons encore icy pour rire le François Latiniſé d'vn Pedant, qui pour ſaluër elegã-ment vn Hoſte ſon ſingulier amy, luy dit : Aue Pincerne deiſique : Salue Magiſter des condiments lautiſſimes : Dieu vous adiuue ſacraire de tous les fercules opipares.

L X I I I.

D'vn autre *Latiniſeur*.

VN autre demandant à vn Meſſager le plus droiĉt che-

min pour aller à Rome, luy dit en
langue Pedantesque : Dy moy ele-
gant viateur, quel est l'itinere pour
paruenir à la Cité de Romule ? Il y
en eut encore vn, qui voulant inju-
rier vne putain, dit: Cette lupe Ro-
mulée a tousiours l'œil aux locules,
& ne se voit iamais qu'auec vn ris
Citherée, parce qu'elle n'est pas
saoulée de son ingluuie.

LXIV.

Rencontre plaisant du Maistre
& du Disciple.

VN Allemand qui n'auoit gueres demeuré à Rome, ren-
contrant vn soir Philippe Beroald,
qui estoit le Maistre qui l'ensei-
gnoit, pour luy donner le bon soir,
luy dit : *Deus det vobis bonum serò.*
Beroald soudain respondit : *Et tibi*
malum citò.

M v

LXV.

Vne femme voulant gausser des Escoliers
ses hostes eut son payement.

VNe femme à Tournon qui lo-
geoit & nourrissoit quelques
Escoliers, les voyant vn iour à table où ils faisoient bien leur deuoir
à remuer le menton, elle leur dit:
Mangez mes amis, bon prou vous
face: Ie prens grand plaisir de vous
voir, car vous me faites souuenir
de mes petits cochons. L'vn de
nos Escoliers luy respondit en
sousriant: Et vous, nostre hostesse,
me faites ressouuenir de nostre
grande truye.

LXVI.

Subtile repartie d'vn Paysan Dauphinois
à des Escoliers de Lyon.

VNe troupe d'Escoliers estudians à Lyon, allans vn Ieu-
dy au pourmenoir du costé de la
Guillotiere, rencontrerent vn Pay-

san monté sur son Asne, qui se mit à braire au mesme instant qu'il fut proche d'eux. Ceux-cy voulans gausser le Villageois, luy dirent; Ne sçais-tu pas mieux instruire ta beste qui brait hors de saison? Il leur respondit, Mon Asne, Messieurs, est si spirituel & bien appris, que non seulement, comme font les autres, il chante au mois de May, mais toutes les fois qu'il rencontre quelque brigade de ses freres, en signe de grande liesse il se met à rossignoler, comme vous l'auez oüy maintenãt. A cette response nos Escoliers demeurerent auec moins d'vn pied & demy de nez.

LXVII.

Gaillardise d'vn Escolier qui ne viuoit que de perdrix, les trouuant à meilleur marché que les veaux.

VN pere qui n'auoit pas beaucoup de moyens enuoya son

M vj

fils aux Eſtudes à Paris, luy donnât
pour leçon, qu'il fuſt moderé en ſa
deſpenſe, & ſur tout en ſon viure:
qu'il mangeaſt ſeulement pour ſe
ſuſtanter; & meſnageaſt bien ſon
argent. Le fils ſe reſſouuenant des
aduertiſſemens de ſon pere, côme
il fut à Paris, il commença à s'informer des viures où il pourroit
faire moins de deſpéſe: Et premierement il s'enquit combien valoit
vn veaù, puis vn porceau, aprés vn
Faiſan & autres choſes de grand
prix. Et finalement aprés s'eſtre in-
formé de pluſieurs denrées, il trouua que les Perdrix eſtoient à meilleur marché que les choſes ſuſnô-
mées: Si bien que pour concluſion
noſtre Eſcolier dit: Ie voy bien que
c'eſt, mon pere entend que ie me
nourriſſe de Perdrix. Il fit ſi bien
qu'en peu de iours il expedia ſon
rgent, & ſe trouua aprés logé chez
uillot le ſongeur, & il diſnoit en

peinture à la galerie des prisõniers,
faisant beaucoup de Vigiles.

LXVIII.

Response à vn Escolier qui auoit perdu
plusieurs cayers de sa Philosophie.

VN Escolier estoit extremement marry de ce qu'il auoit
perdu plusieurs Cayers de sa Philosophie, quãd vn de ses amis pour
le consoler luy dit: Vous deuiez les
escrire en vostre esprit aussi bien
que sur le papier, par ce moyé vous
les auriez tousiours portez auec
vous, sans crainte de les perdre
comme vous auez fait.

LXIX.

Belle repartie d'vn Escolier à vne
femme impudique.

VNe tres belle Courtisane e-
stoit attentiuement regardée
par vn pauure Escolier, de quoy
le prenant garde, pour le picquer
elle luy dit: Combien auez-vous

d'argent ? Il luy respondit : Ie n'en sçaurois si peu auoir qu'il n'y en ait plus que vous n'auez de merite.

LXX.

L'vn Villageois qui fut desgnaisé de deux Chapons par vn Escolier.

IL y auoit à Padouë vn Escolier nommé Pontio, qui voyant vn Villageois qui portoit deux Chapons gras pour les vendre, feignit de les vouloir acheter, & fit marché auec luy, à condition qu'il les apporteroit en son logis, l'asseurant qu'outre le prix faict, il le feroit boire, & ainsi le conduisit en vn lieu où il y a vn Clocher separé de l'Eglise, autour duquel on peut aller, & à l'vne des faces du Clocher respond vne petite ruë estroitte. Pontio ne pensant qu'à desgnaiser le pauure Villageois, luy dit : I'ay gagé ces deux Chapons auec vn mien compagnon, qui dit que ce

Clocher a plus de cent pieds de
our, mais ie dis le contraire; & lors
que ie t'ay trouué, ie venois d'acheter cette cordelette pour le mesurer. C'est pourquoy auant que d'aller à la maison ie veux m'esclaircir
qui aura perdu de nous deux. En
disant cela il prend les deux Chapons, & luy donne à tenir le bout
de la cordelette, l'enchargeant de
ne bouger de là iusques à ce qu'il
eust fait le tour du Clocher, & fust
reuenu à luy. Il feignit d'enuiron-
ner le Clocher; mais comme il fut
au droict de la petite ruë, il attacha
l'autre bout de la cordelette à la
muraille auec vn clou, & laissant
le pauure lourdaut, s'esquiua par
cette petite ruë auec les deux
Chapons. Le Villageois ayant
demeuré long-temps arresté, attendant tousiours que l'autre eust
acheué de mesurer : Enfin apres
s'estre escrié plusieurs fois, que

faites-vous tant? il voulut voir que
c'estoit, & trouua que ce n'estoit
pas Pontio qui tenoit la corde, mais
vn clou attaché à la muraille, qui
luy demeura auec la cordelette
pour le payement de ses deux
Chapons.

LXXI.

Excuse d'vn Escolier à son pere tou-
chant sa despense.

VN Escolier auoit coustume
d'importuner son pere par lettres en luy demandant souuent de
l'argent. Le pere voyant l'importunité de son fils, luy fit respose, qu'il
deuoit estre plus retenu en sa despense, & deuoit vser de mesnage,
pour suppléer aux petits moyens
qu'il auoit, & qu'il s'efforçoit de
l'aduancer pour faire vn iour de
luy quelque chose de bon. Le fils
luy fit cette response, Mon pere, ie
ne prodigue pas l'argent qu'il vous
plaist de m'enuoyer, comme peut

estre vous croyez, ains ie le mesnage au mieux qu'il m'est possible, &
le despens auec prudence, de sorte
que viuant de la sorte, vous ne deuriez pas me reprédre si rudement.
Cette Prudence estoit vne femme
impudique qu'il entretenoit.

LXXII.

*Response d'vn ieune amoureux à vn
sien amy qui vouloit le dissuader de se marier.*

V Nieune homme de Lyon, issu
de tres bonne famille, & qui
auoit outre ses rares vertus de tres-
belles commoditez, se rendit passionnément amoureux d'vne fille
qui n'estoit ni belle, ni bonne, ni de
sa qualité. Vn sien amy luy dit, que
pensez-vous de faire, voulez-vous
pas quitter vn tel amour, & desister
de faire tant de caresses à vn sujet
sans beauté, sans bonne grace, &
sans perfection ? Ha ! respondit-il,
si vous auiez veu cette fille auec

mes yeux, vous ne trouueriez rien
de plus beau au monde. Il vouloit
dire, *Que l'amour nous fait souuent
louër des choses qui semblent laides à
autruy.*

LXXIII.

*Sage response d'vne Damoiselle pressée
de son honneur.*

VNe Damoiselle vertueuse &
honneste, se voyant courti-
sée par vn Gentil-homme, qui sous
quelques vains discours, ombra-
gez d'vne feinte honnesteté lavou-
loit persuader de subir à sa lasciue
volonté. Elle luy respondit: Quand
i'estois fille, i'obeïssois à mon pere,
& maintenant que ie suis mariée
i'obeïs à mon mary; parquoy si ce
que vous desirez de moy est si honneste comme vous dites, demandez le luy.

LXXIV.

Sage response d'vne ieune fille à vn
amoureux des·honneste.

VN ieune homme s'estoit rendu amoureux d'vne belle &
honneste fille, lequel ayant vn iour
le temps & le lieu pour luy parler,
luy demanda si elle vouloit le contenter.   La sage fille respondit,
qu'elle le vouloit bien, pourueu
qu'il luy octroyast par contre vne
seule chose. Il s'enquit de ce qu'elle demandoit; Elle repartit: Ce que
vous n'auez pas, ni ne pouuez
auoir, & me le pouuez donner. Le
ieune homme voulant sçauoir l'in-
terpretation de cet Enigme, la fille
le luy expliqua en ceste sorte; estãt
homme, vous n'auez ni ne pouuez auoir mary, mais vous pouuez bien me le donner en vous dõ-
nãt vous-mesme à moy, ce que faisãt vous aurez tout ce que vous me

demandez. De quoy s'eſtonnant l'amoureux, il recogneut, *Que l'honneſteté iointe auec la galantiſe eſt vn ſingulier doüaire à vne fille:*

LXXV.

Honorable reſponſe d'vne Villageoiſe.

VNe fille de Village, belle en perfection, fut rencontrée vn iour en la cápagne par le Comte Valentin, qui s'arreſtant à elle luy dit; Belle fille, comment oſez-vous aller ſeule en des lieux ſi eſcartez? Elle luy reſpondit : I'ay touſiours ouy dire, qu'vne fille chaſte eſt aſ-ſeurée par tout.

LXXVI.

Accorte reſponſe d'vne Damoiſelle au ſot Meſſage du ſeruiteur d'vn Amoureux.

VN Marchand Venitien eſtoit amoureux dans Florence d'v-ne belle Damoiſelle, qui faiſoit aſ-

ez la rencherie quoy qu'il luy fist
de beaux presés. Entre autres il luy
en enuoya vn de grande valeur par
son seruiteur, qui n'estoit pas des
plus spirituels du monde, & luy dit,
que si elle l'interrogeoit de ses qualitez, qu'il l'asseurast estre Gentil-
homme tres-riche, & qu'il auoit
(selon son langage) *tre galie in porto*,
c'est à dire, trois galeres au port. Le
seruiteur départ, & estant arriué
vers la Damoiselle, en luy donnant
le present, il luy recommanda son
Maistre, la suppliāt de n'estre point
si cruelle en son endroit, qu'il estoit
Gentil-homme d'honneur, & auoit
de grandes commoditez. Est-il bié
riche, dit la Damoiselle? S'il est riche, respond le seruiteur, ie vous
iure qu'il a *tre galline & vn porco*, ie
ne vous en dis autre chose. Lors la
Damoiselle repartit, Auec l'Asne,
tel que tu es, on pourroit faire la
moitié d'vn marché.

LXXVII.

Reſponſe gentille d'vn Amoureux à ſa Maiſtreſſe.

VN ieune Gentil-homme diſcourant auec ſa Maiſtreſſe, eſtoit grandement trauaillé d'vn rheume qui luy deſcendoit du cerueau dans la bouche, dont il eſtoit fort incommodé. La Damoiſelle voyant ſon indiſpoſition, luy dit, Vous crachez ſouuent, Monſieur. Le Gentil-homme repartit, Ne vous en eſtonnez pas, Madamoiſeille, car eſtāt proche d'vn ſi friand morceau, il eſt impoſſible que l'eau ne m'en vienne à la bouche.

LXXVIII.

Fourbe faite à vn Gentil-homme qui deſiroit d'auoir vne femme de bon ſang.

VN Gentil-homme ſe reſoult de prendre vne femme, mais

il ne la veut pas qu'elle ne soit de
bon sang. Vn sien amy voyant cela luy dit: Voulez-vous que ie vous
en face trouuer vne sel n voftre
volonté ? Ie t'en prie, respond le
Gentil-homme. Venez auec moy,
repliqua-il. Alors il le mena chez
vn boucher qu'il cognoiffoit, auquel faifant monftrer vne groffe
truye, il dit au Gentil-hôme: Cette-
cy feroit bien propre pour vous.
Noftre Amoureux demeura fi
eftonné , qu'ayant efté vn bon
efpace de temps comme muet, il
dit apres ; C'eft donc ainfi, que tu
traittes auec moy. Ie ne trouue
point , dit ce bon compagnon, de
meilleur fang que celuy de pourceau, parce qu'il eft eftimé fur tous
les autres , mefmes on en fait de fi
bons boudins.

LXXIX.

Plaisant rencontre d'vn Gentil-homme à vne Damoiselle.

Vne Damoiselle allant visiter vne sienne parente, & ne voulant estre recogneüe par les ruës, outre son masque, elle se couurit la teste d'vne escharpe qui luy voiloit toute la face, & fit cela principalement pour euiter l'importunité d'vn ieune folatre qui l'aimoit. Mais il aduint contre sa volonté qu'elle fut veüe & saluée de ce seruiteur importũ, quoy qu'elle creust que personne ne la deust recognoistre. Elle luy dit : Comment auez-vous peu remarquer que ce fust moy, m'estãt couuerte en telle sorte que persóne ne me pouuoit voir la face ? Madamoiselle, dit-il, ie ne vous ay peu discerner par autre moyen, sinon que vous ayant veüe ma playe a ietté du sang, faisant al-

lusion aux homicides, qui touchans
les corps qu'ils ont meurtris iettent
du sang.

LXXX.

Belle responce d'vn Gentil-homme
à celle qu'il aymoit.

VN Gentil-homme regardant
la main d'vne Damoiselle , luy
donna à entendre que par le moyen
de la Chiromancie il pouuoit sçauoir les choses à venir. Vne autre
Damoiselle , de laquelle le Gentil-
homme estoit amoureux , luy dit:
Monsieur , ie voudrois bien que
vous regardassiez encore ma main
pour sçauoir ce qui me doit arriuer.
Alors il luy respondit ; Madamoiselle ; que peux-ie dire dauantage,
sinon que ma vie est entre vos
mains , chose que ie repute pour ma
plus grande fortune.

LXXXI.

D'vn Gentil-homme qui courtifoit vne vieille Damoiselle.

VN Gentil homme chantoit à vn sien amy les perfections & les rares beautez de sa Dame, laquelle bien qu'elle eust au moins cinquante ans, il la croyoit neantmoins d'estre ieune, fresche & agreable. Cet amy luy dit : Ie m'estonne grandement de vous voir ainsi abusé, & de mettre vostre affection en cette vieille medaille, qui est, comme ie croy sœur de la Sibille Cumee. Le Gentil homme dit, qu'elle estoit encore en sa fleur. Ouy vrayement repartit l'autre, mais c'est en la fleur du vin.

LXXXII.

Sottise d'vn amoureux qui faisoit donner des au ades à sa maistresse.

VN seruiteur, qui n'auoit pas beaucoup d'esprit, seruant vne

Damoiselle , la voulut honnorer
d'vne aubade sous sa fenestre. Pour
ce faire il fit marché auec vn Musicien qui ioüoit des mieux du Luth,
lequel commença à chanter , ma-
riant sa voix à son instrument, *Pour*
vous Madamoiselle, ie suis icy venu, &c.
Ce qu'entendant celuy qui le mettoit en besongne, entra en grande
colere , & luy dit : I'ay fait marché
auec vous de chanter pour moy, &
vous chantez pour vous. Si vous ne
sçauez vne autre chanson, ie n'entens pas de vous payer ? où bien si
vous voulez que nous tombons
d'accord, maintenant que vous auez
chanté pour vous, chantez ores
pour moy.

LXXXIII.

D'vn amoureux qui ne pouuoit trouuer
femme à sa fantaisie.

VN fantasque & difficile à contenter auoit volonté de se marier & pour cet effect aimoit plu-

sieurs filles, sans que rien peust reüs-
sir à son contentement. Finalement
ennuyé d'auoir si longuement chaf-
sé sans rien prendre, en se complaignant, il disoit : Ha miserable que ie
suis ! que dois-ie faire ? La belle ne
me veut pas ; & ie ne veux point de
la laide : La riche me desdaigne, &
ie mesprise la pauure. Pour ce le
Prouerbe est tres-vray: *Celuy est tousiours en peine qui n'est iamais content.*

LXXXIV.

Gaillardise d'vn tailleur d'habits.

VN ieune Escollier reuenant de
Tholose d'estudier aux Loix,
comme il fut de retour en son pays,
il enuoya querir vn tailleur pour
luy faire vn habit sur le modelle de
celuy qu'il portoit fait à la Tolosa-
ne. Ce Maistre tailleur retint si bien
le nom, qu'estant mandé d'ailleurs,
il disoit, Monsieur, voulez-vous que
ie vous habille à la tour aux Asnes,

comme vn tel qui en a rapporté vne
si belle façon?

LXXXV.

De Caussarara qui coupa deux paires de
bas de chausses pour vne.

Caussarara tailleur d'habits, assez cogneu dans Lyon, pour
estre naturellement estropié du cerueau, & tenir de la Lune, fut vn iour
appellé par le Capitaine Quinard
Penon de la grand ruë de l'Hospita l
pour luy tailler vne paire de bas de
chausses. Caussarara se voyant à
mesme la piece se hazarda d'en couper vne à son vsage, ce qu'il ne peust
faire si subtilement qu'il ne fust descouuert. Alors le Capitaine Quinard luy dit: Qu'est-cela, Caussarara, ie croy que tu en as coupé deux
paires? Il repartit excusez-moy mon
Capitaine, ie croyois que vous les
voulussiez doubler.

LXXXVI.

Du mesme Caussarare qui desgnaisa vn gagnedenier chargé de formages.

ILn'y a pas long temps que le mes-me Caussarare trauaillant en sa boutique proche de Confort, il arri-ua qu'vn portefaix reposa sur son banc vne charge de formages qu'il portoit. Caussarare sans autre ce-remonie en coupa vn quartier pe-sant trois ou quatre liures. Le por-te-faix s'estant repris, sans auoir re-cognu qu'on eust diminué son far-deau, recharge ses formages & les porte chez le marchãt, lequel voyãt la grande breche qui auoit esté faite à l'vn de ses formages, se fache con-tre le porte-faix, l'appelle larron, & le veut battre: Cettuy-cy en s'excu-sant va soupçonner que Caussarare auoit fait cette fourbe. Au mesme temps ils le vont trouuer, se plai-gnant du traict qu'il leur a ioué, l'ac-

cusans de larrecin, dequoy Cautia-
rare ne s'estonne aucunement, ains
auouant le faict, & se tenant par les
costez, en faisant ses desmarches ac-
coustumees, il leur dit, Seroit-il
bien raisonnable que ie loüasse vne
boutique pour reposer vos formages sans que i'en tirasse tribut ? Le
marchand formager n'en pouuant
tirer autre raison se print à rire &
s'en alla,

LXXXVII.

Le desastre qui arriua à vn Sergent execu-
tant chez vne Villageoise
pour les tailles.

Q Velques Sergens entrerent
en la maison d'vn villageois
proche de Clermont en Auuergne
pour le contraindre à payer quelques tailles encourues, où ne trouuans que sa femme qui faisoit la le-
xiue, ne laisserent pourtant de saisir
les meubles qu'ils trouuerent , &

voulurent encor auoir le chauderon, qui estoit sur le feu, soustenu
d'vn grand trepié.   La villageoise
s'y opposa viuement, remonstrant
qu'elle vouloit paracheuer sa lexi-
ue : mais ses contestes ne luy seruirent de rien, car vn Sergent de la
troupe vuida le chauderon & le
remit à son recors pour l'emporter.
Estans à la descente des degrez
auec toutes ces despoüilles, la pauure femme voyant son trepier rouge & enflammé qui restoit tout
seul, elle le print artistement auec
la paile & les pincettes qu'ils a-
uoient oubliez, & le mit par derriere en forme de picadille au col
du Sergent qui auoit vuidé le chauderon, qui alloit en queuë des autres en luy disant : Il est bien raison
que le trepié suiue son chauderon.
Nostre Sergent sentant la chaleur,
s'escrie alarme, misericorde, ie brusle, ie brusle, & ne peust si bien se-

coüer qu'il n'euſt partie de la teſte,
du col , des eſpaules & des mains
bruſlez en voulant ſe deſcharger
de ce peſant fardeau. Il a failly d'en
mourir , & apres auoir demeuré enuiron trois mois dans le lict , la nouuelle n'eſt pas encore venuë s'il eſt
guery.

LXXXVIII.

Vn debiteur pourſuiuy des Sergens eſchappe
d'vne façon extraordinaire.

VN homme à Lucques eſtoit ſi
chargé de debtes qu'il ne ſçauoit de quel coſté donner de la teſte.
Aduint que ſe trouuant vn iour dans
la boutique d'vn Marchand , où
quelques affaires l'appelloient, il apperceut des ſergens qui eſpioient ſa
ſortie pour l'attraper. Il voyoit bien
"Egliſe S. Michel proche de là: mais
il ne pouuoit trouuer le moyen d'y
entrer ſans eſtre pris. Sur ces entrefaites voicy venir vn gros & puiſ-

fant Prestre de ladite Eglise auquel
il demanda du secours, qui le luy
octroya facilement : car au mesme
instant il le chargea sur ses espaules,
& courant à bride abbatuë : fut,
neantmoins attrapé des Sergens
qui voulurent saisir son fardeau:
mais aduançant tousiours chemin,
le debiteur disoit que de droict on
ne le pouuoit pas prendre, parce
qu'il estoit sur vne personne sacree:
de sorte qu'ils furent contraints de
le laisser courir, au contentement
de tous les spectateurs qui eurent
vn ample sujet de rire.

LXXXIX.

MORALITEZ.

*Sagesse des Egyptiens pour se ressouuenir
de la mort.*

LES Egyptiens en leurs conuiues
portoient à l'entour de la table
vne image de la mort, à fin que

l'homme se ramanteuant de mourir
reiettast les vains plaisirs de ce
monde trompeur.

XC.

*Acte memorable des Spartes pour faire
abhorrer l'yurongnerie à la ieunesse.*

LEs Spartes auoient anciennement de coustume en leurs festes plus solemnelles d'éyurer quelques Esclaues, & apres qu'ils estoiẽt
yures, ils les faisoient conduire és
banquets des ieunes gens, à ce que
voyans leur brutalité, comme choses des-honneste & vituperable, ils
abhorrassent l'yurongnerie.

XCI.

*Sage responce de Demosthene à vne fem-
me impudique.*

DEmosthene allant voir vn iour
vne Courtisane, qui estoit tres-
renommée pour sa beauté, parce
qu'elle luy demanda dix mille dra-

chmes pour la voir, il dit: Ie ne veux
pas acheter si cher vn repentir, &
s'en alla. Cela nous enseigne que
c'est vne grande prudence à l'homme de dompter ses appetits, & com-
mander à soy-mesme est le plus
grand Empire qu'on puisse acquerir.

XCII.

Prudence de Socrate pour corriger les de-
fauts qui estoient en luy.

VN Phisionomiste ayant assez
curieusement contemplé Socrate, prononça que c'estoit vn lourdaut, & qu'il estoit adonné aux femmes, ce qui esmeut Alcibiades de
rire à gorge desployee, attendu que
Socrate estoit sage & continent au
possible, ayant corrigé les deffauts
de nature; & par son bon iugement,
estude, hantise auec les bons & vertueux, tellement reprimé & dompté
les vices nez des causes naturelles,
que iamais nul n'en remarqua trace
quelconque en luy,

XCIII.

Que la Vertu & la Noblesse doiuent auoir de quoy s'entretenir honorablement.

VN homme de lettres, vn riche Marchand, & vn Soldat disputoient ensemble d'où prouenoit la Noblesse, & desia le Lettré & le Soldat s'accordoient pour en exclurre le Marchand, n'eust esté qu'il demanda au Lettré, commēt il faudroit depeindre la Mere de la Noblesse. Elle se pourra representer dit le Lettré, par la figure d'vne femme grande & belle, qui d'vn bras armé tiendra vne Espée & vne Palme, & de l'autre bras nud elle tiendra vn liure & vn rameau d'Oliuier, hieroglifique des Armes & des Lettres, & sera nommée la vertu; & la Noblesse sera à ses pieds, figurée par vne belle Damoiselle. Alors le Marchād repliqua. Ces deux Dames doiuent elles paroistre deuant les hom-

mes sans que leur nudité soit couuerte? Non, respondit l'homme de
Lettres, cela ne seroit pas conuenable, mais elles doiuent estre vestues
de belles & riches robes, & l'vne
doit estre plus magnifique que l'autre. Par ce moyen, repartit le Marchand, i'ay donc part à ce mystere
aussi bien que vous, d'autant que,
De la Vertu n'aist la Noblesse, mais
ni l'vne ni l'autre ne peuuent paroistre sans les richesses.

XCIV.

*Response tres accorte d'vn Florentin a
vn Noble.*

ALors que la Ville de Florence
estoit gouuernee en Republique, il y auoit souuent des chan-
gemens: Et vne fois entre les autres
par le mauuais traittement de la
Noblesse, l'administration, & le
Gouuernement de la Republique
tomba entre les mains du menu

peuple . Vn de ces Nobles qui auoit
gouuerné, mescontent (comme ie
croy) de se voir desmis de sa charge, voulant vn iour se mocquer
d'vn sien voisin, par-ce qu'il estoit
l'vn de ces nouueaux Gouuerneurs,
luy dit : En quelle maniere pourras
tu, auec tes semblables, qui estes
des pauures lourdauts, ignorans,
& mal experimentez au maniement
des affaires du monde, gouuerner
vne Ville si grande & si Noble comme est cette-cy ? Il luy respondit
brusquement: Chacun de nous sçait
ce que vous auez fait, nous ferons
toutes choses à rebours, & par ce
moyen nous ne pourrons manquer
de bien faire.

XCV.

Sages response d'vn galant homme.

VN homme sage & discret, se
trouuant vn iour en vne compagnie où l'on s'entretenoit de dis-

scours vains & legers, aufquels ne
preftant l'oreille, on luy demanda
fi la folie le faifoit taire, ou fi c'eftoit
fon ignorance qui l'empefchoit de
parler, Il refpondit : Vn fol ne fe
peut iamais taire.

XCVI.

*Paroles remarquables d'vn ieune fils ma-
lade à fon pere, qui s'affligeoit
de fon mal.*

VN Pere de familles ayant plufieurs fils auec d'honneftes
commoditez, fe delectoit à les faire tous eftudier : mais il y en auoit
vn, pour differer du naturel des autres, qu'il ne traittoit fi doucement
que fes freres, ains auec des paroles
rudes le menaçoit continuellement
& faifoit paroiftre qu'il l'auoit pris
en haine. Or il aduint vn iour que
ce ieune enfant fut attaqué d'vne
fieure maligne, de laquelle ayant
efté trauaillé plufieurs iours, il en

fut extremement abbatu; d'où vint
que le pere, qui montroit auparauant de le haïr, changea de coustume: Car outre la despense extraordinaire qu'il faisoit pour l'amour de
luy, à toute heure triste & larmoiãt,
il s'approchoit de son lict, l'embrassoit & le baisoit tendrement) tel est
le pouuoir de l'amour d'vn pere enuers ses enfans) & souhaittoit auec
tant de passion sa guerison, qu'il
estoit sur le poinct de faire des
Vœux à quelques Eglises, en y offrant des riches presens pour sa conualescence. Le malade, sçachant
la volonté de son pere, luy dit: A
quel propos voulez-vous faire des
Vœux pour ma santé, si ie suis plus
heureux & content d'estre malade
que d'estre remis en mon premier
estat? Le pere luy demandant la
cause, il repartit: parce que ie voy
qu'estant sain ie ne fus iamais caressé ni de vous, ni de mes freres, ni de

tous les domestiques comme ie suis
maintenant estant malade ; & si ie
reçois guerison, ie crains d'estre mal
venu comme de coustume.

XCVII.

D'vn riche deuenu pauure & d'vn
pauure liberal.

VN homme, qui ayant esté grã-
demẽt riche deuint extremement pauure, se trouua vn iour en
vn cabaret assis en vne mesme table
auec vn pauure qui le cognoissoit,
qui faisoit bonne chere, & mangeoit
de bons morceaux. Le riche apauury, luy dit : Ie m'esbahis de toy
estant pauure comme tu es, que
neantmoins tu fais vne si grande
despense, & ne veux rien espargner
C'est pour m'empescher de deuenir
riche, (respond cettuy-cy) & afin
que ie ne sois contraint de faire
maigre chere que toy. L'apauury luy
respondit en souspirant : Tu dis bien

vray, car me ressouuenant de ce que
i'ay esté, & me representant l'estat
où ie me voy maintenāt reduit, i'es-
prouue tres veritable que, *Le souue-*
nir du bon-heur passé rend la misere beau-
coup plus grande.

XCVIII.
Belle remarque touchant le ieu.

VN Mendiant s'adressa en vn
lieu ou quelques galebontēps
ioüoient aux cartes & aux dez, ausquels il demanda l'aumosne pour
l'amour de Dieu, sans que pour toutes ses supplications il peust arracher vn liard de ces berlandiers.
D'où vint qu'vn honneste homme
qui les regardoit iouër, se tournant
vers le pauure luy dit : Mon frere,
Dieu te conduise : Apprens ie te
prie, à ne demander iamais l'aumosne à telles gens : par ce que, *Là ou l'on*
ioue, la le diable se resiouit.

XCIX.

Dernieres paroles d'vn ieune homme en se mourant.

VN ieune homme, issu d'honorable famille, rare en vertus, & de tres-loüable conuersation, estant extremement malade fut visité par ses amis, auec lesquels, s'entretenant, il vint à propos de parler du mariage. Alors il dit en souspirant: Il y a auiourd'huy deux ans que ie suis marié. Vn de la compagnie luy dit : Vous deuez en memoire de ce iour prendre courrage & vous resioüir, Oyant ces paroles il repartit la larme à l'œil : C'est tout au rebours, carie dois gemir, puis que ce fut le commencement de mes maux, la continuation de mes longs martyres, & ce qui rend auiourd'huy mon ame angoissée. Peu de temps apres, il rendit l'esprit.

C.

Gaillardise d'vn mary masqué & de sa femme.

QVelques femmes estans allées en vn bal, il y eut de leurs maris qui se masquerent pour les voir; & entrans au bal, apres qu'ils eurent acheué leur boutade, chacun print sa femme pour la danser, sans qu'elles sceussent que ce fussent leurs maris; & apres qu'ils eurent dansé, il y en eut vn de la mascarades qui mena subtilement sa femme derriere vne tapisserie, de laquelle sans grande difficulté il eut la iouyssance. Apres que le masqué eut fait d'elle, il sortit hors de la tapisserie pour se retirer. Or la bonne Dame desirant de recognoistre ce braue Caualier, elle le suiuit iusques sur la montée, ce que ne pensant pas le suppliant, il leua son masque pour s'essuyer le visage, ayant

fort chaud, ce qui fut cause qu'elle
vid que c'estoit son mary : Lors sans
s'estonner elle luy va dire, Par ma
foy si i'eusse pensé que c'eust esté
vous, ie vous eusse bien empesché
de faire cela icy, & vous eusse fait
attendre que vous eussiez esté à la
maison. Ie vous laisse à penser si ce
mary estoit logé au signe de Gemi-
ni, ou de Capricorne.

FIN DE LA III. CENTVRIE.

DIVERSES RECREATIONS

RAPPORTEES A NOSTRE subiet de desennuyer, des Marys & Femmes, Peres & Fils, Maistres & Serviteurs, Villageois, Criminels, Courtisanes, Poltrons, Yurongnes, Vsuriers, & autres.

QVATRIESME CENTVRIE

I.

PLAISANTE DEPARTIE
de Theodore de Beze à sa Candide.

BEze preschant vn iour à S. Pierre de Geneue, se trouua vne Belette dans son sein, qu'il y portoit presques d'ordinaire, qui se glissa subtilement au long de son bras. Aduint qu'entrant en quelque matiere qui le mit en action, & presques en colere, en

frappant des mains ſur ſa chaire
pour mieux exprimer ſa paſſion, la
pauure Belette ſe trouua à la mal-
heure trop proche de ſon poingnet
dont elle fut miſe a mort. Comme
il fut de retour à la maiſon, il dit à
ſa Candide : Ma mie, il m'eſt arriué
vn grand accident. Et quel, mon
amy ? C'eſt que i'ay tué ma Belette
en preſchant. Ie ne ſçay, repliqua
Candide, pourquoy vous aimez
tant les beſtes. Ha! (reſpõdit Beze)
ſi ie ne les aimois, ie ne vous aimerois pas. Nous auons fait cet Epigramme ſur ce ſujet.

Beze ayant tué la Belette
Qu'il portoit, preſchant, dans ſon ſein,
Sa femme voyant qu'il la regrette
En ſouſriant luy dit ſoudain :
Mon amy, certes ie m'eſtonne
Qu'aux beſtes voſtre amour ſe donne :
Lors parmi ces nopciers debats
Beze ayant des reſpõſes preſtes
Luy dit, ſi ie n'aimois les beſtes,
Non ie ne vous aimerois pas.

II.

Du mesme Beze se mariant pour la troisiesme fois.

LE mesme de Beze, aagé de septante ans, estant veuf de sa seconde femme, voulant gouster d'vn
troisiesme mariage, espousa la vefue
d'vn Medecin Italien nommé Mar-
co, qui estoit encor de bon aage,
passablement belle, & de galante
humeur. Ce qu'ayant fait il escriuit
à l'vn de ses amis, entre autres particularitez: Si c'est folie de se remarier pour la troisiesme fois en l'aage
de septante ans, ie viens de la faire
Il espousa à S. Pierre de Geneue au
presche des Chambrieres, qui se fait
le Dimanche à quatre heures du
matin. Le Ministre Perrot qui d'ordinaire preschoit à ceste heure là,
ne voulut prescher, ny moins l'es-
pouser, ains se mocquoit de ce mariage, & falut auoir vn autre Mi-

niſtre pour preſcher , & pour Eſpouſer Beſe & ſa femme.

III.

*Quatre actions remarquables de Cuzin
Miniſtre de Geneue.*

CVzin, Miniſtre de Geneue,
ayãt donné la Cene vn Dimã-
che au Preſche des Chãbrieres, qui
ſe fait d'ordinaire à quatre heures du
matin , s'en retourna incontinent
coucher auec ſa femme, la ou l'ayant
treuué vn de ſes Collegues , il luy
dit, Mon grand amy, ne ſuis-je pas
vaillant homme , i'ay preſché , i'ay
adminiſtré la Cene & le Bapteſme,
& ſi le mariage eſtoit Sacrement me
voicy pour le troiſieſme.

IV.

*D'vn miniſtre qui ne ſe contentoit pas
de ſes gages.*

VN Miniſtre de France , chargé
de femme & de grand nõbre

d'enfás, s'estoit plaint plusieurs fois
aux Anciens & Surueillans du Consistoire où il preschoit, qu'il n'auoit
pas moyen de s'etretenir des gages
qu'on luy donnoit, & qu'on y reme-
diast, ne pouuant pas seruir son Eglise sans auoir dequoy nourrir & soy
& sa famille. Quelques mois se pas-
sent sans qu'on pouruoye à son affaire, qui le fait resoudre de s'en
plaindre en pleine asséblee: ce qu'il
fit, car vn Dimanche estant sur la
fin de son presche, il dit: Messieurs,
il y a quelques mois que i'ay requis
les Anciens & autres de nostre Consistoire de faire en sorte que mes gages fussent augmentez, n'ayant pas
moyen de nourrir six petits enfans,
& ma femme enceinte des petits
gages qu'on me donne; mais voyant
qu'ils n'y donnent point d'ordre, ie
vous en ay voulu aduertir, à fin que
n'en pretendiez cause d'ignorance,
& vous supplie d'y pouruoir, ou d'y

O ii

faire pouruoir, autrement cerchez
vn autre Pasteur pour vous paistre
de la parole: car ie vous iure en verité que si vous ne me donnez vn
meilleur appoinctement, que ie ne
viendray plus faire icy la beste.

V.

D'où vient le Prouerbe, Tout le monde n'est pas Pinaut.

Pinaut Ministre de Geneue ma-
ria vne de ses filles nómée Marie à Blanchet Ministre de Gex, laquelle n'eut pas demeuré huit iours
auec son mary, qu'elle le quitta, reuint à la maison de son pere, & luy
dit que resoluëment elle ne demeureroit iamais en la cópagnie de Blá-
chet. Le pere s'enquit des particularitez du mariage, s'il estoit pas có-
sómé, d'où vénoit ce diuorce, si elle
se contentoit pas de son mary, & autres particularitez sur ce suiect. La
nouuelle mariee dit pour toute có-

clufion qu'elle le vouloit quitter, &
ne demeureroit iamais en fa compagnie. Pinaut pourfuiuant fon enquê-
fte, demande à fa fille fi fon mary
eftoit pas homme naturel, s'il eftoit
punais, où s'il auoit quelque autre
defaut qui peuft legitimement faire
diffoudre leur mariage. Elle repart
que fon mefcontentemēt ne venoit
pas de là. Et dequoy dõc? dit le pere,
dites, la verité, ma fille, & ne me ce-
lez rien. Ha! mon pere ie n'oferois
vous le dire: Dites hardiment, repliqua t'il, & n'ayez ni hôte ny crain
te. C'eft mon pere, qu'vn iour tirant
vos chauffes, comme vous eftiez en
chemife, i'aperceus que vo⁹ portiez
mieux la marque d'vn homme que
le mary que vous m'auez donné.
Ha Marie! (dit le Pere à fa fille) tout
le monde n'eft pas Pinaut. Neantmoins quoy que fes parens fçeuffent
faire elle ne voulut iamais retourner auec fon mary, dont le mariage

rompu, l'vn & l'autre se pouuans
remarier, d'où vient que Blanchet
prit vne féme quelques mois apres,
& fit bien paroistre qu'il n'estoit im-
puissant , car il eut vne multitude
d'enfans : & Marie Pinaut fut re-
mariee quelques annees apres à vn
garnisseur de chapeaux , & mourut
en l'acouchement du premier enfant qu'elle eut de luy.

VI.

D'vn qui cherchoit sa femme qui
s'estoit noyee.

LA femme d'vn bon compa-
gnon estant fortuitement
tombee en la riuiere où elle s'estoit
noyee, il l'alloit cherchant contre-
mont. Vn autre le voyant luy dit:
Mon amy , vous-vous trompez en
pensant la trouuer , parce qu'il
faut que vous la cherchiez à la descente de la riuiere. Ie ne l'ignore
pas , dit-il; mais pendant sa vie elle

estoit si bien accoustumée de faire
toutes choses à rebours, que ie croy
qu'encore apres sa mort elle en aura
fait de mesme.

VII.

D'vn qui souloit battre sa femme tous le
ans en vn mesme iour pour
son opiniastrise.

IL y auoit vn mary qui auoit de
coustume toutes les annees en
vn mesme iour de battre sa femme ; à cause qu'ayant vne fois
acheté vne couple de Griues, il les
donna à sa femme en luy disant:
Faites cuire ces Griues pour souper. Elle respondit : Ce sont des
Merles, & non pas des Griues,
Estans en ce conteste que c'estoient
des Griues & non pas des Merles,
la femme voulant que son opiniastrise eut le dessus, fut à cause de
cela deschaperonnee , & battuë a
double carillon , dont pour lors

leur conteste prit fin. L'annee suiuante la femme se resouuenant de ce triste iour, elle dit à son mary : Il y a auiourd'huy vn an que vous me frappastes à tort, à cause de ces Merles, qu'à la mal-heure, pour moy vous acheraftes. Ie dy repliqua le mary, que c'estoit des Griues, & non pas des Merles : Elle souftint toufiours le contraire auec vne telle opiniastrise, qu'il falut que le mary recommançast vn nouueau carillon en sa paroisse. Ceste feste continua quatre ou cinq ans, & se festeroit encore si la mort du mary ne fust interuenuë. De là ie me fais à croire, que vrayement l'homme ne peut souffrir vn plus grand tourment que d'auoir à faire auec vne femme obstinee.

VIII.

*D'vn mary qui tua sa femme pour son
obstination.*

VNe femme opiniastre, & mes-
disante qui souloit à tout propos appeller son mary Cornard, ce
qui pouuoit bien estre, parce qu'il
sembloit estre tout niais & fait à la
bonne foy : neantmoins il resolut vn
iour de se venger de telles iniures
& chastier la maudite langue de sa
femme. Pour ce faire donc, feignant
de la mener pourmener en vn iardin, il la mena en vn lieu escarté, au
riuage de la mer, où estans arriuez
il la prit par les cheueux, & la plon-
gea dedans iusques au col, en luy
disant : Meschante, m'appelleras-tu
plus cornard ? Sans s'espouuanter
nullement elle persista de l'appeller
cornard de sorte qu'il la plógea encore iusqu'à la bouche, sans que
pour tout cela ceste obstinée &
Oy.

meſchante femme vouluſt s'en deſ-
dire ; ains quand elle ne peuſt plus
parler, elle hauſſa les mains, & luy
faiſoit les cornes auec les doigts:par
ainſi le mary la noya, croyant qu'autrement il n'euſt rien fait.

IX.

Obſtination d'vne autre femme à appeller
ſon mary coupeur de bourſes.

VN coupeur de bourſes , tres-
expert en ſon meſtier de la
courte-eſpee, ayãt fait vn iour quelque deſplaiſir à ſa femme, elle l'appella par ſon nom en la preſence de
tous ſes voiſins, de ſorte que ce maiſtre ouurier n'oſoit plus paroiſtre
deuant eux. Aduint vne fois que
le diable le tentant, il delibera de
la tuer. En cette colere , il la ſai-
ſit , & luy mit vne corde au col
en luy diſant: M'appelleras-tu plus
coupeur de bourſes? Quand cette
obſtinee ne le peuſt plus dire de

bouche elle esleua le second doigt
de la main gauche, & le frottoit
auec le second de la droite, comme si elle l'eust voulu couper, l'appellant tousiours par signes, coupeur de bourses, & endura que son
mary l'estranglast plustost que de
desmordre son opiniastrise.

X.

Facilité d'vn bon mary à croire que sa fem-
me auoit porté vn enfant vnze mois.

VN bon robe de mary fait tout
à la bonne foy, qui auoit
vne femme vn peu suiette à caution, s'absenta de sa compagnie
vnze mois pour quelques affaires
importantes. A son arriuee il trouua sa famme au trauail d'enfant,
qui accoucha à la bonne heure d'vn
beau fils : dequoy aucunement
estonné, il demanda si l'enfant pouuoit estre à luy. Vne bonne commere luy dit : Ha ! Monsieur, que
vous estes simple de vous esba-

hir que voſtre femme ait porté vn
enfant, onze mois; ſcachez qu'vne
Aſneſſe porte bien ſon poulain douze mois; meſmes il eſt aſſeuré que
ſi la femme voit vne Aſneſſe le iour
qu'elle cõçoit, elle ne manque point
de porter ſon enfant onze ou douze
mois. Ce bon ſimple de mary s'oſta
de la teſte l'opinion qu'il s'y eſtoit
chauſſee, ſans pouuoir s'en oſter le
ſigne du Capricorne, fit amende honorable à ſa femme, luy cria mercy,
& promit de la tenir pour femme de
bien.

XI.

Plaiſante harangue d'vn mary à ſa
femme la premiere naict
de ſes nopces.

VN ieune homme qui n'eſtoit
des plus malicieux la premiere
nuict de ſes nopces eſtant couché
auprès de ſon eſpouſee, luy fit cette
harangue, au rapport de ceux qui
eſtoient en ſentinelle pour les eſ-

couter : Puis qu'il a pleu à Dieu, & à
nos parens que nous soyons liez ensemble par vn sainct mariage : Ie me
repute bien-heureux d'auoir rencontré vne femme si sage, si bonne,
si vertueuse, & si chaste que vous
estes; & m'asseure tant de vostre pudicité, que ie ne doute point que
vous ne m'ayez gardé vostre pucel-
lage, comme ie vous ay conserué le
mien, que ie vous dedie & voüe
maintenant, vous asseurant que ie
n'eus iamais affaire à femme ny à fille, & que ie suis aussi puceau comme
vn enfant qui vient de naistre. A
peine eut il acheué sa belle harangue, qu'il voulut approcher son es-
poulee pour consommer le mariage, mais ne faisant cas de ses amou-
reuses caresses, elle le refuse, en luy
disant, Ie ne vous en estime pas
mieux, reculez vous, ie n'en feray
rien, vous ne ferez pas icy vostre
apprentissage.

XII.

Gaillardise d'vn fiancé qui ne vouloit pas tromper la mariee.

VN fiancé ne voulant pas tromper la mariée dit vn iour à sa
promise, qu'il ne luy vouloit rien
celer de ses affaires, à fin que quand
ils seroient mariez il n'interuinst
quelque debat entre eux, encor qu'il
eust dequoy faire l'accord. Entre
autres choses il luy va dire, qu'il
auoit eu autrefois vne amie à, qu'il
auoit fait vn beau fils, la priant de
ne le trouuer point mauuais, & que
pour l'amour de luy elle fist bō traictement à ce petit innocent, qu'il aimoit de tout son cœur, & ne deuoit
estre accoulpé de la faute de ses pere, & mere, qui s'estoient ainsi oubliez. Elle respōdit à son fiancé que
tant s'en falloit qu'elle en fust marrie, qu'au contraire elle en estoit biē
aise, ayant aussi vne fille qu'elle ai-

moit autãt comme il faisoit son fils,
que luy auoit fait autrefois vn sien
amy, & qu'elle le prioit aussi d'aimer
sa fille, comme il vouloit qu'elle ai-
mast son fils : & qu'afin que l'amitié
& l'alliance fust plus grande entre
eux deux, & plus estroitte, qu'il faudroit marier son fils auec sa fille.

XIII.

*D'vn mary qui battoit sa femme toutes les
fois qu'il vouloit aller à confesse.*

ON demandoit vn iour à vn certain mary, pourquoy il battoit
sa femme toutes les fois qu'il vouloit aller à côfesse, il respondit: C'est
que quand ie me veux aller côfesser
il ne me souuient pas de la moitié de
mes pechez ; mais ayant battu ma
femme elle me dit tout ce que i'ay
fait tout le long de l'an, voire toute
ma vie, & des choses, que ie n'eusse
iamais pensé auoir faites, elle m'en
fait souuenir.

XIV.

Gaillarde response d'vne nouuelle mariee
à son espoux.

VNe nouuelle mariée, faisant la rencherie le soir de ses nopces ne vouloit en aucune façon entrer dans la chambre de son espoux. Les parentes des mariez estans bié empeschees, & sur toutes, vne vieille tante prenant la parole, luy dit: Et bien m'amie, que voulez-vous dire, vous faites bien la sotte, vous voila bien estonnee, vous ne sçauez peut-estre que c'est? Voulez-vous estre la fable du monde, & que demain tout le voisinage soit aduerty de vostre simplicité & folie? Pésez-vous qu'on vous en estime d'auantage? Ayant dit cela, elle la préd, & la mene dás la chambre de son mary, & ferme la porte sur eux. Le mary ayant oüy tout ce discours, & ennuyé de tant de vaines cajolleries, s'estoit cou-

ché, Il prie bien fort la mariee de se
venir mettre au lict ; mais voyant
qu'elle n'en vouloit rien faire , il se
leue & la veut deshabiller : elle fait
encore plus la fascheuse, dont il fut
contraint de se remettre au lict , &
de venir plus que iamais aux prieres, qui n'y seruirent de rien. Parquoy en fin il luy va dire , Hé m'a-
mie, que ne vous venez-vous coucher ? vous ne faites que vous mor-
fondre, ie vous promets que ie ne
vous feray rien. Il fut tout esbahy
que la mariée luy va respondre, Et
qu'iray-ie donc faire ?

XV.

Gaillardise d'vn nouueau marié.

VN marié encor qu'il se mist en
deuoir de consommer le ma-
riage, la mariee ne le vouloit laisser
approcher, si bien qu'en fin eschappant, elle s'enfuit du lict. Luy fasché
de ses sottises la laisse là , & ne crai-

gnant point qu'elle se morfonde, se
met à reposer, & luy laisse prendre
le frais à son aise. Elle pensant que
son mary l'allast querir, & voyant
qu'il n'en tenoit conte se resolut, &
dit à son mary, Ie gage que vous ne
me sçauriez trouuer. Notez qu'elle
n'estoit suye gueres loing, estant
cachee à la ruelle du lict. Ie vous
laisse à penser ce qui arriua entre-
eux apres qu'il l'eut trouuée.

XVI.

Autre galantise sur le mesme suiet.

VNe nouuelle mariee, qui n'e-
stoit pas des plus fascheuses à
se mettre au lict, mais pour estre de-
uotieuse elle fut frustree toute la
nuict de ce qu'elle attendoit en grāde deuotion. C'est, qu'estāt couchee
aupres de son mary, qui vouloit cō-
mencer les approches, elle entēd le
Resueille-matin, qui incite ceux qui
sont couchez à prier Dieu pour les

Trespassez : à ceste cause elle prie
son nouueau marié de la laisser iusques à ce qu'elle eust dit son Oraison : ce qu'il luy octroya, ne voulant
pas luy refuser sa premiere requeste
Le mary qui auoit esté de la feste, &
qui auoit accoustumé de s'endormir
en disant ses *audi nos*, se met aussi à
faire sa priere, & en la faisant s'en-
dort iusques au l'endemain matin:
nonobstant que la mariee fust toute la nuict à luy dire, Mon amy i'ay
dit, allons, allons ; mon amy i'ay
acheué mon oraison, il y a long-
temps que le Resueilleur est passé:
mais pour parler, ne pour pousser, il
ne fut iamais possible à cette mariee
de le resueiller.

XVII.

Autre Gaillardise d'vne nouuelle mariee.

VNe ieune mariee qui n'auoit
point peur du soir de ses nopces, à la chãbre de laquelle il ne falut point porter la Deesse nopciere.

Durant tout le difner, aucuns beu-
uoiët à cette efpoufée, d'autres par-
loient à elle, & luy demandoient
quelque chofe propre pour ce iour
des nopces, mais cette mariee pen-
fant bien ailleurs, ne refpondoit ny
bien ni mal, & ne faifoit autre chofe
que rire. Tant plus fa grand'mere la
blafmoit de fon rire, tant plus elle
rioit, ce qui contraignit d'auantage
cette grand'mere de luy demander:
He! ma fille, qu'auez vous à rire fi
fort? Cette mariee luy dit franche-
ment, Ie me ris de ce foir ma mere.

XVIII.

Autre galantife fur le mefme fuiet.

LE fils d'vn riche marchand de
Paris, s'eftant rendu paffionné-
ment amoureux de la fille d'vn
Hofte de Sainct Denys, laquelle outre fa bonne grace eftoit doüee d'v-
ne rare beauté. Ce ieune Amant
eftoit tellement charmé des doux

attraits d'vn si beau subjet (bien qu'il
eust peû trouuer vn party & plus
riche & plus releué) qu'il commu-
nique son affection a ses parens, &
nonobstant quelques difficultez les
fit condecendre à faire la demande de la fille, laquelle leur fut facilement octroyee. Estans espou-
sez, le festin, & autres resiouyssances
faites entre les parens & amis, l'heure venuë de se retirer, on couche
l'espousee. L'Espoux se met au lict
& apres quelques entretiens amoureux, des discours ils viennent aux
effects : mais l'Espoux cognoissãt la
facilité de cet accouplement, & que
la breche estoit si grande, qu'il ne
s'estoit gueres peiné en ce premier
assaut, luy dit : Et quoy ? mamie, ie
vous croyois estre pucelle, mais à ce
que ie voy ie suis bien trompé : Ce
n'estoit pas moy qu'il faloit ainsi
deceuoir, cela estoit bon pour attrapper quelque lourdaut. Lors

l'Espousee sans s'estonner de tant de paroles, luy repartit en peu de mots; Mon Amy, certes ie ne m'estonne plus si l'on appel les Parisiens Badaux: Et quoy? ne sçauez-vous pas que la mesure de sainct Denys est plus grande que celle de Paris?

XIX.

Autre plaisant recit sur le suiet des mariez.

VN mary venant de bien loin, & n'ayant veu sa femme de trois mois, eut si grand' enuie de l'embrasser, qu'arriuant vn soir en sa maison, sa femme luy ayant ouuert la porte, il n'eut la patience d'entrer plus auant, mais il l'accommode dans l'allee sans autre figure de proces: Ayant fait, & sa femme le regardant au visage, & cognoissant que c'estoit son mary, luy va dire en riant, Ma foy si i'eusse pensé

que c'euſt eſté vous, ie vous aſſeure
que vous euſſiez attendu iuſques à
ce ſoir.

XX.

Les Turcs ſur toutes nations ſont ialoux de leurs femmes.

S'Il y a gens au monde ſoigneux
de la pudicité de leurs femmes,
ce ſont les Turcs : pourtant les tien-
nent-ils encloſes, & tellement cachees en leurs maiſons, qu'à peine
le Soleil les void-il. Si la neceſſité
les tire en public, ils les enuoyent
tellement couuertes, voilees & en-
ueloppées, qu'on diroit à leur rencontre que ce ſont fantoſmes, ou
maſcarades. Elles voyent les hommes à trauers vn voile, ou reſuel:
mais nul homme ne void aucune
partie de leur corps. Car tous ont
ceſte opinion qu'vne femme de
beau viſage, ou en fleur d'aage
ne peut eſtre veuë d'homme ſans
conuoitiſe d'en iouyr, par con-

sequent sans souilleure de cœur: à
raison dequoy ils les tiennent toutes
cachees,

XXI.

*Ialousie & cruauté d'vn mary enuers
sa femme.*

IVstine la plus belle de toutes les
filles & Damoiselles Romaines
de son temps, ayant esté mariee à
vn riche homme, mais esuenté &
furieux au possible, fut à cause de
sa beauté soupçonnee par son mary,
comme peu soigneuse de son honneur. Vn iour comme elle se bais-
soit pour deschausser son soulier,
ce cruel saisi de furieuse ialousie,
voyant son col blanc à merueilles
tout à descouuert. soudain desgai-
ne son espee, & luy met la teste
bas. Dont fut fait vn Epigramme
Latin que i'ay ainsi tourné en François:

Vn mary trop jaloux m'a la teste coupee,
En voyãt mon col nud abaissé sous sa main:
Lors qu'à me deschausser il me vit occupee,
Las! ie sẽtis l'effort de sõ glaiue inhumain.

Cruel, il n'eut égard à la nopciere couche,
Où d'vn sein virginal les doux fruicts il
    cueillit:
Cruel il oublia cette vermeille bouche,
Qui d'innocẽs baisers doucemẽt l'accueillit.

Terre & Ciel, vous sçauez que ie suis in-
    nocente,
Et qu'vn destin cruel est cause de ma mort:
Filles qu'ores Iustine à vos yeux se presẽte
Pour euiter des fols & des jaloux l'abord.

XXII.

Gaillardise d'vn nouueau marié
& de sa femme.

VN ieune homme qui pendant
ses ieunes ans s'estoir porté à
la desbauche auec plusieurs femmes & filles, dont il auoit eu la
iouyssance, delibera de se marier, &
donner ses amours a vne seule femme. Comme il fut marié, toutes celles dont il auoit esté aymé le vin-

drent voir le lendemain de ſes
nopces, & luy apporterent toutes
des eſtraines, en luy diſans, Mon.
ſieur, nous vous remercions de l'a-
mour que vous nous auez porté,
puiſque vous n'auez plus affaire de
nous. La nouuelle mariée qui vid
& entendit tout cela dit à ſon mary,
Mon amy, quelles ſont ſes femmes
& filles qui vous apportent de ſi
beaux preſens ? Ce ſont celles, repart le mary, que i'ay aimees eſtant
garçon. Ha ! repliqua la nouuelle
mariée, ie ſuis bien marry que vous
ne m'en auez aduertie pluſtoſt, car
i'euſſe fait venir tous ceux qui m'ont
aimé qui m'en euſſent apporté deux
fois autant.

XXIII.

Plaiſante repartie d'vne fille à ſon pere,
deſirant d'eſtre mariée.

VN pere deſirant que ſa fille ſe
rendiſt Religieuſe, luy repre-

sentoit toutes les charges & incommoditez du mariage. Le pere voyant que pour toutes ses remonstrances sa fille n'estoit point desgoutee de se marier, commença à la prescher, & loüer la Virginité tant qu'il pouuoit, alleguant sainct Paul qui dit, *Celuy qui se marie fait bien, mais celuy qui ne se marie point faict encor mieux.* La fille va alors dire à son pere : Bien donc mon pere, ie feray le bien de sainct Paul, fasse le mieux qui pourra.

XXIV.

Gaillarde repartie d'vne fille à celuy qui la recherchoit en mariage.

VNe mere voyant que sa fille desiroit d'estre mariee, fut tellement persuadee par ses plaintes qu'elle luy chercha vn mary, qui se trouua presques d'accord auec la mere de la fille, sinon qu'elle ne vouloit pas tant bailler de bled que

celuy qui la demandoit en vouloit
auoir. La fille, à qui le ieune homme plaifoit, voyant qu'ils ne fe
pouuoient accorder touchant le
bled, va dire à celuy qu'on luy vouloit donner : Mon amy, ne laiffez
pas pour le bled à vous accommoder, car ie vous affeure de boire
toufiours vne pinte de vin auec vn
petit morceau de pain.

XXV.

De deux fils, l'vn liberal & aymable, l'au-
tre auaricieux & mefcognoiffant
enuers fon pere.

VN tailleur d'habits, de Lyon,
qui auoit d'honneftes commoditez, ayant deux fils mariez,
fouloit leur donner à chacun tous
les ans vne piece de vin qu'il re-
cueilloit en vne grange proche de
la ville. Or allant vn iour trouuer
l'vn d'iceux pour retirer & acquitter la piece de vin qui eftoit au port,

cettuy-cy qui estoit tres auaricieux,
luy dit : Ie vous prie, mon pere puis
que vous me voulez faire tãt de bié,
faites-moy, la courtoisie entiere, en
payant l'entree, & le faisant rendre
en ma caue.   Ie le veux bien ,dit le
pere, mais ayez vn peu de patience,
Au mesme instant il s'en alla en la
maison de son autre fils , & luy dit,
s'il vouloit deux pieces de vin,
qu'il allast acquitter l'entree vers le
port , & les fist amener. Cettuy-cy
(qui n'estoit pas du naturel de l'autre) dit: Ie le veux bien, mon pere,
ce ne sont pas les premieres obliga.
tions que ie vous ay : si l'entree ne
suffit , ie vous payeray encore la
moitié du vin. Par ce moyen il eut
les deux pieces de vin , & son frere
s'en torcha le bec. Aussi le meritoit-
il bien, puisque, *Tel est le benefice enuers
les mescognoissans, comme la couleur aux
aueugles, le chant aux sourds, & l'or aux
fols.*

XXVI.

D'vn pere qui en mourãt enchargea à son fils de faire du bien pour son ame.

VN chaſſeur pendant ſa vie ne s'eſtoiᵗ gueres ſoucié de trauailler pour acquerir des biens, ny pour le ſalut de ſon ame. Entre autres legats qu'il fit eſtant au lict de la mort, il laiſſa à ſon fils vn nid de Faucons que perſonne ne ſçauoit que luy. Et d'autant que tous ceux qui ſe prenoient en ce nid eſtoient excellens, & ſe vandoient bien: pource il vouloit que le premier Faucon qu'il en auroit, apres l'auoir vẽdu, qu'il employaſt l'argent à faire prier Dieu pour ſon ame, & qu'il gardaſt les autres pour luy. Le ieune fils promit d'accomplir la volonté de ſon pere, & comme le temps fut venu, qui luy duroit mille ans, il y alla auec deux de ſes compagnons pour les prendre. Il monte luy meſme ſur l'arbre & trouue vne nichee

de trois Faucons ; mais cōme il veut
prendre le premier , il luy eschappe
de la main & s'en vole , dont ayant
pris les deux autres , il s'escria à ses
cōpagnons: Ce premier s'ē va pour
l'ame de mon pere, & les autres re-
stent pour moy. C'est pourquoy. *Le
pere est bien fol qui remet le salut de son a-
me entre les mains de ses enfans.*

XXVII.

D'vn fils qui exortoit son pere le voyant à
l'article de la mort , de se preparer
à bien mourir.

VN pere se voyant extremement
malade , & proche de sa fin , fit
appeller son fils pour luy donner sa
benediction, & commēça d'vne pa-
rolle mourante à luy faire plusieurs
belles remonstrances , tant pour le
gouuernement de sa vie , que pour
la coseruation des biēs qu'il luy laif-
soit. Le fils voyāt que la parole manquoit à son pere, & qu'à peine pouuoit-il proferer les derniers mots,

la larme à l'œil, luy dit: Mon cher
pere, pensez à mourir , & à vostre
conscience, quittez le soucy des choses terriennes, & ce qui consiste à
me bien conduire (dequoy, Dieu
aidant, ie sçauray bien m'acquitter)
pour rechercher la voye du Ciel.

XXVIII.

Vne ieune fille est chastiee de son pere pour
auoir dit en innocence quelques paro-
les moins qu'honnestes.

VNe ieune fille, belle en perfection, en aage nubile, s'allant
pourmener vn iour auec quelques
siennes compagnes, fut rencontree
par vne troupe de ieunes hommes,
qui s'arresterent à elle , voyans sa
beauté esclatter , par dessus celle
des autres : L'vn de cette compagnie esuanté & desbauché, luy dit:
Madamoiselle, vous seriez de beaucoup plus belle si l'on vous engros-
soit, Ces paroles oüyes de cette ieu-

ne fille (defireufe d'eitre rêduë plus
belle) furet côferuées en fa memoire, tant a de pouuoir l'ambition & la
vaine gloire, iufques mefmes fur les
efprits les plus fimples. Comme elle fut de retour à la maifon, elle dit à
fon pere ; Il m'a efté dit que ie fuis
belle, mais que ie ferois encor plus
belle fi quelqu'vn m'engroffoit, parquoy ie vous prie mõ pere de m'en-
groffer. Le pere irrité de ces parolles
fans confiderer la fimplicité & l'innocence de fa pauure fille, qui ne
fçauoit pas que cela vouloit dire, la
mena en vne chambre en luy difant : Venez icy & ie vous engroffi-
ray comme vous m'auez requis. Il
auoit pris vn bafton, duquel il la
battit en telle forte, qu'il la laiffa
prefques morte, en luy difant : C'eft
icy l'engroffement que vous me de-
mandiez, fouuenez-vous en bien.
Il aduint quelque mois apres que
l'ayant mariée, (apres les folemni-
P v

tez faites) son Espoux la mena chez
soy, & la prit par la main pour la
conduire en vne chambre prepa-
rée pour consommer le mariage;
Mais elle luy dit d'vn visage tout
honteux: Mon amy que me voulez-vous faire : Venez, dit l'Espoux, ie vous le diray en particulier. Elle s'opiniastra de n'y aller
pas si premier il ne luy disoit son
intention. Alors l'Espoux aucunement fasché luy dict : Ie vous veux
engrosser, puis que vous le voulez sçauoir. A ces paroles la pauure fille tremblant de crainte respondit : A Dieu ne plaise que cela soit, car mon pere m'engros-
sa il y a quelque temps en telle
sorte que cela me suffit pour tousiours. Le Marié oyant ces discours, sans auoir esgard à la naïfue simplicité de son Espouse, demeura si estonné qu'il ne l'approcha de toute la nuict, ains le

temps luy fut bien loing iufques au
iour. Comme l'Aurore commença
à paroiftre, il alla tout troublé trouuer fon beau-pere, & luy raconta
ce que fon Efpoufe luy auoit dit,
dont il fe plaignoit grandement. Le
pere luy expliqua tout ce qui s'eftoit
paffé touchant l'engroffiffement de
fa fille, dont ils eurent encore tous
deux fubiet de rire.

XXIX.

*Plaifant rencontre d'vn Laquais qui ayāt
bien foif aualla vn plein verre de vin en
la Cene des Pretendus Reformez.*

VN Gentil-homme Dauphinois
enuoya fon Laquais auec des
lettres pour les rendre à vn autre
Gentil-homme. cóme le laquais fut
arriué vn Dimáche en la ville où demeuroit le Gentilhóme auquel s'a-
dreffoient les lettres, eftant aduerty
qu'il eftoit au prefche, il ne máque de
l'aller trouuer dans le Tếple à l'heu-

re qu'on diftribuoit la Cene. Le laquais fans autre ceremonie, quoy
qu'il ne fuft pas de la Religion pre-
tenduë, voyant qu'on donnoit à boire, & qu'il auoit bien foif, fe mit en
rang & fuiuit les autres. De bon-
heur il arriua qu'apres auoir receu
le morceau de pain par les mains du
Miniftre, le verre qu'on luy prefenta, qui eftoit fort grand, fe trouua
plein de vin, qu'il ne manqua de vuider entieremēt, & le faire de fonds.
Alors le miniftre le regardant de
trauers, luy dit : Allez, vous eftes vn
infolent : Monfieur, repliqua le Laquais, fi vous auiez cheminé comme moy quatre lieuës fans boire, ie
m'affeure que vous auriez foif, &
que vous ne feriez gueres languir
vn verre de vin.

XXX.

D'vn seruiteur ennuié de seruir.

VN Sauoyard nommé Ema-
nuel, ayant demeuré long-
temps au seruice d'vn Maistre à Naples, en fut en fin desgouté pour le
mauuais traittement qu'il luy faisoit. Estant donc ennué de le seruir, il delibera de retourner en son
pays, & pour ce faire demanda congé à son maistre, qui ne desirant pas
de perdre vn si bon seruiteur, tel
qu'estoit cettui-cy, luy representoit
plusieurs dificultez pour le destour-
ner de cette volonté, à sçauoir, Le
long & penible chemin, les embus-
ches des voleurs, qu'en sa maison il
ne mangeroit pas de si bons morceaux, ne conuerseroit qu'auec des
gens de basse condition, & n'auroit
les commoditez qu'il auroit en le
seruant. Emanuel qui auoit resolu
de s'en aller, respondit en cette sor-

te : Comme ie suis venu ie m'en re-
tourneray, ie perdray peu auec les
voleurs, ie mangeray à la maison ce
que i'auray, ie conuerseray auec
ceux que ie voudray, & quant au re-
ste ie feray comme ie pourray. Et
ainsi s'en alla, voulant dire, que
*L'homme n'apprehe. de aucun danger , ou
difficulté pour sortir de seruitude.*

XXXI.

*Lourdise d'vn Venitien montant à Che-
ual, & son accorte response.*

VN Marinier Venitien estant
entré au seruice du Comte de
l'Anguillara, qui au mesme temps
pour quelques affaires delibera de
s'acheminer à Rome. Entre autres
seruiteurs il choisit le nouueau venu pour luy faire compagnie, parce qu'il auoit tres-bonne mine, &
luy donna vn cheual pour monter.
Luy qui n'en auoit iamais manié, le
prit à la gauche, puis mit le pied à

l'eſtrieu, & ſauta ſur la ſelle, de ſorte qu'il ſe trouua à cheual à rebours,
& la queüe luy pouuoit ſeruir de
bride : dequoy le Comte ſe riant, le
marinier luy dit, Monſieur, ne vous
eſtonnez pas de cela, parce que ma
profeſſion a touſiours eſté de manier de ces cheuaux qui portent la
bride à rebours, c'eſt pourquoy ie
ſuis tombé en cette faute. Il entendoit les nauires & les galeres, la bride deſquelles eſt le gouuernail. Cecy fait voir qu'ẽ tout meſtier la pra-
ctique y eſt neceſſaire.

XXXII.

Excuſe d'vn ſeruiteur qui ayãt ſeruy long-
temps vn Maiſtre, finalement l'ayant
quitté en changeoit ſouuent.

VN galant homme auoit ſeruy
plus de trente ans vn Seigneur
qui vint à mourir, & ainſi en allant
ſeruir des autres, en moins de qua-

tre mois il changea plus de fept
Maiſtres. Vn de ſes amis luy demãda que vouloit dire qu'eſtant ieune
il auoit demeuré ſi long temps à ſeruir vn Maiſtre, & qu'alors eſtant en
aage meur il en changeoit ſi ſouuẽt,
ſi cela ne luy eſtoit point ennuyeux.
Il reſpondit : C'eſt d'autant que ie
n'en trouue point de bons , comme
i'en auois vn alors.

XXXIII.

Subtile excuſe pour couurir vne affaire.

VN Montanard demandoit vn
ſeruiteur Gaſcon qui eſtoit en
la Cour d'vn Prince, pour luy dire
des nouuelles de ſon pere, l'ayant
trouué, il luy dit, que ſon pere eſtoit
decedé : de quoy tout eſtonné, chan-
geant de couleur il s'enquit comme
il eſtoit mort, Il reſpondit, qu'en
tombant de deſſus vn Chaſtagner il
s'eſtoit rompu le col. Ceux qui n'e-

ftoiét gueres efloignez, apperceuás
qu'à ce rapport il eftoit demeuré
tout rauy, luy demanderent quelles
nouuelles il auoit apprifes, qui l'a-
uoient ainfi efmeu. Alors fe doutant
qu'ils euffét oüy que fon pere eftoit
tombé de deffus vn chaftagner, il
leur dit: Mon pere qui eftoit vn braue Efcuyer, courant fur vn Cheual
chaftein, eft tombé, & s'eft rompu
le col. C'eft pourquoy ie fuis demeuré ainfi esbahi.

XXXIV.

Gaillardife d'vn acheteur de formage.

VN feruiteur en Italie alloit
achepter du formage de Buffle
pour fon maiftre, comme il fut arriué où il fe vendoit, il auoit oublié
le nom; qui fut caufe que le vendeur
luy en nomma de plufieurs fortes,
comme feroit de Milan, de Plaifan-
ce, de Sardes, de Florence, & autres.
Il refpõdit toufiours que ce n'eftoit

pas vn de tous ceux-là : de quoy
le Marchand ennuyé , luy dit : Va
t'en pourmener gros Buffle. Il dit
alors, C'est de cettuy là que ie demande.

XXXV.

D'vn maistre d'hostel qui rendoit conte
à son maistre.

VN despensier appellé par son
Maistre pour rendre ses con-
tes, n'ayant pas esté trop soucieux
d'escrire, luy donna vne liste, ou
entre autres choses il y auoit douze
sols pour vn pasté, & en paille , foin
& auoine vingt-cinq liures. Le Maistre voyant vne extraordinaire despense en ce dernier article , luy dit,
pour qui il auoit acheté la paille , le
foin, & l'auoine, il respondit . C'est
pour vous, Monsieur, entendant que
c'estoit pour son Cheual.

XXXVI.

Subtilité d'vn Villageois pour gaigner ſa cauſe deuant le Iuge.

VN Villageois apportoit ſon col chargé de bois pour le vendre en vne petite Ville dependante de la Republique de Genes , lequel encor qu'il criaſt , gare , gare , comme il rencontroit quelqu'vn: neantmoins vn ieune cadet , ou par ſuperbe , ou par lourdiſe ne daigna pas ſe deſtourner d'vn pas , quoy qu'il l'apperçeuſt : de ſorte que le Villageois le heurtant , ſon manteau fuſt deſchiré. Cettuy-cy commençà à dire , qu'il le luy payeroit , l'autre dit qu'il n'en feroit rien Finalement ils vont deuant le Iuge, qui ayant ouy celuy qui ſe plaignoit , demanda au villageois ſi ce que ſa partie diſoit eſtoit vray : mais il ne luy reſpondit iamais vn mot quoy qu'il luy fiſt

plufieurs interrogats. Parquoy fe retournant vers celuy du manteau, il
luy dit: Que veux tu que ie faffe, fi
tu as amené deuant moy vn muet?
Quel muet refpond cettuy cy , ne
le croyez pas, car il alloit toufiours
criant gare, gare. Et s'il crioit: gare,
gare , repliqua le iuge, tu deuois
t'ofter de deuant, & par a nfi ton
manteau ne feroit pa deschiré. Il
renuoya ainfi le Villageois abfous.

XXXVII.

*Sottife d'vn Villageois qui fe voulut
faire marinier.*

VN villageois auoit bafty vné
maifonnette fur vn petit pro-
montoire proche du riuage de la
mer, où il habitoit auec fa femme,
& y viuoit affez commodément felon fa qualité. Et d'autant que par le
moyen de la fumee qui fortoit de fa
cheminee, il s'eftoit aucunement in-
ftruit au foufflement des vents, il fe

faiſoit accroiſtre d'eſtre deuenu vn
excellent marinier. Or vn iour vn
patron de barque, qui eſtoit ſon
Compere, logea chez luy, lequel
voulant deploier les voiles pour s'é-
barquer le matin, il le pria de demeurer, parce qu'il preuoyoit du
mauuais temps ; ce que ne croyant
pas le marinier, il entra dans ſa barque : Mais il ne fut pas à vne lieuë
delà, qu'il s'eſleua vne telle tempe-
ſte ſur mer, qu'il fut contraint de
retourner en arriere. Or eſtant de
retour chez ſon compere, en loüant
ſa ſciéce, il l'aſſeura qu'il eſtoit tres-
bon marinier, luy perſuada de s'aſ-
ſocier auec luy pour la nauigation,
& luy promit de grandes recom-
penſes, Le Villageois enflé de gloire ſe met au hazard, ſe voyant en
predicamment d'eſtre non ſeulement vn excellent Nocher, mais
encore vn grand Aſtrologue, puis
qu'il preuoioit ainſi la mutation

& du temps, & des vents. Mais voicy qu'à la premiere tourmente il fit
bien paroiftre fon ignorance, car
tout eftonné il ne fçauoit en quel
monde il eftoit. Le Patron luy difoit : O compere ! où eft maintenant voftre fcience ; pourquoy ne
nous donnez - vous quelque bon
confeil ; Il refpondit : Compere
mon amy, il feroit neceffaire, ou
que nous fufions en ma maifon, ou
que ma cheminée fuft icy. C'eft
pourquoy l'on dit : *En la tourmente fe*
cognoiſt le bon Pilotte.

XXXVII.

Belle refponfe d'vn Villageois à fon fils
qui le mefprifoit.

V N bon homme de Village
n'ayant qu'vn fils, le fit eftudier à Lyon, & fe peina de tout
fon pouuoir à le bien entretenir
pour en faire vn iour quelque chofe de bon. Aduint qu'ayant paffé

la Rhetorique, il eut volonté d’entrer chez vn Notaire pour apprendre fon Eftat. Le bon pere y acquiefce, conuient de fon appren-
tiffage auec fon Maiftre moyennant vne fomme d’argent. Les pa-
ches faictes, le bon homme n’ou-
blioit pas de vifiter fon fils toutes
les fepmaines, & n’y venoit iamais
les mains vuide. Comme noftre
Cadet eut acheué fon apprentiffa-
ge, le voila incontinent fur pieds:
A l’aide de fon pere en peu de
temps il achete vn Office de Notaire, fe marie, & acquiert des
commoditez. Se voyant à fon aife,
il met en oubly fon bon pere, qui
s’eftoit apauury pour fon auancement, le mefprife, & n’en tient
conte le voyant neceffiteux, & mal
veuft. Vn iour qeulques perfonnes
de qualité luy demanderent, qui
eftoit ce bon homme. Il refpondit,

C'eſt vn vieux ſeruiteur de mon pere. Le pere irrité de tels diſcours, re
partit : Le ſeruiteur a fait le maiſtre
tel qu'il eſt.

XXXVIII.

Plainte d'vn Villageois à vn Iuge de ce
qu'on luy auoit deſrobé ſon aſne.

VN bon homme de village
voyant qu'on luy auoit deſro-
bé ſon Aſne , vint faire ſa plainte au
Iuge, luy remonſtrant ſa pauureté,
le tort que le larron luy faiſoit, veu
qu'il gaignoit ſa vie auec cet animal : Et pour faire paroiſtre ſa perte plus grande , il dit au Iuge : Si
vous auiez veu mon Aſne , Monſieur, vous diriez que i'ay vn iuſte
ſuiet de me plaindre, car c'eſtoit la
meilleure beſte du monde : meſmes quand il auoit ſon bas ſur le
dos, vous l'euſſiez pris pour le cheual Bayard.

XL.

Response plaisante d'vn Villageois à vne
Damoiselle qui marchandoit
vn Cabril.

Vn Villageois qui portoit vn beau
Cabril, pour le vendre, rencontra vne Damoiselle qui le marchandant luy dit : Voila vn beau Cabril,
mais que veut dire qu'il n'a point
encore de cornes. Le Villageois repartit : C'est parce qu'il n'est pas encore marié.

XLI.

D'vn Villageois qui vend sa grande me-
tairie, & reserue la petite.

Vn Villageois s'estoit peiné tout
le temps de sa vie pour acquerir
vne petite metairie, laquelle à peine
fut acquittee, qu'vn sien oncle tres-
riche vint à mourir, qui luy en laissa
par testament vne autre tres-belle,
& de grand reuenu, qu'il tascha sou-

Q

dain de vendre, pour agrandir des
deniers qui en prouiendroient la
sienne petite. Quelques-siens amis
luy demandans pourquoy il faisoit
cela, il respondit: Ie veux vendre la
grande qui m'est escheuë par heri-
tage, parce qu'encore que i'en face
bon marché il ne m'importe, d'autât
qu'elle ne me couste rien, & garder
la petite pour laquelle ie me suis dô-
né beaucoup de peine pendant dix
ans pour l'aquerir, & ay sué plus de
quinze autres annees pour la conseruer, de sorte que personne ne la
pourroit payer à raison de ce qu'elle me couste, voulant dire, *que ce
qu'on acquiert auec peine se conserue auec
amour.*

XLII.

*Gaillardise à vn Bourgeois & d'vn Vil-
lageois.*

Vn riche Bourgeois voyant passer vn Villageois au Change à
Lyon, pour se donner carriere, & à

toute sa compagnie, l'arreste,& luy
dit: Par ta foy , dis moy la verité en
quelle saison vous resiouïssez-vous
plus au villags?Nous passons mieux
le tēps, respondit le villageois, quād
les chastagnes sont méures , voire
tout l'hyuer, car le soir apres souper
nous nous amusons à les peler aupres du feu, & à Boire quelque bon
coup ; & apres nous allons coucher.
Vous estes dóc:(dit le bourgeois)du
naturel des pourceaux qui s'endor-
mēt quant ils sont saouls. Le villageois repart:Dites moy,Mōsieur,en
quel tēps passez-vous mieux le tēps?
Nous autres,replique le Bourgeois,
auons plus de contentement au
Printēps,& sur tout durant le mois
de May,parce que la saison est douce,on oit le gazouillement des oise-
aux,les campagnes seches & arides
se tapissent de verdure,les prés s'es-
maillent de fleurs , les arbres floris-
sent & sont verdoyans ; bref toutes

choses animees entrent en amour.
Par ma foy , dit noftre Croquant,
vous eftes parent de mon Afne : car
au mefme mois il fe refiouyt plus
que de couftume , & ne faict autre
que braire.

XLIII.

D'vn Villageois malade qui prit par la
bouche vn clyftere, vn apozeme, &
vne Medecine meflez enfem-
ble, dont il guerit.

VN Villageois fe trouuant dete-
nu au lict malade , le Medecin le vint vifiter , & luy ordonna de prendre alternatiuement vn
apozeme, vne medecine & vn lauement confortatif. Mais parce
qu'il trouua difficile de prendre
tant de breuages en diuerfes fois,
quand le Medecin fut departy , &
les chofes fufdites furent appareillees , il fe fit apporter vne grande
aiguiere, dans laquelle il vuida l'a-

poseme, la medecine & le clystere
& ayant meslé ainsi le tout ensemble, il en fit vn bringue à la compagnie, s'imaginant que le tout ainsi
meslé luy pouuoit autant seruir en
cette maniere, que le prenant comme le Medecin l'auoit ordonné.
Quoy que ce soit l'imaginatiue eut
tant de pouuoir qu'il receut entiere
guerison.

XLIV.

*Plaisante repartie d'vn Villageois
à vn Gentil-homme.*

VN Villageois du Lyonnois
ayant apporté quelques presens à vn Gentilhomme, fut inuité à disner auec quelques autres
personnes. Or comme il fut au des-
sert, nostre Manant peloit tous les
fruicts qu'il mangeoit, voire iusques aux poires muscadelles. Vn
Gentilhomme de la compagnie ne

peut s'empefcher de luy dire : Tu
es bien delicat d'ofter le meilleur
de ces poires. Noftre payfan, qui
n'auoit rien de gros que la robe; luy
repartit : Chez moy tous mes domeftiques les pelent, excepté les
pourceaux, Monfieur.

XLV.

Plaifante refponce d'vn Villageois
à vn Iuge.

VN Villageois s'achemina à la
Ville pour y folliciter vn pro-
cez pour la Commune du Village, & fe prefenta fouuent deuant
le Iuge fans gueres aduancer à
fes affaires. Le Iuge fe voyant importuné luy demanda vn iour
pourquoy on n'auoit choify vn
homme plus capable & mieux entendu que luy pour le folliciter. Il
luy refpondit : Monfieur, en noftre village il y en a bien de plus
experts que moy, mais on a iugé,

encore que i'aye peu d'intelligence,
que ie suis assez spirituel pour traitter auec vn homme tel que vous.

XLVI.

*Response ioyeuse d'vn villageois
à vn Gentil-homme.*

VN Gentil-homme allant en
voyage, rencontra vn laboureur, auquel il demanda, s'il auoit
assez de temps pour arriuer en tel
lieu quelle heure il estoit, & s'il
y auoit vn Horologe en l'Eglise du
Village où il desiroit aller. Il luy
respondit: non, Mais au lieu d'vn
Horologe, il a des belles Orgues.

XLVII.

*D'vn Villageois qui fut attrapé en ven-
dant des Esparges.*

VN croquant, qui n'auoit pas
encore esté desgnaisé dans

Lyon, apporta au change vne groffe liaffe d'Efparges , comme elles
eftoient encores nouuelles: La garde qui eftoit du Penonnage du Pla-
ftre n'eftant encore leuee , il y eut
vn des Caporals , nommé le fieur
Aftruc , autrement. Maiftre Eftienne le baftier , qui demande à ce villageois combien il les vouloit vendre; il refpondit , dix fols. Au mefme inftant il luy en offre quatre,
difant qu'il n'en vouloit que la moi-
tie. Le payfan la luy accorde. Alors
Maiftre Eftienne , qui tenoit vn
couteau bien efguifé dans fa main,
coupa le cofté du vert des Efparges, & laiffa le blanc entre les mains
de noftre manant. Le pauure lourdaut fe voyant attrapé , & qu'il fer-
uoit de rifee à la compagnie, fe retira fans fonner mot.

XLVIII.

Gaillardise d'vn villageois.

VN Gentil-homme de Tolede voyant vn paysan qui battoit à outrance son Asne, esmeu de compassion, s'escria c'est assez vilain, tu tueras cette pauure beste: Le villageois luy respondit ; Pardonnez-moy, Monsieur, ie ne sçauois pas que mon Asne eust des parens en Cour.

XLIX.

D'vn laboureur qui se voulut mettre à estudier.

IL print vne boutade à vn riche Villageois d'estudier, lequel pour ce faire acheta quantité de liures, & fit vne belle Bibliotheque, où il employa vne telle somme d'argent qu'il vendit plusieurs vaches qui luy appartenoient, sans que pour tout cela il fist aucun profit, ny deuinst sçauât. Vn docte personnage 'voyât sa folie, dit : Ce pauure homme a conuerty plusieurs vaches en vn seul bœuf.

L.

Responce subtile d'vn Villageois.

VN laboureur qui faisoit à moitié la metairie d'vn Bourgeois de Lyon, amena dans la Ville du bled & quelques fruicts à son maistre, lesquels ayant deschargez, il fit mettre deuant luy du pain & du vin pour desieuner. Le laboureur ne voyant apporter autre chose, comme s'il n'eust pas osé manger demeura tout pensif. Ce que voyant le Maistre, il luy dit, Pourquoy ne manges-tu? Le bon homme respondit: Monsieur, vostre pain & vostre vin sont si discrets qu'ils ne veulent pas passer les premiers, si leurs autres compagnons ne viennent.

LI.

Belle repartie d'vn villageois à vn per-
sonnage de qualité.

VN Paysan, qui auoit le poil tres-roux, vint vn matin dans Lyon pour donner le bon-iour à son Maistre, & luy apporter quelques nouuelles de sa metairie. Monsieur le voyant descouuert luy mit la main sur la teste, & luy dit en riant : Voila vn beau poil d'Asne. Nostre Manant qui n'auoit rien de grossier que la robe, lui repartit soudain : Si c'est vn poil d'Asne, Monsieur, il m'est demeuré à la teste en vous pensant ce matin.

LII.

Vn villageois par sa subtilité confond le
fils d'vn Docteur.

QVelques Gentils - hommes prenans la fraischeur vn iour

d'Esté à Tholose, vn Paysan vint à
passer qui chassoit son Asne chargé
deuant soy. L'vn d'iceux, fils d'vn
tres-fameux Iurisconsulte, qui faisoit bien de l'entendu, appella le
Villageois & luy dit : Es-tu le maistre de cet Asne, ou s'il est le tien,
puis qu'il va deuant ? Le Villageois
qui estoit assez desgnaisé, respondit :
ie vous le diray, si premier vous me
dites qui est vostre pere. Le Gentil-
homme le luy fit voir ; Comme nostre Manant eut ietté la veuë sur
Monsieur le Docteur qui rioit, il se
retourna vers le fils, qui attendoit sa
response, & luy dit Monsieur, il y
a desia long-temps que ie suis accoustumé d'aller derriere mon Asne, & me suis esmerueillé de ce qu'a-
yant le trou du derriere rond, neantmoins ce qui en sort est presques
quarré, de quoy ie n'ay iamais peu
entendre ni comprendre la cause
iusques à maintenant. C'est selon

mon iugement d'autant que l'Afne,
Monfieur, a plufieurs qualitez conuenables aux gens de lettres, d'où
vient qu'à bon droict quelques fages l'ont accomparé à eux mefmes.
C'eft pourquoy ie ne m'eftóne plus
maintenãt fi ce que mó Afne fait eft
quarré, bien qu'il ait le trou de def-
fous la queuë rond, puifque les hómes doctes & fpirituels, qui pour
leur fcience peuuent eftre appellez
circulaires, c'eft à dire, ronds & par-
faits, font neantmoins fi difgratiez,
que le plus fouuent ils produifent
des enfans eftropiez du cerueau,
ignorans, lourdauts, mal façonnez,
& en tout diffemblables à leurs ge-
niteurs. La refponfe de ce maiftre
croquant, ferma en telle forte la
bouche à noftre ieune gauffeur, &
fit vne telle efcorne à Monfieur le
Docteur: que ni l'vn ni l'autre n'eurent la hardieffe de luy repliquer vn
feul mot. Par ce moyen on void

qu'aux gausseries & mots plaisans
la naturelle subtilité surpasse la
science.

LIII.

*Plaisante sourbe d'vn Iuif qu'on menoit
au supplice.*

ON menoit pendre vn Iuif sur
vne haute colline où la potence estoit dressée, & falloit passer par des lieux tres-aspres & perilleux pour y aborder. Deux autres Iuifs accompagnoient le patiét
pour le consoler, dont l'vn des deux
luy disoit : O que vous estes heureux, mon cher frere, car dans vne
heure vous serez dans le sein d'A-
braham, où comblé de felicité vous
orrez l'harmonieux concert des
Chœurs Angeliques, qui rauiront
vostre ame en de supremes delices,
& ne pourrez desirer vne vie plus
heureuses : là vous est appareillé le
plus magnifique souper qui se puisse

desirer. Pendant toutes ces belles
promesses, ils passoient en vn de-
stroit, où il y auoit d'vn costè vn
sault perilleux, auquel à peine trois
personnes pouuoient aller de front.
Alors le pauure patient, lassé d'ouyr
tant de remonstrances, qui se pas-
moit presques de soif, prit son
temps, & poussa de telle impetuosi-
te celuy qui l'exhortoit, qu'il le culbuta dans ce precipice, en luy disant, comme il se rompoit le col, Va
t'en deuant, & mets rafraischir le
vin.

LIV.

Gaillardise d'vn criminel prest à estre
supplicié.

VN criminel à Paris, executé à
la place Maubert, estant sur
l'eschelle entre les mains de l'exe-
cuteur, prest à faire le demy tour
à gauche. Apres qu'il eut fait quel-

ques remonstrances, en iettant ses
souliers qui estoient en pantoufle,
il dit. Messieurs, ie n'ay plus besoin
de souliers, si quelqu'vn en a affaire,
qu'il les prenne. Et apres s'adressant
à Maistre Iean Guillaume, il luy dit:
Ie sçay qu'il me faudra cette nuict
coucher en cette place, & ie suis grá-
dement rheumatique, ie te prie laisse moy mon bonnet de nuict à la
teste.

LV.

Plaisante rencontre d'vn criminel oyant
lire son procés.

VN criminel oyant lire son procés, auoüoit tout ce dont il
estoit accusé, & disoit d'abondant,
Encore ay-ie bien pis fait. On luy
demanda finalemēt quel plus grand
crime il auoit commis. Helas! dit-il,
c'est que si ie ne me fusse pas laissé
prendre, on ne seroit maintenant
aux peines de me pendre.

LVI.

Dict ioyeux d'vn larron eschappé du gibet

DEux larrons complices d'vn mesme crime, estans empri-sonnez furent appliquez à la que-stion. L'vn d'iceux ne pouuant sup-porter les tourments, confessa que ce dont on l'accusoit estoit vray, dont il fut condamné à estre pandu. L'autre ne voulant rien confesser, soustint que son compagnon auoit esté pendu à tort, que la torture luy auoit fait auoüer ce dont il estoit in-nocent, & par ce moyen il fut ab-sous & eslargy. Or se promenant vn iour par la ville, plusieurs luy re-prochoient qu'il auoit laissé pendre son compagnon, ausquels il respon-doit : Lors que nous fusmes empri-sonnez nous accordasmes, que le premier qui diroit la verité payeroit pour son compagnon. Ayant donc

esté le premier à confesser le delict,
il a bien esté raisonnable qu'il ait
payé pour tous deux.

LVII.

D'vn qui auoit desrobé en vne boutique.

VN subtil larron desrobant dãs
vne boutique à paris fut apperceu par le Marchand l'ors qu'il
emportoit vne grande boite pleine
de mercerie, qui ne l'abandonna
point, ains le suiuit pas à pas. Le larron se retournant luy demãde pourquoy il le suiuoit de si pres. C'est dit
le Marchand pour voir où tu veux
que ie me remue de boutique.

LVIII.

D'vn qui auoit desrobé vne bride, à laquel
le se trouua vn Cheual attaché au bout.

VN larron examiné deuant le
Iuge de plusieurs choses dõt
il estoit accusé. entre autres interrogats il luy disoit. N'as-tu pas desro-

bé telle & telle chofe, dont tels &
tels t'accufent, & fur tout vn Cheual qui appartient à vn de mes amis
que tu es accufé d'auoir pris? Con-
feffe la verité fans te faire tourmen-
ter, les indices & les tefmoins font
plus que fuffifans pour te faire appliquer à la queftion, penfe à ta confci-
ence. Le miferable intimidé de ces
menaces, fe voyant mal appointé, &
craignant d'empirer fon mal, dit en
fin: il eft bien vray, Monfieur, qu'v-
ne fois en defrobant vne bride il s'y
trouua cõtre mon intentiõ vn Cheual attaché au bout, ce pourroit bien
eftre cettui là dont vous m'interrogez. Le Iuge oyant cette gentille
refponfe ne peût fe contenir de rire,
& fit en forte que le Cheual fe re-
trouua. L'a cufé n'ayant confeffé
que le larrecin de la bride, en fut
quitte pour vne legere punition.

LIX.

*D'vn criminel qui craignoit proche de la
mort de prendre la grauelle.*

VN larron qu'on menoit au
supplice, comme fut proche
de la potence, demanda à boire. On
luy apporta vn plein verre de vin,
duquel il souffla l'escume auant que
de boire. Interrogé pourquoy il faisoit cela, il repartit : Parce que l'escume du vin auec le temps en gen-
dre la grauelle.

LX.

Gaillardise de deux coupeurs de bourses.

SOus le regne de Charles IX. que
les Capes estoient encore en v-
sage, vn Maistre coupeur de bourses, qui s'estoit enrichy à ce mestier,
se trouua vn iour à l'Hostel de Bou-
gongne à la Comedie, vestu en Gentil-homme auec la Cape, où il y
auoit derriere vne douzaine de bou-

tons d'or faits en orfeuerie. Vn autre coupeur de bourses voyant ceste
belle proye au milieu d'vne foule, se
rangea aupres de luy, pour faire
quelque tour de son mestier. Ayant
donc affusté ses outils, voicy, que
subtilemét il coupe vn de ces boutós
de cestui-là au second, & poursuiuit,
iusques au dernier, lequel au mesme
instant qu'il le tenoit pour le couper
au mesme temps son oreille fut saisie & coupée par ce maistre passé.
Le coupeur de bourses s'escrie, mon
oreille, Mon oreille; le pretendu
Gentil homme, Mes boutons, Mes
boutons. Helas ! Monsieur, voila
vos boutons: Tien voila ton oreille,
Ainsi ils demeurerent quittes, mais
il est à croire que l'oreille ne fut si fa-
cile à r'attacher que les boutons,

LXI.

Plaifantes refponfes d'vn coupeur de bour-
fes aux interrogats que luy faifoit le Iuge.

VN coupeur de bourfes fut attrapé à la halle de Paris en trauaillant de fon meftier, & fut mené
au mefme temps prifonnier au petit
Chaftelet. Quelques iours apres
eftant amené pardeuant Môfieur le
Lieutenãt Criminel pour refpõdre,
premier que de l'interroger, il luy
fit mettre le pourpoint bas pour
voir fi fa vaiffelle eftoit point mar-
quee. A cette vifite on recogneut
deux belles fleurs de Lys bien im-
primées fur fes efpaules. Le Iuge le
voyant fleurdelife luy demanda cõme il s'appelloit: Il refpondit, Pierre
Caillou: Interrogé d'où il eftoit, il
dit: De Gré pres de Rochefort. Enquis de la ruë où il demeuroit, & de
l'enfeigne : Il fit refponfe, qu'il demeuroit à la ruë de l'éclume, à l'enfeigne du pot de fer. Enquis de fa

vacation; il repartit, qu'il eftoit cõpagnon caffeur de grez , & batteur
de paué. Le Iuge remarquant l'effronterie de ce pendart , luy dit en
foufriant. Tu es bien de dure matiere, ie ne fçay pas comme on te pourra faire mourir. Nonobftant toutes
ces duretez, conuaincu de plufieurs
crimes Pierre Caillou fut pendu &
eftranglé.

LXII.

Responfe d'vne femme qui fe complaifoit
en fon impudicité

VNe femme eftoit fi liberale de
fa perfonne qu'elle la prodi-
guoit à qui en vouloit , fans porter
aucun refpect à fon mary, & eftoit
fi effrontee quelle ne fe foucioit pas
que fes voifins le fçeuffent: dequoy
s'apperçeuant vne honnefte & ver-
tueufe femme, elle luy dit : Qu'elle
deuoit auoir honte de faire ainfi tort
à fon mary; Elle repartit pour s'excufer. I'ē fuis le metier de ma mere.

LXIII.

Effronterie d'vne femme impudique.

VN Cornard confortoit son cõpagnon, qui se plaignoit que sa femme luy faisoit porter les cornes, & qu'il ne sçauoit comment s'en véger, Il luy disoit : Tu es bien sot & fait à la bonne foy de croire que les femmes facent porter des cornes à leurs maris, car si cela estoit la pluspart des hommes en auroient comme des bœufs : La femme de cestuicy qui estoit presente, pour confirmer cela, adiousta : Mon mary dit vray, par ce que si cela estoit, ie ne croy pas qu'il y eust hõme au monde qui les eust plus longues, ni plus grosses que luy.

LXIV.

D'vne femme riche & chaste qui deuint
pauure & impudique.

VNe femme aisée des biens de fortune, qui viuoit auec son
mary

mary en bonne paix, & estoit doüée
de tant de perfections , que tous
ceux qui la cognoissoient la tenoiēt
pour vne tres-honneste D me. Pendant sa prosperité, elle blasmoit
celles qui ne craignans de noircir
leur honneur & tarer leur reputation, se laissoient aller à leurs sales
appetits, iusques à dire bien souuen
qu'elle choisiroit plustost la mort,
que de trébucher en tels pechez,
Mais apres le decés de son mary.
se voyant au bout de quelques années reduite à vne extreme pauureté, elle ne tarda gueres à s'enrool-
ler en la compagnie de celle qu'elle blasmoit auec tāt de desdain. Or
il aduint vn iour qu'vn galant homme qui la cognoissoit, la voulant re-
prendre de sa vie lubrique, luy dit:
Ma commere, ie n'eusse iamais creu
que vous fussiez tombée en ce vice
que vous abhorriez tant. veut mes
mes que pendant la vie de vostre

mary vous estiez si chaste & si honneste. Elle respondit en souspirant,
que la fortune l'auoit priuée de
moyens, & la necessité d'honneur.
Cettui-cy repliqua: *Celuy qui vit aux
delices du monde, ne iuge pas des effets
de la necessité.*

LXV.

Prudence d'vn forgeron se voyant mes-
prisé par vne courtisane.

VNe Courtisane à Paris, qui
auoit esté pendant sa ieunesse
caressée & courtisee des plus grãds
de la Cour: comme les rides cõmen-
cerent à luy couurir le front, que sa
beauté commêça à se fanner, & que
ses graces n'eurent plus d'attraits
pour charmer les cœurs des Amans
lascifs. Celle qui souloit estre visi-
tee pendant son en bon poinct des
Seigneurs & Gentils-hommes, &
autres personnes de qualité, se voit
maintenant en son declin desdai-
gnee & rejettée de tout le monde,

D'où viét que n'ayāt sceu bien mes-
nager son deshōneste gain,la neces-
site la contraignit de s'abandonner
aux plus mesquins pour euoir du
pain. Or le premier homme de vile
conditiō qui l'aborda ce fut vn forgeron, auec lequel ayant conuenu
de ce qu'il luy donneroit, elle dit en
souspirant, Ha! Fortune marastre,
muable & inconstante,à quel poinct
m'as tu reduite! Chetifue que ie suis,
pendant ma tendre fleur, i'estois
adorée, voire adoreé des plus braues Caualiers,& des plus grands de
la Cour,mais ie me voy maintenant
la proye des hommes de peu , mes-
més des plus abiects. Nostre forgeron se voyant ainsi mesprisé, dit en
souspirant : O que ma faute seroit
vrayement digne d'vn grād chasti-
mēt, si de cet argent que i'ay gagné
auec tant de peine , & auec tant de
sueurs,i'en faisois ores,en offensant
mō Dieu,vne offrāde à vne effrōtee

putain ! Sãs dire autre chose, il montra les talons à ceste courtisane. Ce
mespris luy enseigna, que *L'argent
acquis auec peine, ne se doit pas despendre sans grande consideration.*

LXVI.

Plaisant rencontre d'vne femme impudique.

VN mary, qui doutoit aucunemēt
de la pudicité de sa fēme, acheta vn iour à la boucherie vne teste de
mouton auec les cornes, & l'enuoya
à la maison: Ce que voyãt sa femme,
elle dit: Mon mary se plaist bien à a-
cheter de la chair qui luy ressemble.

LXVII.

Subtile response d'vn ieune homme à vne Courtisane.

DEux ieunes hommes passoient
deuant la porte d'vne Courtisane, laquelle pour se donner de la
gloire dit à vne sienne compagne

qui estoit auec elle : Celuy qui passe
maintenant (& le nomma par son
nom) a esté deux ou trois fois chez
moy. Le ieune homme oyant ces
paroles se tourna vers elle, & luy
dit : Madamoiselle, ie ne me ressouuien pas d'auoir esté en vostre maison, toutesfois cela pourroit bien
estre, parce que ie me plais à despendre peu.

LXVIII.

Plainte d'vne courtisane sur le despart
de son seruiteur.

Vne Courtisane de Padouë re-
grettoit le despart d'vn Escolier qu'elle aimoit, duquel elle auoit
tiré beaucoup d'argent. Se voyant
persuadée de quitter ces plaintes,
& de ne penser plus en luy : Patience, dit elle, ie ne plains pas tant son
despart, que i'ay de regret de n'a-
uoir attrapé vn manteau tout neuf
qu'il auoit.

LXIX.

*Responſe ſubtile d'vn Gentil-homme à
Vne Damoiſelle.*

VN Gentil-homme offrant la
croupe de ſon cheual à vn autre
comme il voulut monter, le Cheual
recula. Vne Damoiſelle qui n'eſtoit
pas en trop bonne reputation voyát
cela, dit: Voila vn pauure Caualier.
Le Gentil-homme repartit à l'inſtãt
Madamoiſelle ne vous eſtonnez pas
de cela, car ce Cheual n'eſt pas ſi
propre que vous à porter en croupe.

LXX.

Plaiſant rencontre d'un bon compagnon.

DEux ieunes hommes à veniſe
eſtoient allez viſiter vne Cour-
tiſane, laquelle bien que vieille recerchoit tous les moyens pour paroiſtre ieune. L'vn dit (parce que
c'eſtoit au mois de Septembre) qu'il

faisoit extremement froid. Son cō-
pagnon à qui cette vieille medaille
desplaisoit grandement luy respondit : Ie ne m'en estonne pas, puisque
nous sommes en la chambre de
l'Hyuer, s'adressant à la Courtisane
vieille & froide, l'aage de laquelle
paroissoit tout couuert de glaçons.

LXXI.

Dueil d'vne femme sur son mary mort.

VN Marchand Genois voyant
vne vesue qui menoit vn dueil
digne de commiseration sur son
mary mort, ores s'arrachant les
cheueux, tantost se plombant la poi-
trine de coups, ou bien se couchant
sur le corps du defunct, se fondoit
toute en l'armes en l'embrassant &
baisant, il dit à vn qui la vouloit
leuer de dessus ce corps : Mon frere
laissez faire à cette hypocrite tout
ce qu'elle voudra, car demain vous
ne luy verrez plus faire ces folies.

LXXII.

*D'vne femme qui pleuroit malicieusement
les blessures de son mary.*

VN galant homme estant mor-
tellement blessé, fut porté par
ses amis en sa maison : Sa femme le
voyant en si piteux estat iettoit des
cris effroyables, s'arrachoit les cheueux, & fondoit toute en larmes.
Voicy le Chirurgien pour le penser, qui demande à cette pleureuse si
elle auoit du linge pour bander ses
plaies, à quoy elle respondit, Pleust
à Dieu qu'il eust autant de blessures
côme i'ay de pieces de vieux linge.

LXXIII.

*D'vn ieune homme auquel les dents de des-
sus estoient tombées.*

VN ieune homme n'ayant encore que vingt ans, auoit neantmoins perdu toutes les dents de la
maschoire de dessus. Quelques vns

discourans de cela comme d'vn fait
extraordinaire, vn de la compagnie
dit : Ie m'estonne de ce que vous
vous esmerueillez de si peu de chose
Ne sçauez vous pas, selon Aristote,
que tous animaux cornus n'ōt point
de dents en la machoire superieure?
Ce ieune homme qui s'estoit marié
tout nouuellement auoit le renon
d'estre logé au Signe du Belier.

LX XIV.

Vn faineant se fait Hermite, & parce que
l'Ange ne luy apportoit pas à manger il
s'en retourne en sa maison.

VN tisseran de Peruse, naturellement poltron & faineant,
qui bien souuent aimoit mieux ieus-
ner que de trauailler, delibera de se
rendre Hermite, croyāt qu'vn Ange luy apporteroit matin & soir à
manger : Pour ce faire il abandonna sa femme & deux petits enfans

qu'il auoit, & s'alla rendre dans vn
bois, proche duquel demeuroit vn
autre Hermite, auquel il manifesta
son intention. Mais voyāt que l'heure du disner estoit passee, croyant
vrayement que l'Ange luy deuoit
apporter du pain, pressé de la faim
il commençoit à perdre patience:
toutesfois reuenant à soy, il disoit:
Peut estre que le pain n'est pas encore enfourné au Ciel. Et ayant demeuré quelque tēps en cet entretiē,
il alla demander au vieux Hermite:
Mon Pere, à quelle heure disne-t'on
au Ciel? Le bon Hermite luy respōdit : Que tu es fol, tu ne sçais ce que
tu veux dire: Ie vous dis cela, repli-
qua-til, parce que l'Ange n'est pas
encore venu pour m'apporter à māger. O insensé que tu es! dit l'Hermite, pour deux ou trois heures que
tu as demeuré icy crois-tu d'auoir
acquis vn si grand merite que l'Ange te doiue apporter à māger, com-

me si tu estois vn de ces Saincts Peres, ou de ces bons Anachoretes du
temps passé ? Moy qui suis icy il y a
plus de vingt ans à manger des herbes crues & des racines, ne suis pas
encore asseuré d'auoir acquis la grace de Dieu. Il faut, mon Frere supporter auec patience les tribulatiõs,
manger peu & coucher mal pour
estre accepté de nostre Seigneur. Si
ieusse voulu, repliqua nostre nouueau Hermité, endurer beaucoup,
faire maigre chere, & coucher sur
la dure, ie n'eusse iamais quitté ma
maison. Par ce moyen il s'en retourna tout triste & affamé vers sa femme & ses enfans.

LXXV.

*Lascheté d'vn qui estimoit plus la vie
que l'honneur.*

VN ieune homme fut dispo-
sé à se battre en duel contre vn

autre, mais voyant que son ennemy
estoit plus fort & plus adroit que luy
& qu'il le traitteroit mal, il n'atten-
dit pas que les spectateurs se missent
entre deux pour les separer, qu'il se
mit en fuitte. Or vn iour se picquant
auec quelques vns, cette poltronnerie luy estant reprochée, il dit, ne
vaut-il pas mieux pour moy que l'on
dise, En tel lieu vn lasche courage
s'est mis en fuitte, que si l'on disoit,
vn galant homme y a esté tué?

LXXVI.

Poltronnerie remarquable d'vn lasche
de courage.

Deux ieunes hommes auoient
querelle ensemble, l'vn desquels venu aux mains, receut de
l'autre vn soufflet ; & côme il estoit
assez icoüard, il ne se soucioit d'en
tirer raison, craignant d'en receuoit
dauantage. Dequoy le reprenans

quelques coupe-jarrets, ils l'ancou-
rageoient de s'en venger, à ce que
telle poltronnerie ne luy fust reprochée. Mais il leur dit : Comment
pourray-je faire pour en auoir satisfaction ? Ils repliquerent, qu'il faloit
se battre auec son ennemy. Cettuy-
cy prend courage charge l'espee, &
aborde son ennemy, qui le voyant
met soudain la main à l'espee: Mais
le pauure coüard tout tremblottant
commence à dire: Hola, hola, frere
tout beau, ie vous prie ayez vn peu
de patience, ne vous hastez pas tant,
car ie desire de vous parler. Son ennemy remarquant sa poltronnerie,
fit quelques trefues , & luy donna
audience.   Voicy nostre lasche de
courage qui luy dit : Vous me don-
nastes l'autre iour vn soufflet , des
galants hómes me conseillent d'en
tirer raison,& de vous battre , si ie
peus , que vous en semble? Cettuy-
cy repartit à l'instant! Tu auras plu-

stost ma vie que si i'endure rien de toy. Nostre niais luy repliqua : Allez, ie me ressouuien de Terence; ce qu'ayant dit, il luy tourna le dos. Il vouloit, comme ie croy, alleguer Terence qui dit : *C'est vrayement vne folie de ne supporter plustost vne iniure, que de la venger à sa honte & à sa perte.*

LXXVII.

Plaisante excuse d'vn paresseux.

VN ieune hôme fut repris par quelques siens amis, pourquoy il dormoit si tard, qui le detenoit si longuement dans le lict? Il dit, ie demeure à escouter deux femmes qui contestent ensemble, & ie ne suis pas plustost esueillé, qu'elles me viennent trouuer dans le lict, & se nommêt le soucy & la paresse. L'vne m'encourage à me leuer, en me disant que ie ne dois pas consommer le iour au lict: l'autre tout au rebours me dit, que ie m'adonne à loisiueté & au repos de mon corps, &

que l'homme ne se doit pas donner
tant de peine. La premiere deffend
ses raisons, l'autre luy replique. Ie
suis comme iuge à escouter leurs
querelles & disputes, & demeure
iusques à ce qu'elles soient tombees
d'accord: de là vient qu'attendant la
fin de leur debat ie me leue si tard.

LXXVIII.

Poltronnerie de quelques Calabrois assie-
gez dans vne tour par des Corsaires.

Q Velques Calabrois estás assie-
gez par trois galeres de Corsaires en vne forte tour située à l'ē
boucheure d'vn petit canal de la Ca-
labre, se defendirent vaillamnient
pour vn peu de temps. Ces Corsaires voyans qu'ils ne les pouuoient
pas auoir de viue force, comme par
mocquerie, ou peut estre ayans cognoissance de la simplicité des as-
siegez, vserent d'vn stratageme
tres-subtil. Ces Barbares donc prindrent vne longue corde, auec

laquelle ils entourerent la tour, lie-
rent les bouts à l'vne de leurs galeres, qui estoit attachee aux deux
autre, puis se mirent à ramer. Alors
nos Calabrois, (tant ils estoient à la
bonne foy, doutans que ces Pirates
n'emmenassent la tour auec eux en
Barbarie) commencerent à s'escrier
à haute voix, qu'ils se rendoient à
leur misericorde ; par ce moyen ils
furent pris & emmenez esclaues.

LXXIX.

Plaisant traict qu'vn yurongne fit
à sa femme.

VN maistre yurógne, qui estoit
iournellement tourmenté de
sa femme, quand il reuenoit le soir
plein de vin. Par fois elle luy disoit:
Vilain desbauché, feras tu tousiours
cette vie, tu sens en telle sorte le vin
qu'il n'y a pas moyen de supporter
ta puanteur. Or vn soir qu'il s'en reuenoit à la maison auec la double

charge du mousquet, il tomba en vn
lieu assez profond tout remply de
matiere fecale, d'où il eut prou peiné de sortir, & fut surdoré iusques à
la gorge. Estant arriué à la maison, il
dità sa femme, quelle le deschauss-
sast. Quand la pauurette s'approcha
de luy, elle commença à dire, Fi, fi le
vilain, comme il put. Alors il respondit : Vous ne direz pas maintenant que ie sente le vin.

LXXX.

Guillardise d'vn Flamant & d'vn hoste.

VN Flamant entra en vne Hostellerie, où ayant beu tout son
faoul, il s'endormit ; & apres auoir
dormy tout le iour, il se résueilla, &
s'en vouloit aller sans payer. L'hoste
luy dit, qu'il payast les six peintes de
vin qu'il auoit beuës. Il refusa de les
payer, disant, qu'il n'y en pouuoit
auoir que cinq, & que son ventre
n'en pouuoit pas tenir d'auantage. A

ces paroles, l'Hoste repliqua, il peut
bien estre que tu n'en ay mis que
cinq peintes dans ta pance, mais parce que le vin est bon, il en est entré
vne autre en ta teste, qui font six. A
ces paroles le Flamand luy respondit: Vous auec raison , & par ainsi
paya les six peintes de vin.

LXXXI.

Instruction à vn yurongne.

Vn Archibeuueur, qui bien souuent s'enyuroit , auoit neantmoins par fois horreur de son vice
& s'en rendoit honteux : Consul-
tant vn de ses amis, pour luy donner
le moyen de se diuertir de cette
mauuaise habitude, il luy dit: Ayez
tousiours deuant le yeux les actions
brutales de ceux qui s'enyurent: car
ce faisant vous auriez honte de vous
mesme, & peut estre cela encore
vous fera abhorrer le vin.

LXXXII.

D'où vient le dire commun, Cela
est bien pis.

L'On a coustume de dire quand
il vient à propos, *Cela est bien pis*
qui est vn commun prouerbe dont
vous oyrez maintenant l'origine.
Vn ieune homme estant sur le point
de se marier, les parens de la fille
s'enqueroient de ses facultez, s'il
estoit vertueux & sage, s'il n'estoit
point desbauché, iöueur, ou dissolu au boire, & au manger, & autres enquestes qu'on a coustume de
faire en telles occasions. Quelques-
vne rapporterent, soit par enuie, ou
autrement, qu'il estoit gourmand
& suiect à sa bouche, & qu'il auroit bien tost consommé le mariage d'vne femme.   Ausquels rap-
ports les parens de la fille ayant
esgard, ils se refroidirent de ce mariage, dequoy le ieune amoureux
s'estonnant il demáda pourquoy ils

paroissent si lents à resoudre l'affaire où ils sembloient si eschauffez du
commencement; Pour donc ne le
tenir plus en doute ils luy dirent:
Qu'en s'enquerrans de ses despor-
temens, plusieurs personnes leur
auoient dit, qu'il estoit vn grand
mangeur, dequoy se mocquant il
leur repliqua: Laissez les dire, ce sõt
des menteurs, car tout au rebours
auec vn morceau de pain ie boirois
trois peintes de vin. A ces paroles ils
respondirent: *Cela est bien pis.* Parce
moyen le mariage est rompu, & il
ne s'en parla plus.

LXXXIII.

Choix d'vn bon beuueur.

VN bon beuueur enduroit vn
extreme douleur en vn œil
sans que pour tout cela il en beust
vn verre de vin moins. Le Medecin
luy dit que s'il ne quittoit le vin,
sans doute il perdroit l'œil. Il re-

pondit: I'ayme mieux perdre vne
feneſtre que tout lē baſtiment.

LXXXIV.

La perte qu'Huguchio de Fagioles fit des
Villes de Lugues & de Piſe pour
ſa gourmandiſe.

HVguchio de Fagioles ayant
deliberé de faire trancher la
teſte au Capitaine Caſtruce priſon-
nier à Lucques : Comme il diſnoit
on luy rapporta que les Paiſans a-
uoiét leué les armes côtre luy Mais
ſans tenir conte du premier meſſage, eſtant grand mangeur, & fort
ſujet à ſa bouche il continua de ſe
faire ſeruir diuers mets à ſa maniere accouſtumee iuſques au deſſert,
auec commandemét qu'au ſortir de
table on decapitaſt Caſtruce : quoy
fairil retourneroit à Piſe en diligen-
ce & à main armee chaſtieroit les
ſeditieux. Mais vn 2. & 3. meſſage
luy rechargeans à table, que tout
eſtoit perdu pour luy à Piſe, que les

Citoyens s'y estoient sousleuezd'vn
accord. Les Lucquois au bruit de si
grāde entreprise,& poussez du mesme desir de recouurer leur liberté,
& deliurer Castruce,courēt aux armes enfonçent les portes des pri-
sons, desferrent & deliurent Castruce, & l'eslisent Seigneur de leur
Ville. Huguchio voyant que tout
estoit perdu,s'ēfuit auecses Gardes
vers Cande de la Scale,Seigneur de
Veronne,qui le receut honorablement. Neantmoins en sa misere il
eut de fois à autres quelques attein-
tes de sa vie passee. Estant vn iour
en vn banquet au Palais de la Scale,il fut parlé des grands mangeurs:
Surquoy Huguchio conta qu'en sa
ieunesse il auoit mangé luy seul en
vn souper quatre chapons gras, autant de perdris,des hanches de che-
ureau,vne poictrine de veau bouil-
lie & farcie,sās les sausses & entrees
detable.Surquoy Pierre Naue,hō-

me de plaisant rencontre, luy dit: Ce
n'est pas merueille, Huguchio, si
estant ieune tu fis vn si large repas,
veu qu'estant vieil & tout esdenté, tu
as auallé deux villes entieres en vn
disné. Car le bruit commun estoit,
que si Huguchio se fust leué de table
au premier message, il auoit du têps
pour appaiser le tumulte de Pise,
empescher l'emotion des Lucquois,
& ainsi garder les deux villes à soy.

LXXXV.

D'vn gourmãd auare attrapé par vn hoste.

VN voyageur entrant dans vne
hostellerie se mit à table, & demãda a l'hoste vn potage, disãt qu'il
ne vouloit point de chair. L'hoste
qui recogneut l'auarice du Pelerin,
luy fit vn potage de choux, au fõds
duquel il auoit caché vne bonne
piece de chair, Quand cettuy-cy eut
mãgé les choux, il trouua la chair, &
dit: Ha, ha presuposãt, que l'hoste l'y
eust mise sans y penser: mais quãd ce

vint à conter, l'hoste conte tant en
pāin, tant en vin, & dit encore, &
trois sols pour le ha, ha. Quel ha,
ha, dit le voyageur? L'hoste respondit: L'amy, si tu eusses mangé la
chair sans dire ha, ha: tu ne le paye-
rois pas maintenant.

LXXXVI.

Gaillardise d'vn gourmand.

VN ieune homme s'adressa à
vn marchand pour sçauoir ce
qu'il luy donneroit pour le laisser
saouler de figues. Il luy demanda
dix sols, parce qu'elles estoient à
bon marché, & en fin le quitta pour
sept, ne croyant pas qu'il en deust
manger pour trois. Le voyla qu'il
se met en besongne, & en auoit
desia mangé vne quinzaine de liures, quand le marchand se grat-
tant la teste commençoit à s'ennuyer
de voir ce Maistre ouurier. En fin
aperceuāt qu'il choisissoit les moin-
dres,

dres, il luy dit tout en colere. Pourquoy laisse-tu les bónes pour choisir celles qui vallent moins : L'auail-
leur de figues luy respondit : C'est
pour t'oster l'esperance que i'en
doiue laisser vne seule. Le vendeur
voyant cela, luy dit : Tien, voila ton
argent, ie ne voudrois pas estre la
cause que tu creuasses. Cettui-cy luy
respondit : N'ayes point de crainte
que ie creue : mais si c'est de peur
que ie ne mange toutes tes figues, ie
te veux bien faire ce plaisir. Va-
t'en ie te prie, à tous les diables, dit
le Marchand, & que ie ne te voye
plus. Le cõpagnon retira son argent
auec les figues qu'il auoit mangees,
& faisoit le fasché de ce que leur pa-
che auoit esté rompue.

LXXXVII.

D'vn gourmand attrappé.

VN homme dans Lyon, decedé
depuis quelques annees à Va-
lence, qui estoit en reputation d'a-

ualler presque sans mascher tãt son
gosier estoit dilaté, se trouuant vn
iour de Caresme en vn Cabaret en
vne cõpagnie où l'on mangeoit entre autres choses des saugrenées de
pois, il en voulut auoir vne dans vn
plat à part, dãs lequel vn de la troupe, ayãt fait son appareil, mesla parmy 3. ou 4. douzaines de moules de
boutons, sans qu'il s'en apperceust.
Nostre gosier paué se met apres ses
pois, & à la derniere cueillerée, il dit
Par ma foy, il y en a qui ne sont pas
bien cuits. On luy repliqua ; Vous
auez bien raison vous auez auallé
trois ou quatre douzaines de moules de boutons auec les pois. C'est
tout vn, dit-il, tout est passé.

LXXXVIII.

D'vn lourdaut qui croyoit que son fils se
chaussast à autant de poincts qu'il y
auoit de poincts à ses souliers.

VN homme qui n'estoit des plus
spirituels s'en alla à la boutique

d'vn Cordonnier pour acheter vne paire de souliers pour son fils. Le Maistre luy demanda à combien de poincts il les falloit, il dit, qu'il n'en sçauoit rien, mais qu'estãt de retour il le luy sçauroit à dire. Estant arriué à la maison, il prit vne vieille paire de souliers de son fils, la descousit, & conta les points pour en faire le rapport au Cordonnier, en la boutique duquel il retourne, & luy dit : Mon Maistre, ie veux des souliers à 63. points, & qu'ils soiẽt vn peu largets.

<h2 style="text-align:center">LXXXIX.</h2>

Plaisant rencontre d'vn nouueau marié.

V N pere, assez aisé des biens de fortune, auoit vn fils vnique vn peu estropié du cerueau : or deliberãt de luy dõner vne fẽme, il s'ẽ preseta vne belle & gẽtille, les parẽs de laquelle ne regardans aux imperfections du ieune hõme, se laisserẽt aller aux richesses qu'il deuoit posseder, & conclurent en fin le mariage.

Or le pere du garçon pour couurir au mieux qu'il luy seroit possible la sottise de son fils, luy enseigna de parler peu, afin qu'il ne manifestast sa folie, & la legereté de son esprit. Pendant qu'il obseruoit l'instructiõ de son pere, le iour vint du mariage apres lequel on amena l'Espouse en la maison de son mary pour solenniser la Nopce, où les parens estans conuiez persóne ne disoit mot à table. Vn plus hardy que les autres voyant vn tel silence en temps d'allegresse, dit : Comme le plus fol de la cõpagnie, ie commenceray à parler puis que personne ne dit mot. Alors l'Espoux, regardant son pere luy dit : Mon pere, cela s'adresse à moy, ie suis descouuert, donnez-moy licence de parler.

Simplicité de quelques Villageois.

IL y auoit en vn petit Bourg vn Mareschal, qui pour se venger d'vne iniure qu'il auoit receuë tua vn homme. Estant emprisonné, il confessa le delict, & fut condamné à estre pendu. Les habitans du lieu, s'en ellerent supplier le Iuge de ne le faire pas mourir, parce que ce leur seroit vne trop grande perte, n'y ayant que luy pour ferrer leurs Cheuaux, & faire les instrumens necessaires à l'agriculture. Ce qu'oyant le Iuge, il leur respondit: Voudriez-vous qu'vn forfaict si enorme demeurast impuny; Non, Monsieur, mais vous pourrez faire iustice en la maniere que nous vous dirons: Nous n'auons point d'autre Mareschal en ce Bourg, & il y a deux Tisserans, l'vn desquels suffiroit en ce petit lieu:

Vous pourrez faire pendre l'autre,
par ainſi vous ne manquerez de faire Iuſtice, & nous ne perdrons la
commodité d'auoir des outils pour
noſtre labourage pendant que ce
Maiſtre viura.

XCI.

Lourdiſe d'vn Coſmographe ignorant.

VN ignorant ſe faiſoit accroire
d'eſtre excellent Coſmographe, parce qu'il donnoit raiſon de
quelques Villes, de diuerſes Pro-
uinces, en quelles parties du monde
elles eſtoient, & autres particularitez conuenables à telle ſcience. Se
trouuant vn iour auec quelques galants hommes, qui auoient bien
eſtudié, & plus experts que luy en
toutes choſes. Il y en eut vn de la
compagnie, qui pour le gauſſer, luy
dit: Monſieur, vous eſtes grandement docte en ceſte ſcience, & ayãt
fait pluſieurs voiages, vous deuez

auoir veu plusieurs fois la Cosmographie, veu que vous en discourez
si parfaictement bien. Cettui-cy se
sentant loüer, respondit : Ie n'ay pas
peu voir la Cosmographie sinon de
loin, par ce qu'en nauigeás nous fusmes contraints à cause des vents cô-
traires de prendre vne autre route,
neantmoins il me semble que c'est
vne grand Ville, & desire de la voir,
car nous deuons en peu de temps
passer par là. Par ce moyen nostre
lourdaut fit cognoistre son ignorance à ceste honorable compagnie,
donna matiere de rire, & suiet de se
mocquer de luy.

XCII.

Response d'vn ieune homme liberal
à vn vsurier.

VN Lyonnois, tres liberal à
despendre son bien en compagnie, ou plustost prodigue, se
voyant vn iour repris par vn vieil

vſurier tres auaricieux, qui entre au-
tres-diſcours luy diſoit. Quand ceſ-
ſeras-tu de diſſiper tes biens ? Lors
que tu ceſſeras (repartit le prodigue)
de deſrober ceux des autres.

XCIII.

D'vn Vſurier qui s'eſtant pendu, voulut
apres faire payer la corde à ſon ſer-
uiteur qui pour le ſauuer l'a-
uoit coupee.

VN Vſurier qui auoit fait vn
grand amas de bleds & de
vins, qui meſmes ne les auoit voulu
vendre quoy qu'ils fuſſent à tres-
haut pris, croyant qu'ils monteroiēt
touſiours plus haut : Finalement
Dieu donna vne belle recolte, qui
fit rabaiſſer plus de la moitié la vente du bled & du vin. Cet endiable ſe
voyant fruſtré de ſon attente, con-
ſultant en ſoy meſme la perte qu'il
auoit faite pour n'auoir vendu ſes

denrées en temps & lieu ; pouſſé de
l'ennemy, & outré du deſeſpoir, il
entra en ſa chambre, où ayant fait
prouiſion d'vn licol tout neuf, il
l'attacha à vn gros clou, qui eſtoit
planté à vne poutre puis montant
ſur vne eſcabelle, ſe mit la corde au
col, & ſe ietta en bas. Au meſme
temps ſon ſeruiteur entra fortuitement, qui voyant ſon Maiſtre pẽdu,
fut prompt à couper la corde. L'v-
ſurier qui eſtoit preſques mort, ayãt
aucunement repris ſes eſpris, & re-
couuert la parole, ouurant à moitié
les yeux, il dit à ſon valet : Ha vilain,
tu as coupé la corde qui eſtoit toute
neufue, ie te la feray payer bien cherement.

<h2 style="text-align:center">XCIV.</h2>

Vn Vſurier ayant caché grand nõbre d'é-
cus ſon fils les trouue ſubtilement.

VN homme né dans les plus
hautes montagnes de la Ligu-

rie, s'estoit enrichy par le moyen
de ses vsures, & autres voyes il-
licites. Comme il vieillissoit, son
appetit insatiable d'accumuler thresors sur thresors s'augmentoit iournellement, & deuenoit tousiours
plus auaricieux, croyant de ne deuoir iamais mourir. Cettui-cy
auoit vn fils vnique, qui dés sa
ieunesse estoit desbauché & per-
uers, ne craignoit aucunement
son pere, qui trop indulgent sup-
portoit toutes ces mauuaises actions
sans le chastier : ains plustost estimoit vertu ce qui estoit manife-
stement vicieux en son enfant; ains
disoit qu'il estoit spirituel & subtil, & s'en resiouissoit. Mais comme il eut atteint l'aage de seize
ou dix-sept ans, on le void prodigue & dissolu, dont son pere
auare en estoit en perpetuel tourment, parce que tant plus il crois-
soit en aage, tant plus sa prodiga-

lité & sa meschanceté s'augmentoit, d'où vint qu'en peu d'années il consomma vne bonne partie des biens de son pere. Ce Vieillard insatiable auoit fait vn grand amas d'escus, & doutant que son fils ne s'en apperceust, & les luy desrobast, il fit faire dans l'enclos de sa maison vne petite Chapelle, dans laquelle estoit esleuée vne table de marbre auec cette inscription en lettres d'or, *Sacrarium in quo terra sancta clausa est*: mais cette terre sain-cte estoit son thresor qu'il y auoit caché, & donna à entendre à son fils qu'il y auoit plusieurs sainctes reliques, & entre autres de la ter-re du sainct Sepulchre, qui auoit vne certaine proprieté, quelle ne pou-uoit estre veuë de persône sans dan-ger de la vie; que pource elle deuoit estre humblement reuerée, sans la bouger delà. Et à fin de luy per-suader plus facilement, il tenoit

d'ordinaire vne lampe allumee deuant. Mais ce fils, qui estoit vne
bonne beste, enseignant de le croire, vn iour que son pere estoit allé
aux champs, pour retirer quelques
vsures, il luy print fantaisie de voir
quelles sortes de Reliques estoient
encloses en ce lieu sacré, & s'age-
nouillant humblement deuant cette pierre, il dit: Pardõnez, bon Dieu
à ma curiosité, & à la hardiesse que
ie vay prédre d'ouurir ce Sãctuaire:
car si les choses que mon pere dit y
sont encloses, ie les reuereray &
adoreray de tout mon cœur : que si
cela n'est, ie sçay bien que vous ne
voulez pas que i'idolatre, ni que ie
sois trompé. Et ayant dit ces paroles auec vn marteau de maçon il leua la pierre, & trouua derriere vn
coffre de fer plein d'escus d'or.
Alors, tout ioyeux il dit: Ha, ha,
est-ce icy la terre saincte, & les Reliques que mon pere me disoit; Ayãt

trouué moyen d'ouurir ce coffre, il
vuida l'or qui estoit dedans, le remit en sa place, comme aussi la table de marbre: Et au dessous de *Sa-*
crarium in quo terra sancta clausa est, il
escriuit, *Emanuit, non est hic*, & aprés
gaigna au pied auec le butin qu'il
auoit fait. Comme le pere fut de retour, & aperceut le bon mesnage
que son fils auoit fait en son absen-
ce, ie vous laisse à penser comme il
demeura estonné. Se voyant donc-
ques chargé d'ans, comblé de misere, desnué de commoditez, & sur
tout de ses escus qu'il adoroit iournellement, porté presques au deses-
poir, il recogneut ce prouerbe tres-
veritable:

Si l'on a mal acquis quelque grande
cheuance.

Le troisiesme heritier n'en a la iouys-
sance,

XCV.

Remarque d'vn Gentil-homme auare & peu courtois.

VN ieune Caüalier prioit vn Gentil-homme tres-riche, mais grandement auaricieux qu'il luy vendit son Cheual. Cettuy-cy respondit, qu'il ne desiroit pas de le vendre, mais qu'il estoit bien à son seruice. Le Caüalier à cette belle offre luy dit : Si ie vous prenois au mot, & acceptois cette courtoisie, que me diriez-vous ? Ie vous la refuserois.

XCVI.

D'vn qui loüoit les Vsuriers.

VN ieune homme trop liberal loüoit les Vsuriers, disant, qu'ils estoient bien-heureux, & que leurs biens croissoient en dormant. Vn honneste homme luy respondit:

Vrayement tu es plus miserable
qu'ils ne sont heureux, puis qu'en
veillant tu consommes ce qui t'appartient.

XCVII.

Paroles d'vn auaricieux à son
Confesseur.

VN Gentil-homme tres-auare
ne se soucioit point d'estre tenu pour autre que ce qu'il estoit, lequel nonobstant qu'il fust tres-riche, ne faisoit pourtant iamais du
bien à personne : mais le plus souuent pour son extreme auarice se
laissoit mourir de faim, verifiant
le dire de Seneque : *L'auare n'estant*
bon à son prochain, il est tres-mauuais
à soy-mesme. Il n'y auoit pas long-
temps qu'il s'estoit côfessé, quand il
se trouua vn iour auec son pere Cô-
fesseur, qui luy dit : Ie vous ay tant
de fois enioinct de faire des aumos-

nes , & vous ne pouuez vous dif-
poſer à ce faire. Il luy reſpondit.
Mon Pere, là commodité ne s'eſt
pas preſentee, car i'en aurois faict
quelqu'vne : mais pourquoy ne me
donnez-vous pour penitence de
ieuſner , puiſque c'eſt vne action
ſi ſaincte & aggreable à Dieu, &
vous verriez comme ie m'en ſçau-
rois acquitter ? Il n'eſt pas beſoin,
repliqua le pere, que ie vous ordon-
ne de ieuſner , car ie ſçay que vous
ieunez touſiours , voire que vous
vous laiſſez mourir de faim.

XCVIII.

Plainte d'vn auaricieux

VN homme tres auare ſe plaignoit à vn honneſte homme,
diſant, qu'il l'accuſoit de vendre
ſes vieux ſouliers : Cettuy-cy feignant de s'en vouloir excuſer luy
fit cette plaiſante reſponſe : Qui-

conque aye dit cela en a menty, i'ay
biē dit que vous achetiez des vieux
souliers pour voſtre vſage, mais non
pas que vous en vendiſſiez, conten-
tez vous de cela ſi vous voulez.

XCIX.

Plaiſant rencontre d'vn ieune
Bourreau.

VN larron fut condamné à la
mort, & ne ſe trouuant point
de bourreau pour le pendre, on
s'addreſſa à vn pauure manœuure
de Maſçon, auquel on promit
deux eſcus, auec les habits du
criminel, s'il le voloit executer.
Il accepta l'offre, parfit l'œuure,
& receut tout ce qui luy auoit eſté
promis. Le nouueau bourreau pendant que ſon argent dura, fit bonne chere, & ſe donna du bon
temps. Or aduint que ſe trouuant plus neceſſiteux qu'aupara-

uant, il monta au clocher, & fonne le tocſin pour faire aſſembler le peuple. Ce quoyans les habitans, ils accoururent à l'Egliſe pour voir que cela vouloit dire. Ce maiſtre fou, voyant le monde aſſemblé, il commence ſa harangue en cette ſorte. Meſſieurs, ie m'acquittay bien & deuëment de l'office dont il vous pleuſt m'honorer, & ſortis à mon honneur de ce larron que ie pendis dernierement: mais me voyant maintenant plus neceſſiteux que ie n'eſtois alors, ie vous veux aduertir que ſi vous me donnaſtes deux eſcus pour pendre vn ſeul homme, ie m'offre maintenant d'en pendre vne demie douzaine pour le meſme prix. Ceux qui voudront venir, pendant que ie ſuis en bonne volonté, qu'ils s'auancent.

C

Plaisant rencontre d'vn Bour-
reau , & d'vne vieille
Maquerelle.

VNe vieille Maquerelle , ayant
vendu plusieurs filles , fut
pour ses infametez condamnee au
foüet, auec la quenouille au costé,
& les atours dont on les orne en
telles festes. Comme elle eut paracheué le tour de ville , & fait sa
montre generale, le Bourreau, selon la coustume du lieu , luy demande son payement , tant pour
ses peines & vacations , que pour
les affiquets dont elle estoit paree.
La Maquerelle luy donne ioyeusement tout ce qu'il demande en le
remerciant de la peine. Comme il
luy eut tourné le dos , elle le rap-
pelle , & luy dit : Frere mon amy,
puis que ie vous ay payé tout ce
que vous m'auez demandé , ie

vous prie de me rendre ces orne-
mens, à fin que si i'en ay à faire vne
autre fois, il ne me faille faire vne
nouuelle despence.

FIN DE LA IV. CENTVRIE.

MESLANGE
DE PLAISANTES
IOYEVSETEZ DESEN-
NVYEVSES, OV LES PLVS
Melancholiques se pourront recreer en
la varieté des subiets, & des Personnages.

CINQVIESME CENTVRIE.

I.

ACTE REMARQVABLE
d'vn aueugle né, qui fut plus fin
que son Compere.

I L y auoit vn Sicilien aueugle né, demeurant en la Ville de Gergen-te, qui auoit maintes ois suiuy le Roy Alphonse à la chasse, monstrant aux Veneurs qui voyoient bien clair les repaires des bestes sauuages. Cet aueugle par

ſon induſtrie auoit amaſſé & eſpar-
gné cinq cens eſcus, dont ileſtoit en
grand ſoucy: finalement il delibera
de les cacher en vn champ. Comme il creuſoit en terre pour ceſt effect, vn ſien Compere & voiſin l'ap-
penceut, & ſi toſt que cet Aueugle
ſe fut retiré, fouilla la terre & em-
porta le threſor. Deux ou trois iours
apres l'aueugle retournant viſiter ſa
cachette, & n'y trouuant rien, tout
eſperdu ſe contriſte, ſe tourmente, & apres pluſieurs diſcours con-
clud à part ſoy qu'autre que ſon
Compere ne luy auoit ioué ce tour.
Là deſſus il le va trouuer & luy dit:
Compere, ie ſuis venu pour auoir
voſtre bon aduis: I'ay mille eſcus,
dont i'en ay deſia caché la moitié en vn lieu ſeur: quant à l'autre moitié ie ne ſçay qu'en faire, ne
voyant goutte, & eſtant fort mal
propre à garder quelque choſe.
Pourtant ſi le trouuez bon, ie

pourrois cacher cette moitié auec
l'autre en mesme endroit asseuré.
Le compere approuua cette resolution, & de ce pas s'en va vers la
cachette, où il raporte les cinq cens
escus qu'il y auoit parauant prins,
esperant qu'il auroit tout ensemble
les mille. Tost apres l'Aueugle se
transporte vers sa cachette, & y
trouuant ses escus s'en saisit, puis
estant de retour appella son Compere, & commence à luy dire tout
haut, & de voix gaye, Compere,
l'aueugle a veu plus clair que celuy
qui a deux yeux,

II

*Braguette est attrapé dans Lyon par
Pancerotte qui se disoit estre
peintre.*

EN l'annee 1621. que Braguette
estoit à Lyon auec Isabelle An-
deryni, & toute sa trouppe Italien-

ne , quoy qu'il attrapaſt beaucoup
d'argent , tant en montant ſur le
Theatre au change poúr y vendre
ſes drogues auec ſes bouffonneries,
qu'en ſes Comedies , fut neātmoins
attrapé par vn affronteur , ou plu.
ſtoſt ſubtil latron , nommé Pancerotte. Voicy comme le faiĉt ſe paſſa.
Braguette à l'heure du chāge eſtoit
en marché auec vn Peintre de ce
qu'il luy donneroit pour pourtrai-
re vñe grande toile pour l'orne-
ment & embelliſſement du fron-
tiſpice de ſon Theatre, dequoy ne
pouuans tomber d'accord, les parties ſe retirerent ſāns rien faire. Or
Pancerotte qui auoit oüy tout leur
marché, voyant le Peintre loing,
ne perdit point temps, accoſta Bra.
guette ſe dit eſtre Peintre , & l'aſſeura de le ſeruir en toute fidelité,
& à ſon contentement. Braguette
conuient de marché auec luy, ayant
montré ſon deſſein, luy donna trois
- iſtole

pistoles d'erres, & la toile pour ex-
pedier son prix-faict ; & Pancerotte promet de luy rendre dans hui-
ctaine sa besongne bien & deüe-
ment parfaicte. Quinze iour se pas-
sent, voire trois septmaines sans
que Braguette entende des nouuelles de son peintre, qui l'occasionne
des'en plaindre estant sur son Theatre : mais c'est en vain, il n'entend
point parler de sa Pancerotte. En
fin le rencontrant vn iour fortuitement en la ruë sainct Iean, il luy
demanda si la toile de son Theatre estoit peinte, & si elle ne l'estoit
qu'il la luy rendist telle qu'elle seroit auec ses trois Pistolles. Pance-
rotty asseuré, sans s'estonner dit à
Braguette, Monsieur, vous vous
trompez, & me prenez pour vn
autre, ie ne suis pas peintre : Ie suis
bien, Maistre Cordonnier à vostre
seruice, & luy monstra vne paire de
souliers neufs qu'il portoit sous son

T

bras, auec son compas à prendre les mesures. Nostre Braguette apres auoir long-temps disputé auec Pancerotte, & voyant qu'il n'en pouuoit tirer autre raison, se retira apres luy auoir dit mille iniures. Entre ceux qui les regardoient, il y eneut vn qui dit : Ie voy bien que c'est, vn affronteur a attrappé vn Charlatan,

III.

Plaisante repartie d'vn Charpentier à vn
Marchand de Lyon.

DEux freres qui n'ont esté que trop cogneus dans la Ville de Lyon, ayans fait vne banqueroute frauduleute, & pris la fuitte, furent pendus en effigie à la place du Change. Or le Charpentier qui auo't fait & dressé la potence fut renuoyé à vn certain Marchand, qui auoit achepté le fóds de boutique desdits baqueroutiers, pour auoir son payement. Comme il luy demáde vingt

liures, il fait responſe qu'il n'en veut
pas tant donner. Le Charpētier luy
repartit que la taxe en eſtoit faite,
& luy dit d'abondant ; Monſieur,
quand ce feroit pour vous meſme,
ie n'en rabatrois pas vn liard.

IV.

Plaiſant rencontre d'vn Florantin en ven-
dant la Mule d'vn qui auoit eſté pendu.

VN crieur public de Florence
qui eſtoit homme tres-plaiſant
& facetieux, vendant vn iour en public les hardes & autres facultez
d'vn qui auoit eſté pendu pour auoir
deſrobé. Comme il fut à la vente de
ſa Mule, d'vne voix plus haute, il
s'eſcria : Elle eſt ſaine, elle eſt ieune,
elle eſt belle, auec tous ſes harnois.
excepté le licol que le maiſtre a gardé pour ſoy.

V.

Ignorance du caissier d'vn Banquier
de Lyon.

BErnardin de Pistoye demeurant à Lyon à la Maison du
sieur Bonuize, auoit oüy dire qu'v-
ne broche estoit meilleur François
qu'vn haste. Quelques iours apres
vn paquet de lettres tomba entre
ses mains, qui s'adressoit à Paris, sur
lequel estoit escrit, A l'haste, à l'haste. Bernardin pensant que ces lettres fussent enuoyées à l'hostelerie
de l'haste, print sa plume, & effaçat,
à l'haste, à l'haste, il escriuit, A la
broche A la broche.

VI.

Plaisante repartie du P. M. à vn
nouueau marié

VN Ecclesiastique, autre fois tres
renommé dans Lyon, tant pour
sa pieté, que pour le rang qu'il tenoit

entre les doctes, quoy qu'il fust
presque d'ordinaire tourmenté des
gouttes, auoit neantmoins la langue libre, & ne manquoit de tres-
belles reparties. Aduint qu'vn ieune
homme de ses amis, & familiers
ayant demeuré enuiron vn mois sãs
le voir, le vint visiter, & tout ioyeux
en sautant luy anonça qu'il s'estoit
marié depuis qu'il ne l'auoit veu. Le
personnage repartit à l'instant : Ie
ne m'estonne pas si vous estes si
ioyeux : car vous me faites souuenir
de ces ieunes cabrils qui sautent &
se resiouïssent lors que les cornes
leur viennent. Cela se trouua veritable, car la femme de ce nouueau
marié accoucha d'vn beau fils au
bout de cinq mois.

VII.

Gaillardise sur la naissance d'vn enfant.

IL n'y a pas long temps qu'vne
femme accoucha d'vn beau fils vn

mois apres qu'elle fut mariée.
Le mary eſtonné de ce nouueau ac-
croiſſement de monde, s'en plaignit
à vn de ces amis qui luy repartit:
Frere mon amy, cela te doit reſiouir
ce fils ſera bon à eſtre courrier, car
il ira touſiours ſept ou huiȼt lieuës
deuant les autres.

VIII.

Ignorance d'vn Notaire.

Deux hommes qui vouloient faire paſſer vne obligation, s'en allerent trouuer vn Notaire tout nouuellement imprimé. Eſtans deuant
luy, il leur demáda leurs noms ; l'vn
dit, ie m'appelle François, & l'autre
Pierre. Le Notaire leur repartit:
Oſtez-vous d'icy, car ie ne peux faire vn tel contraȼt, parce que ſelon
nos liures, il faut que l'vn ſe nomme
Titius, & l'autre Sempronius.

IX.

D'vn Notaire qui couchoit vn contract de vente.

VN Notaire escriuoit vn Contract de vête, & sás interroger ceux qui le luy faisoiêt passer, commença auec toutes les clauses ordinaires à escrire : Vn tel vend à vn tel vne maison pour tel prix, laquelle maison est située, &c. Il fut interrompu par vn qui luy dit : Le cancre vous vienne, pourquoy n'examinez-vous les parties auant que de vous mettre à escrire : mais il poursuiuit sans s'estonner, & dit, pour vous, & pour vos heritiers & descendans apres vous.

X.

Replique ioyeuse à vn borgne qui vouloit gausser.

VN borgne estoit allé au marché du bled, & portoit vn sac assez grand : Voicy vn homme qui luy demanda combien valoit le

bichet du fromét : Il respondit, qu'il
estoit bien cher, & se vendoit vn
œil de la teste. Cetui-cy ,repliqua
pourquoy donc as-tu apporté vn si
grand sac, p ïisque tu n'en peux a-
chepter qu'vn bichet ?

XI.

Bertault Villageois cherchant l'Asne de
son pere, recouura vn Cheual d'vne
façon gaillarde.

VN pauure Villageois ayãt perdu son Asne, auquel consistoit
toute sa richesse, enuoya son fils
Bertaut pour le chercher d'vn costé
& luy s'achemina de l'autre. Ce fils
obeissant à son pere, après auoir fait
vn long chemin, finalement lassé de
tant chercher, monta sur vn haut
arbre fort toffu, qui estoit dedans
vn beau pré, auoisiné de quelques
autres arbres, & auoit demeuré
enuiron vne heure à regarder de
part & d'autre s'il descouuriroit

ſon aſne, quand il vid venir de loing
vn Gentil-homme à cheual auec
vne Damoiſelle en croupe, ſuiuis de
deux laquais, qui portoient le gouſter. Comme ils cherchoiēt vn lieu
pour ſe mettre à l'ombre, ils vindrent tout à poinct ſe repoſer ſous
cet arbre (ou il eſtoit en ſentinelle)
pour s'y rafraiſchir, & firēt attacher
leur cheual à vn arbre proche de là.
Bertaud demeura coy ſans ſonner
mot, pour voir ce que feroient ces
amoureux. Voicy qu'ils enuoyent
leurs laquais à l'eſcart pour s'entretenir plus particulierement. Le
Gentil-homme commence à loüer
les beautez de ſa Maiſtreſſe, & à luy
dire : Il eſt tres-vray, Madamoiſelle, que vos beautez rendēt vn eſ-
clat brillant par deſſus les plus belles, que vos yeux ſont des Soleils
qui eſblouiſſent la veuë de ceux qui
les veulent trop fixement regarder.
Ie reſſens aupres de vous vne Sabee

T v

de souëfues odeurs, & crois de voir
vne Arabie heureuse, où il y a tousiours vn agreagle & delicieux Prin-
temps, où les arbres sont tousiours
verdoyans & chargez de fruicts, les
prez esmaillez de diuerses fleurs, &
couuerts de verdure. Bertaut qui
escoutoit tous ces amoureux entretiens, s'imagina que l'asne qu'il cerchoit pouuoit estre allé en ce lieu là.
Alors s'escriant à haute voix, il dit,
Monsieur, dites-moy, ie vous prie, si
vous auez point veu l'asne de mon
pere en ce pays que vous dites; peut-
estre il y sera passé à cause de l'herbe fresche. Ces deux Amans oyans
cette voix à l'improuiste, sans regarder d'ou elle venoit, quitterent la
place à la fuitte, y laissans la nappe
mise & couuerte de bonnes viandes, mesmes iusques au Cheual,
croyans que cette voix fust de quelque mauuais esprit. Le bon Bertaud
se riant de l'espouuente qu'eurent le

Gentil-homme ,& la Damoiselle,
descendit de l'arbre, & voyant le
gouster prest, se mit à boire & manger, deslie le Cheual, monte dessus,
& par ce moyen se recompése de la
perte de son asne. Ainsi monté, il
vint retrouuer son Pere, auquel ayát
raconté sa fortune, il luy fit oublier
sa perte. Ainsi l'allegresse d'vn nouueau gain, chasse au loin la douleur
des pertes passées.

<h2 style="text-align:center">XII.</h2>

*De deux ennemis se trouuans au Conseil
à Florence.*

Deux ennemis iurez se trouuans
au Conseil de Florence , comme il aduient souuent és Republi-
ques; L'vn d'iceux qui estoit de la
maison des Altouis dormoit, quand
celuy qui estoit assis aupres de luy,
le resueilla en le poussant auec le
coude, & luy dit; N'oyez-vous pas

ce qu'à dit vn tel, & luy montra son
Aduersaire qui estoit de la maison
des Allemans, qui toutesfois ne disoit mot, & n'auoit pas encore parlé
Respondez, car les Seigneurs de-
mandēt vostre aduis. Alors Altouis
tout endormy, sans y penser se leua,
& dit : Messieurs, ie dis, tout le contraire de ce qu'à dit l'Allemant. Ie
n'ay pas encore parlé, respõdit l'Allemant. Altouis, repliqua soudaine-
ment, I'opine le contraire de ce que
tu diras.

XIII.

Plaisante repartie d'vn Procureur à vn
Conseiller de Grenoble.

VN Procureur de Grenoble,
qui rarement attendoit que le
Soleil fust leué pour boire, alla vn
iour assez matin trouuer vn Conseiller pour luy cõmuniquer quelques
pieces. Le Conseiller qui sortoit du
lict, & qui n'auoit pas encore bon-

nement les yeux ouuerts, luy dit: Fi,
que vous sentez le vin. Pardonnez-
moy, Monsieur(repliqua le Procu-
reur(c'est vous qui le sentez.

XIV.

Rencontre ioyeux d'vn qui se mouroit.

VN homme proche de la mort
faisoit son testament , & donnoit par iceluy beaucoup plus qu'il
n'auoit vaillant. Le Notaire l'aduertit qu'il faisoit trop de Legats. Il repartit: Ne laissez pas d'écrire ce que
ie vous dis , parce que ie feray bon
pour tous.

XV.

*Plaisante repartie d'vn qui aymoit mieux
manger tout que d'acheter des habits.*

VN pauure homme tout deschiré, & presques tout nud , lequel aussi tost qu'il auoit gagné cinq
sols les alloit manger à la tauerne, se
voyant vn iour repris de son mau-

uais mefnage il dit à ceux qui vouloient le remonſtrer: Puis que ie ſuis
condamné à monſtrer le cul toute
ma vie, au moins ie le veux faire
voir gros & gras.

XVI.

Plaiſante inſtruction d'vne mere à ſa fille.

VNe mere voyant que ſa fille
ne remercioit pas ſon fiancé
quand il beuuoit à elle, apres quelques remonſtrances d'inciuilité, luy
dit: Vne autre fois quand voſtre fiancé ſaluëra vos bonnes graces, dites:
Ie l'aime de vous, groſſe beſte. Or la
fille croyant d'auoir bien retenu ſa
leçon, n'oublia pas quand il beut derechef à ſa ſanté, de dire: Ie l'aime
de vous, groſſe beſte.

XVII.

*Plaiſant rencontre ſur le treſpas
d'vn borgne.*

VN Gétil.home auoit enuoyé
ſon ſeruiteur vers vn ſien amy

qui n'auoit qu'vn œil, & qui s'en alloit mourir : Comme il fut de retour, il luy demanda comment se
portoit le malade. Le seruiteur luy
dit qu'il estoit mort ; & luy auoit
veu rendre le dernier soupir. Le
Gentil homme repliqua, s'il auoit
eu beaucoup de peine à mourir. Le
seruiteur respondit, Assez, mais
moins que les autres, parce qu'il n'a
eu qu'a clorre vn œil.

XVIII.

Belle repartie d'vn Bourgeois de Lyon à
quelques Damoiselles.

VN riche Bourgeois de Lyon,
qui a vn tres beau Iardin, auquel il prend vn singulier plaisir,
& fait beaucoup de despense tant
à le faire cultiuer, qu'à rechercher
des plantes rares de part & d'autre, voire des pays loing-tains
pour son embellissement. Aduint
vn iour que quelques siens amis

l'allerết voir, accompagnez de bon
nombre de Damoiselles, lesquelles
voyans les parterres de ce Iardin de
delices, esmaillez de diuerses fleurs,
que la rareté faisoit admirer, ne furent paresseuses à en recueillir les
plus belles, & ne se côtenterent pas
d'en amasser des bouquets pour separer ce iour là : mais furent encore si indiscretes que d'en faire recueillir à leurs filles de chambre,
pour en faire leur parade le lendemain. Le Bourgeois de son naturel
courtois & remply d'vn tres-noble
courage, ne dit mot voyant tout ce
degast , s'asseurant bien que cela
l'instruiroit pour vne autre fois. A-
pres qu'ils eurent fait collation, la
Compagnie prenant congé & le remerciant en loüant sa magnificence, & la beauté de son Iardin; il y
eut vne Damoiselle de la troupe qui
luy dit : monsieur vous deuez bien
conseruer ces belles fleurs, & ne les

prodiguer à vn chacun. Le Bourgeois luy repartit en souffriant : Ie
vous remercie, Madamoiselle, de la
bonne instruction que vous me donnez, mais ie l'eusse trouuee meilleur
auant que vous fussiez entree à mon
Iardin.

XIX.

Gaillardise d'vn qui auoit passé vneri-
uiere sans rien payer.

VN pauure bastelier auoit demeuré tout vn iour sur le bord
d'vne riuiere sans passer personne,
& sans rien gagner, quand voicy sur
le tard vn homme qui s'estant fait
passer à l'autre bord, lors que le bastelier voulut demander son payement, fit response, qu'il n'auoit pas
vn liard, mais qu'en eschange il luy
donneroit vn tres-bon conseil. Le
bastelier ne se contente pas de tout
cela, ains dit qu'il veut estre payé,
d'autant que sa femme ny ses enfans

ne se repaissoient ny de conseils, ny
de paroles. En fin cettuy-cy adiouste: Mon frere, pour cette fois ie
te prie d'auoir patience, parce que
comme ie t'ay dit, ie n'ay pas le
liard. Le bastelier voyát qu'il estoit
mal arriué, luy dit: Donne-moy
au moins ce bon conseil que tu m'as
promis, puis que ie ne peux tirer
autre chose de toy. Ie le veux bien,
dit-il; C'est que tu te gardes bien de
passer personne que premier tu ne
sois bien asseuré d'en estre payé.

XX.

Prompte response d'vn Romain à
vn Barbare.

LA response qui fut donnee à
vn Gentil-homme de Barbarie
fut tres-bonne, lors qu'estant à Rome auec quelques personnes de sa
cognoissance pour voir les super-
bes antiquitez, & les magnifiques

Palais de la ville, quand il luy fut
demandé ce qu'il luy en sembloit,
il dit:Ie voudrois bien sçauoir pourquoy vous autres Romains, qui pos-
sedez ces somptueux & excellens
edifices, comme vous venez de si
loing auec tant de peine, pour visiter nos petites chaumieres & rustiques habitations? Il luy fut respon-
du; C'est (dit le Romain) pour con-
struire ces Palais magnifiques & re-
leuez que vous prisez tant. Il faisoit
allusion au dire de Polybe; *La ruine*
des petits est l'aliment & la vie des grãds.

XXI.

Replique ioyeuse & picquante.

VN bon compagnon, qui estoit
en reputation d'en conter bien
souuent & d'estre sujet à caution,
racõtoit des gaillardises à vn autre,
qui luy dit:Ie me ris de toy, qui crois
de me tromper, & ie te vendrois

cent fois le iour au marché. Cettuy-
cy repartit, ie n'en pourrois pas faire autant de toy, car tu vaux si peu
que ie t'y menerois deux cens fois
sans te pouuoir vendre vne seule.

XXII.

Plaisant rencontre d'vn ieune homme
& du Guet.

VN ieune homme, qui portoit
vne grande bouteille pleine
de vin, fut rencontré vn soir bien
tard par les gens du Guet à Lyon,
qui luy demanderent ce qu'il portoit sous son manteau. Cettuy-cy se
mocquant de leur demande, parce
qu'il n'auoit point d'armes qui fussent à redouter, leur respondit, qu'il
n'auoit qu'vn poignard, & au mesme
instant en ouurant son manteau leur
montra vne grande bouteille pleine
de vin, qu'ils saisirent & vuiderent
entre eux, puis la luy rendirent toute vuide, en disans; Parce que tu es

de nos amis, nous te rendons le
fourreau.

XXIII.

Autre gaillardise sur le mesme suiect.

VN autre bon compagnon se
voyant vn soir bien tard saisi
par les Soldats du Guet, qui luy demanderent, s'il n'auoit point d'armes, Il leur repartit: Messieurs, puis
que vous cherchez des armes, ie
vous supplie de retirer mon espee
qui est en gage en telle hostellerie.

XXIV.

Gaillardise Recreatifue.

VN certain reprenant vn de ses
amis luy disoit; Tu ne dis iamais verité. Cettuy-cy repartit: Tu
as tort de m'accuser d'estre menteur, puisque ie dis tousiours du bien
de toy.

XXV.

Lourdise d'vn Breſſan qui s'eſtoit
trouué à Veniſe le iour de
l'Aſcenſion

VN Breſſan, qui n'eſtoit pas dés
plus ſpirituels , s'eſtant trouué
à Veniſe le iour de l'Aſcenſion , ra-
contoit à vn ſien amy les belles choſes qu'il y auoit veuës , les belles
marchádiſes , vaiſſelles d'or & d'argent, pierreries, eſpiceries, draps de
laine , d'or, & de ſoye, & comme la
Seigneurie eſtoit ſortie en grande
magnificence pour monter ſur le
Bucentaure, & eſpouſer la mer,(qui
eſt vne galaire faite d'vn admirable
artifice) accompagnée d'vn grand
nombre de Gentils-hommes ſuper-
bement veſtus, auec trompettes , &
Clairons , & diuers inſtrumens de
Muſique. Celuy auquel il racon-
toit toutes ces choſes luy demanda

quels instruments musiquaux luy
auoient esté plus agreables. Il respondit qu'ils estoient tous beaux,
mais qu'entre autres il y auoit vn
homme qui ioüoit d'vne certaine
trompette estrangere, qu'il se faisoit entrer dans la bouche plus d'vn
demy pied, puis soudain la reti-
roit, & derechef l'y faisoit ren-
trer, de sorte qu'on ne vid iamais
la plus grande merueille. Le pauure ignorant croyoit que le ioüeur
se fist entrer dans la bouche cette
partie de la saquebutte, qui se ca-
che en rentrant dans le mesme instrument.

XXVI.

Gaillardise d'vn Marchand Luquois, qui alloit achepter des Martes en Moscouie.

V N marchand Luquois se trouuant vn iour en Polongne, de-

libera d'acheter quantité de Martes Zebelines pour les amener en
Italie, esperant d'y doubler son argent: mais voyant qu'il ne pouuoit
aller en Moscouie pour affectuer
son dessein, à cause de la guerre
qui estoit entre le Roy de Pologne
& le grand Duc de Moscouie, il
moyenna de donner iour à quelques Marchands Moscouites pour
se trouuer aux frontieres de la Polongne auec leurs Martes, où il
promit aussi de se trouuer pour
traffiquer auec eux. Or le Luquois
estant en chemin auec son truchement, & quelques autres Marchands, ils arriuérent au bord de
la riuiere de Boristhene, laquelle
se trouuant toute glacée, ils des-
couurirent les Moscouites qui attendoient sur l'autre bord, n'osans
passer outre à cause de la Guerre. Quand donc ils se furent recogneus par les signes qu'ils se
donne-

rent , les Moſcouites demanderent à haute voix le prix qu'ils vouloient auoir de la douzaine de
leurs Martes Zebelines ; mais le
froid eſtoit ſi violent qu'on ne pouuoit les entendre, parce que les
paroles ſe geloient en l'air auãt
qu'elles arriuaſſent à l'autre riue
où eſtoit le Luquois auec ſa compagnie , & là demeuroient prin-
ſes & glacees : De ſorte que les
Polonnois , qui ſçauoient la couſtume du pays , trouuerent pour le
plus expedient de faire vn grand
feu au milieu de la riuiere : car
à leur aduis la voix arriuoit là encore chaude , & n'eſtoit entiere-
mẽt ſurpriſe de la glace : outre que
la glace eſtoit ſi eſpoiſſe, & ſi dure , qu'elle pouuoit bien ſouſtenir
ce feu. Cela fait , les paroles qui
auoient demeuré glacees l'eſpace
d'vne heure commençans à ſe deſ-
eler , donnerent à entendre au Lu-

V

quois, par le moyen de son Tru-
chément, tout ce que les Moscouites auoient dit: Mais voyant qu'ils
demandoient vn trop haut prix de
leurs Martes, il s'en retourna à Lu-
ques sans rien acheter. Cecy est vn
peu sujet à caution.

XXVII.

Plaisante repartie d'vn ieune homme à trois filles.

TRois filles de compagnie, qui
estoient assez brunes, demanderent vn real à emprunter à vn ieune homme qu'elles aymoient, lequel s'excusant leur dit, qu'il ne l'a-
uoit pas. L'vne d'icelles luy respondit: Ie m'estonne qu'vn homme de
vostre sorte n'ait pas vn real. Il repliqua, Vous estonnez-vous que
ie n'aye pas vn real, puis qu'entre
vous trois, il ne se trouue pas vne
Blanche? C'estoit le nom d'vne mó-
noye qui couroit en ce temps-la.

XXVIII.

Vn qui se vouloit gausser d'vn qui auoit vn archi-nez receut son payement.

VN homme qui auoit vn nez plantureux & extraordinairement grand, se trouuant vn ioᵉ en vne ruë estroitte dans Lyon, où vn donneur de quolibets le voulant gausser, luy dit, qu'il retirast son nez à quartier pour luy donner passage. Cettui cy du maistre nez se sentant picqué, destourna son nez auec le doigt, & dit : Passe, passe, les sots ne payent point icy de peage.

XXIX.

D'vn qui en mourant donna plus à son bastard qu'à son fils legitime.

VN marchand estant au lict de la mort, laissa deux grands fils, dont l'vn estoit legitime & l'autre fils de putain. Aduint que faisant son testament, il donna au legitime deux mille cinq cens escus & au naturel trois mille. Dequoy le Notaire s'esmerueillant, il luy demanda pourquoy il donnoit plus au bastard qu'au legitime. Il repartit : C'est d'autant que i'ay eu le legitime par deuoir, & le bastard par amour.

XXX.

D'vn bon compagnon auquel on auoit donné les manches sans le pourpoint.

VN homme facetieux & de belle humeur, ayant rendu quelques bons & aggreables serui-ces à vn Gentil-homme, pour re-compense il luy promit vn vieux pourpoint de brocador, disant qu'il donneroit charge à son valet de Chambre de le luy donner. Cettuy-cy ne manqua point de l'aller trou-uer le sendemain pour l'auoir. L'hô-

me de Chambre ne luy voulut bailler que les manches , & garda le
corps, quoy que cettuy-cy luy peuſt
remonſtrer que Monſieur luy auoit
promis tout le pourpoinct. Alors ſe
voyant fruſtré en partie de la promeſſe qui luy auoit eſté faicte, il alla
trouuer le Curé, fit ſonner les cloches, & auertir ceux qu'il rencontroit qu'il falloit aller le lendemain
matin querir vn corps chez le Gentil-homme. Ils ſe trouuerent tous
de bon matin à la porte du Cha-
ſteau, où ils heurterent. Monſieur qui s'abilloit, les apperceuant
d'vne feneſtre , s'enquit de ce
qu'ils demandoient. Celuy qui les
auoit mis en beſongne prit la parole,& dit: Monſieur, voſtre homme de chambre me donna hier les
manches : ie vien auiourd'huy querir le corps.

XXXI.

Conseils ridicules de Maistre Marin.

Maistre Marin ayant estudié quelques années hors de sa patrie, s'en reuint à son Village, où faisant le grand Docteur, tous les habitans du lieu se venoient conseiller à luy pour leurs affaires plus importantes, dont ils receuoient bien souuent de salutaires aduis. Entre autres, vn pauure homme se plaignant à luy de son extreme pauureté, il luy demanda s'il auoit iamais rien desrobé à personne. Cettui-cy respondant que non, il adiousta, Et quoy ? attens-tu qu'on t'apporte en ta maison. A vn autre qui se plaignoit à luy de quelque chose qu'on luy auoit desrobé, il luy demanda s'il auoit iamais rien pris à personne. Il respondit, qu'ouy. Alors le Docteur repliqua : L'vn va pour l'autre. Vn autre encore s'affli-

geoit , luy dreſſoit ſes plaintes de
ce qu'il auoit vne femme impudique. O que tu es fol , luy dit-il, tu
t'en deurois rejouyr, puiſque les autres te releuent de la peine de contenter vne telle vilaine.

XXXII.

Inſtruction ioyeuſe à vn qui ne cognoiſſoit
pas ſon pere.

VN ieune garçon , duquel le
pere eſtoit incogneu , iettoit
des pierres en vne place de Lyon.
Vn Libraire qui le cognoiſſoit fils
de putain , luy dit : Prens garde à
ce que tu fais, car tu pourrois bien
peut eſtre , ſans y penſer, frapper
ton pere.

XXXIII.

Acte remarquable d'vn qui auoit preſté
deux eſcus à vn ſien amy.

VN galant homme , tres-cour-
tois & obligeant, preſta deux

escus à vn de ses amis qui ne faisoit conte de les luy rendre, quoy que le terme sust expiré il y auoit long-temps, mesmes toutes les fois qu'il apperceuoit son creancier de loin, il prenoit vne autre voye, afin d'euiter de le rencontrer. Ce qu'a'yant plusieurs fois remarqué cet honne-ste homme, vn iour l'aperceuant, il luy courut sus, le saisit par le man-teau, l'arresta, & luy dit, pourquoy vous caché-vous de moy? ne suis ie vostre amy? vous croyez peut-estre, qu'après les deux escus ie vueille encore perdre vostre amitié. Cela ne sera iamais dit, & à fin qu'il n'ar-riue pas, ie vous donne les deux escus que ie vous prestay : mais ie remedieray bié à l'aduenir que mes amis ne se cacherôt plus de ma pre-sence, & quittent mon amitié, parce que ie n'ay pas accoustumé de faire des amis pour les perdre si tost, & pour vne si legere occasion

XXXIV.

Dvn qui reprochoit à vn autre qu'il estoit fils de putain.

VN certain reprochoit à vn ieune homme qu'il estoit fils de putain. Cettuy-cy luy respondit : Ie suis plus legitime que toy, par ce que mon pere m'a fait legitimer, & en ay mes lettres : monstre moy les tiennes.

XXXV.

Accorte response d'vn goutteux auquel on vouloit prescher l'abstinence.

VN galant homme estant au lict pris des gouttes, fut visité par l'vn de ses amis, qui luy vouloit persuader que le regime de viure, & l'abstinence estoient les principaux moyens pour appaiser les douleurs de cette maladie. Le malade l'interrogeant de sa façon de viure, il luy respondit : Ie m'abstiens de manger quelques iours de la sepmaine, & continuellement ie ne bois & mange que la moitié de ce que ie pourrois faire. Alors noftre goutteux luy repartit: Viuant de la forte vous viuez perpetuellement malade.

XXXVI.

De deux freres riches, l'vn auaricieux, l'autre liberal.

DEux freres viuoient enfemble, l'vn eftoit auaricieux, l'autre liberal. L'auaricieux recerchoit tous les moyẽs pour apporter quelque efpargne à la maifon, ne laiffant perdre aucune occafion pour gagner quelque chofe. Aduint contre fa couftume qu'vn iour de Vigile, il eut volonté de manger de quelque gros poiffon, & commanda au defpenfier qu'il en achetaft, ce qui fut effectué. Comme ils furent à table, & qu'il vid tenir les poiffons cuits, qui eftoient gros

& bons, il fut tres-content, mais
demandant ce qu'ils coustoient, il
trouua le prix si haut, qu'il dit au
Despensier qu'il les reprinst, car
il n'en vouloit point, & se fit apporter de petits poissons qui auoient
esté achetez pour le commun. Alors
son frere faisant mettre les gros
poissons deuant commença d'en
manger de grand appetit. L'auare auec lequel la gueule & l'auarice combattoient ensemble, luy
dit : Ne mangez pas, ie vous prie,
de ces gros poissons, car d'ordinaire ils sont trop flegmatiques,
& nuisibles à l'estomach. Il luy repliqua, Mon frere, iusques à present ie me suis assez bien trouué
auec ceux-cy : si vous estes mieux
auec les autres, ne les changez pas,
ainsi nous demeurerons d'accord.

XXXVII.

Subtile repartie à vn maiſtre Lanternier.

VN maiſtre Lāternier de Lyon nōmé maiſtre Nicolas, eſtoit au marché pour vendre vn falot à l'vn de mes amis, où vn tiers inter-uint pour aider à en faire le marché, & iugea de ce qu'il pouuoit valoir, à quoy le Lenternier ne voulut con-deſcendre. Quelque heure apres le meſme Lanternier, auec ſon falot & trois ou quatre lanternes, rencon-trant ce tiers par la Ville, il luy dit: Dieu vous gard Monſieur le iuge des cornes. Cettuy-cy, qui ne man-que point d'auoir de belles repar-ties, luy dit à l'inſtant: I'ay bien iugé de celles que vous portez mais non pas de celles que vous auez. Le Lan-ternier ſe voulant faſcher, il repartit. I'entens de celles que vous auez au magaſin.

XXXVIII.

Subtilité d'vne Dame Neopolitaine.

VNe Dame Neapolitaine portoit d'ordinaire des patins, qui
auoient demy pied de hauteur, sans
que son mary pendant cinq ou six
ans qu'ils auoient demeuré en mariage s'en apperceust, parce que sa
seruante estoit si accorte, qu'en la
couchant elle les luy 'ostoit si subtilement, & les serroit si bien que personne ne s'en pouuoit apperceuoir.
Aduint qu'vn iour d'esté que nos
mariez se mirent sur le lict pour se
reposer, sans que Madame eust quitté ses patins, qui par mesgarde tomberent du lict, & furent aperceus
du fils de la maison, qui resueillant
son pere : luy dit: Regardez, regardez, mon pere; ma mere a laissé la
moitié de ces iambes a terre.

XXXIX.

Raillerie subtile.

VN ieune homme tout en ioüãt prit vn de ses amis par derrie-re, en luy disant : N'as-tu point eu peur d'aller en prison ? Il luy res-pondit : Qu'ouy vrayement, parce que tu as la mine d'vn Sergent.

XL.

Response touchant la beauté ou laideur d'vne femme.

ON demandoit à vn homme docte, qui estoit le pire, ou d'a-voir vne femme trop belle, ou d'en auoir vne extremement laide. Il res-pondit : Celuy, qui en a vne belle a mal de teste, & celuy qui en a vne laide a mal de costez.

XLI.

Plaisant rencontre d'vne Pie.

EN la Ville d'Aurâches en Nor-mandie, vn tauernier qui ven-

doit du citre nourriſſoit vne Pie,
qui babilloit des mieux, laquelle
ſe trouua le ſoir au cellier comme
l'Hoſte gouſtoit ſes citres auec ſa
femme; qui diſoit, Le citre eſt
eſuenté. Le lendemain matin comme on demandoit du citre, la Pie
qui auoit bien retenu la leçon
qu'elle auoit ouy le ſoir, diſoit. Le
citre eſt éuenté, le citre eſt éuenté
& par ce moyen renuoyoit ceux
qui en vouloient acheter. Le ſoir
venu, l'Hoſte, qui auoit ſon bou-
chon, auec la Pie dans vne cage ſur
le deuant, & demeuroit ſur le der-
rie de la maiſon, eſtonné auec ſa féme de ce qu'ils n'auoient rien vendu, aperceurent que la pie dit à vne
fille, qui demãdoit vne peinte de citre, Le citre eſt eſuété. Alors irritez
cõtre la pauure Margot, ils la plon-
gerent trois ou quatre fois dans
l'eau pour ſa penitence, quoy qu'il
fit extrememét froid. L'infortunee

se voyant tremblottante & gelée de
froid, s'alla mettre au coin du feu,
où du mieux qu'elle peut elle secha
ses plumes toutes mouillées. Au
mesme temps vne vache venant à
veler au logis, on apporta son veau
aupres du feu pour le secher & re-
uenir. La Margot le voyant tout
tremblottant & mouillé, se ressouuenant de son desastre, & du nom
du seruiteur de la maison qui s'appelloit, Iean veau, elle se retourna
deuers le veau, & luy dit : Iean veau
as-tu dit. Le citre est esuenté?

XLII.

Plaisant rencontre d'vn frebricitant.

VN malade gisoit dans le lict de-
tenu d'vne fiebure ardente. Or
comme cette maladie donne vne
tres-grande alteration, le Medecin
qui l'estoit venu voir luy ordonna
des griottes confites, luy enchargeant de garder les noyaux dans la

bouche pour se desalterer. Le malade qui auo. retenu plusieurs de ces
noyaux dans la bouche, sans que
pour tout cela sa soif se diminuast,
fit apporter à sa femme vne poignée
de terre, & vne pleine cruche d'eau,
puis sortant ces noyaux de sa bouche, mesla la terre parmy, & ietta vn
peu d'eau dessus, & apres se mit la
cruche sur le nez & la vuida. Sa femme luy dit : Ha, qu'auez. vous fait
mon amy? Il respondit : I'ay arrousé
cette terre, afin que ces noyaux ger-
ment, & qu'il en viene des cerisiers.

XLIII.

Plaisante repartie d'vn Iuif.

Q Velqu'vn demandoit à vn Iuif,
s'il trouuoit le iour du Sabath
dix mille escus, s'il les voudroit a-
masser. Il fit response: Nous ne sommes pas au iour du Sabath, & ie ne
voy point d'escus.

Le Chasse-ennvy,

XLIV.

D'vn ieune homme qui estoit allé voir
vne courtisane.

VN ieune homme qui estoit allé voir vne Courtisane, voulãt
sortir de chez elle, auoit toute l'ap-
prehension du mõde d'estre apperceu de quelqu'vn. Comme il se pei-
noit à regarder de costé & d'autre si
personne le descouuriroit, voicy par
disgrace qu'il fut veu d'vn Gentil-
homme qui le cognoissoit, qui luy
dit de bonne grace, Mon frere, vous
ne deuez point auoir de honte d'en
sortir, mais ouy bien d'y estre entré.

XLV.

Refus de prester un Asne.

VN bon homme alla démander
l'Asne de son voisin à emprunter, le voisin ne desirant pas luy en
faire seruice, dit qu'il n'estoit pas à la
maison. Au mesme temps l'Asne

commence à braire, & fut ouy de
celuy qui le demandoit à emprunter, qui repartit : Encor qu'il foit à
la maifon vous dites qu'il n'y eft pas.
Le Maiftre luy repliqua : Ie m'eftô-
ne grandement de ce que vous voulez pluftoft croire mon Afne que
moy, & le paya de cette refponfe.

XLVI.

Plaifant rencontre d'vn bon compagnon à vne hofteffe.

Vn ieune homme, qui auoit bon
appetit, s'en alla vn iour maigre
en vne Hoftellerie pour y difner, &
dit à l'Hofteffe qu'elle luy fift vne
bonne homelette. Comme il la vid
fur table, il fe mit la main deuant le
nez & la bouche. L'Hofteffe voyant
cela luy dit que les œufs eftoient
bien frais, & que l'homelette fen-
toit bon. Il repartit, ce n'eft pas
ce que vous penfez, Madame, mais
c'eft parce que ie voy l'homelette fi

mince & si legere, que si ie venois à
souffler ie l'enuoyerois bien loing.

XLVII.

*Subtile repartie à vn qui auoit fait bastir
vne maison auec vne deuise.*

VN riche Bourgeois, tres-auare,
& qui n'estoit pas en trop bonne estime, auoit fait bastir vne belle
maison, & auoit fait grauer en lettres d'or cette deuise sur vne table
de marbre noir, QVE NVL MES-
CHANT N'ENTRE PAR CETTE
PORTE. Vn honneste homme li-
sant cette inscription, repartit à l'instant; Et par où entrera le Maistre?

XLVIII.

Gaillardise d'vn maistre peteur.

VN homme estoit si libre en ses
actions, que s'il luy venoit enuie de peter il ne respectoit personne. Aduint vn iour que se trouuant
proche d'vn Gentil-homme, il en

lascha vn si gros, que le Gentil-
homme se trournant luy dit : Il faut
desfangler la beste qu'elle ne creue.
Ce maistre Cannonier repartit:
Scachez, Monsieur, que pour auoir
autres fois retenu de semblables
ventositez, cela a causé ma ruine. Et
par quel moyen ? repliqua le Gentil-homme. Vne fois, dit-il, pour
les vouloir retenir, i'eus vne telle
collique, & par consequent vne si
grande maladie, qu'il me falut vendre vne belle maison que i'auois à
la Ville, & vne grange aux champs,
& consommay tout cet argent tant
à me soulager, qu'aux Medecins
& Apoticaires : Deslors ie fis vn
serment de n'en retenir plus, &
que i'en lascherois autant qu'il en
pourroit venir. Mais, dites moy
Monsieur retenez vous vos pets
quand ils veulent sortir? Ouy, respondit le Genti!homme. Alors
cet Arbalestrier en lascha vn plus

gros que le premier, en difant : Retenez donc cettui-là puis que c'eft
voftre meftier, car quant à moy il
en pourroit venir cinq cens que ie
n'en retiendrois pas vn. Ce qu'ayāt
dit, de crainte qu'il ne fuft fefte en
fa paroiffe, & qu'on n'y carrillon-
naft, il luy montra les talons.

XLIX.

Lourdife d'vn qui menoit vn Afne
chargé de bled.

VN pere auoit enuoyé fon fils
pour acheter du bled à la ville. Ce fils reuenant auec fon Afne
chargé, lequel pour eftre maigre &
foible ne pouuoit fortir d'vn mauuais chemin. Se trouuant bien en
peine, vn homme vint à paffer, qui
luy confeilla de defcharger fon Afne, pour le foulager d'vne partie de
fa charge. Ce confeil pleut à ce pau-

tre lourdaut, tellement qu'il chargea vn sac de bled sur ses espaules,
& estant monté sur son Asne, il dit à
celuy qui l'auoit instruit ; Que vous
en semble ? Ie voy bien, respondit
cet homme, qu'vne beste mene
l'autre.

L.

Paroles picquantes d'vn Siennois auec vn Florentin.

VN Florentin & vn Siennois se
trouuans vn iour en vn banquet,
ne peurent s'empescher, selon leur
coustume, de se donner quelque
coup de bec, estans de tout temps
ennemis. Le Siennois disoit au Florentin : Nous auons marié Sienne
à l'Empereur, & luy auons donné
Florence pour doüaire. Le Florentin se sentant picqué, repartit sou-
dainement : Sienne sera la premiere desbauchées, puis on plaidra le
doüaire tout à l'aise.

LI.

response picquante d'vn Calabrois à vne
Damoiselle de naples.

VNe Damoiselle demanda à vn
Gentil-homme Calabrois
(auec lequel elle auoit de coustume
de dire par fois le petit mot de
raillerie) pourquoy à Naples quand
on parloit des Calabrois, on auoit
coustume de dire, Auec reuerence.
Il respondit, Ie le vous diray, Madamoiselle. Comme ainsi soit que
vous autres de ce pays estes presques tous, ou la pluspart engendrez
des Calabrois, il est bien raison que
parlans de vos peres, vous les nom-
miez auec reuerence. Il pouuoit dire cela, parce que tout galant homme doit estre zelé à l'honneur de sa
natioñ. Et selon le dire de Biais : ce
sont les marques d'vn courage genereux
& prudent de parler au profit de sa patrie.

LII.

Responce subtile faicte à vn lourdaut

Velques personnages de qualité discourans ensemble, vindrent à parler des peaux, ou four-
rures d'animaux que l'on tient plus
exquises, & par consequent de plus
grand prix. Vn ignorant qui se
trouua parmy eux, croyant annon-
cer quelque grande nouuelle, leur
dit : Messieurs, il me semble que
celle du loup est exquise & rare.
Alors vn de la compagnie luy repartit: Y a-t'il en vostre pays quantité de Loups? Non, repliqua-t'il. Ie
ne m'estonne donc pas, dit-il, s'il y
a si grand nombre d'Asnes.

LIII.

Replique à vn qui se vantoit d'estre plus
fort qu'vn autre.

VN brauache qui se vantoit
d'auoir beaucoup plus de for-

X

ce qu'vn autre, eut cette repartie
de celuy qu'il vouloit mefprifer:
Vrayement i'auoüe que vous estes
plus fort que moy, car fi cela n'e-
ftoit vous ne pourriez porter tant
de lafcheté,ny tant de poltronnerie
comme vous en auez toufiours a-
uec vous.

LIV.

Gaillardife d'vn gauffeur.

VN galant homme fe pourme-
nant vn iour qu'il pleuuoit
dans la ville de Naples, fe rencontra de hazard en la compagnie
de deux baftards, au milieu def-
quels il cheminoit. Quelques fiens
amis qui eftoient à couuert, l'ap-
pellerent pour en prendre fa part.
Ie n'ay pas peur de me mouiller
dit-il, parce que ie vay en littiere,
Il difoit cela, d'autant qu'il eftoit
au milieu de ces deux baftards,
qu'on appelle à Naples *Muli*, fui-

uant la couſtume des Mulets qui
portent les littieres.

LV.

Reſponce ioyeuſe.

VN honneſte homme ſe plaignoit de la charté du foin &
de l'auoine , diſant qu'a cauſe de
cela il mourroit grande quantité de
beſtes. Vn bon compagnon luy dit:
Monſieur, Dieu vous veuille conſer-
uer.

LVI.

D'vn riche & d'vn pauure.

VN riche Bourgeois trouua vn
Ducat , qu'vn pauure homme
luy voyant amaſſer, dit: Voyez que
la fortune luy eſt plus fauorable qu'à
moy. Le riche repartit: Tu as tort de
te plaidre, parce que ſi tu auois trouué ce Ducat, tu en ferois bône chere
& l'aurois ſoudain deſpendu , ſans
que tu le peuſſes plus voir: mais ie le
ſauray bien garder & le mettray er

la compagnie de ſes ſemblables où
ie le verray ſouuent.

LVII.

Dict ſerieux & remarquable à vn attra-
peur de beneſices.

VN qui eſtoit ſoupçonné d'a-
uoir fait faire à ſon profit vne
fauſſe reſignation 'd'vn Benefice,
quand au meſme temps vn riche
beneficié eſtant au lict de la mort,
vn certain luy dit: Que n'allez vous
viſtement querir voſtre Notaire,
pour empeſcher que ce benefice
ne ſoit donné à vn autre.

LVIII.

Vn Boulenger eut ſon change d'vn
Gentilhomme.

VN Gentil-homme Florentin
allant à Rome, rencontra en
ſon chemin vn, qui de Boulenger
s'eſtoit fait Marchand, lequel voulut le gauſſer de ce que ſon Cheual,

à cause de sa vieillesse alloit fort
lentement. Le Florentin s'en aperceuant, luy dit : Il ne m'importe
que mon cheual alle à la haste, parce que ie n'ay pas le bourreau derriere les espaules, comme ont coustume de l'auoir, & toy, & tous ceux
de ta race.   Ce lourdaut en voulant donner à celuy qui en sçauoit
plus que luy, esprouua, que celuy
qui touche les orties se picque les
mains.

LXI.

Vne riche Dame interroge vne pauure
femme pourquoy elle faisoit
tant d'enfans.

VNe pauure femme qui auoit
plusieurs enfans, entrant à la
maison d'vne riche Dame pour
auoir l'aumosne, fut interrogee par
icelle, pourquoy les pauures gens
auoient tant d'enfans, qu'ils leur
estoient ennuyeux : & nous, disoit
elle, qui desirons passionnément

d'en auoir, ayans le moyen de les
nourrir, à peine en pouuions-nous
esleuer vn seul. Elle luy respondit: Ie vous diray, Madame, ceux
qui sont riches & opulents, comme
vous estes, quand l'esté vient, le
mary & la femme couchent separez
pour euiter la grande chaleur, de
sorte qu'ils se voyët rarement: mais
nous couchons iournellement ensemble, d'où vient cette multitude
d'enfans.

LX.

*Responce faite à vn qui ayant consommé
son bien desiroit encor de deuenir riche.*

VN qui auoit esté tres-riche,
pour auoir vescu en desbau-
ches & paillardise, estoit tombé en
vne extreme pauureté, dont il se
plaignoit vn iour à vn de ses amis,
en luy disant: Mon frere, ne m'est ce
pas vn grãd creue-cœur, voire en sujet de me porter presques au desef-

poir, quand ie pense aux grandes richesses que ie possedois, lesquelles
i'ay miserablement cõsommees par
mes vices,& par ma trop grande liberalité: Helas! que vous en sẽble?
Et pourquoy est ce que Dieu ne me
fait encor deuenir riche? Hà que ie
me gouuernois bien d'vn autre
façon. Son amy luy repartit: O que
tu es lourdaut! ne suffit-il pas que
nostre Seigneur t'ait esprouué vne
fois?

LXI.

Plaisant rencontre d'vn fol.

VN fol ietta vne poignee de
poussiere contre les yeux d'vn
honneste homme, lequel se voyant
offensé auoit enuie de le mal trai-
ßer. Le fol pour l'appaiser, & faire
passer sa colere, luy dit: mon frere,
pardõnez moy, ie croyois que vous
fussiez vne fueille de papier où l'on
eust fraichement escrit.

LXII.

Gaillardise d'vne femme.

VNe femme crioit bien souuent à haute voix par les ruës: Ie luy pardonne la mort de mon mary: Et quand on luy demandoit, qui l'auoit tué, elle respondoit, personne, mais i'entens de pardonner à celuy qui le tuera.

LXIII.

Plaisante repartie d'vn homme gra & replet à vn qui se mocquoit de son gros ventre.

GAliot de Narny, qui n'auoit pas ieusné le Caresme, estoit si chargé de cuisine qu'à peine pouuoit-il cheminer. Passant vn iour à Sienne, il s'arresta en vne ruë pour demáder le meilleur logis. Vn de la Ville le voyant ainsi gros & gras dit en riant: Les autres portent les valises derriere, mais cettui-cy la por-

te deuant. Galiot au mefme inftant
repartit: Ainfi faut-il faire en terre
de Larrons.

LXIV.

Deffi de deux foldats à l'efpee.

DEux foldats s'eftans affigné le
combat à la place de S. Eftienne à Venife, & l'heure du combat e-
ftant donnée, l'vn des deux y com-
parut: mais l'autre retarda plus d'v-
ne heure apres l'heure donnee. En
fin venant tout remply de courage,
il fut accufé par fes compagnõs d'a-
uoir trop demeuré. Il leur dit: Ne
vous eftonnez pas fi i'ay tardé fi
long temps à venir, car i'ay voulu
mettre tout ce que i'ay dans vne
barque, à fin qu'au mefme temps
que i'auray tué ce poltron ie puiffe
incontinent m'enfuir.

LXV.

D'vn nouueau marié qui au bout de trois
iours eut vn enfant.

VN nouueau marié dans Lyon
voyans que sa femme ascou-
cha d'vn beau fils trois iours apres
leur mariage, s'en alla chez vn tour-
nier en la ruë neufue, où il demanda
des berceaux à acheter. Le maistre
luy en montre à choisir sur sept ou
huict douzaines. Il dit que cela ne
suffisoit pas. Interrogé pourquoy il
en vouloit faire vn si grand amas, Il
repart t: C'est d'autát que si ma femme fait vn enfant tous les trois iours
comme elle a fait, tous les berceaux
de S. Claude & de Lyon ne me suf-
firont pas.

LXVI.

Proposition plaisante d'vn Citoyen de
Florence pour augmenter les
reuenus de la Ville.

Les Florentins faisant la guerre
aux Pisans se trouuoiët biē sou-

uent cours d'argent, pour la grãde
despense qu'ils faisoient iournellement à payer leur gendarmerie. Or
cõme on proposoit vn iour au Conseil le moyen d'en trouuer pour sur-
uenir aux affaires ; apres plusieurs
deliberations, il y eut vn ancien Citoyen qui opina en cette sorte: I'ay
pensé deux moyẽs par lesquels sans
grande difficulté nous pourrõs trouuer vne bonne somme d'argent: Le
premier est, parce que nous n'auons
point de reuenu plus asseuré que
celuy des gabelles des portes de Flo-
rence:Nous auons onze portes, il en
faut faire encore onze, par ainsi nous
redoublerons nostre reuenu de ce
costé là. L'autre moyen est,que l'on
face dés maintenãt ouurir les mon-
noyes de Pistoye, & d'Apre de mesme qu'à Florẽce, & que iour & nui ct
on batte des doubles ducats. Il me
semble que cet expedient est le plus
brief, & de moindre despense.

LXVII,

Cause plaisante du tremblement de terre.

QVelques personnes discou-
roient du terre-tramble, &
de la cause d'iceluy, quand vn certain qui auoit vn peu fueilleté Aristote dit, Qu'ils procedoient des
vents, selon que la Philosophie l'en-
seignoit, parce qu'entrás par les fen-
tes de la terre, ils emplissoient ses
entrailles, & causoient ce tremblement. Vn autre Professeur d'vne
nouuelle Philosophie respôdit: Tai-
sez-vous, il ne prouient pas de là:
mais ie vous en diray la cause auec
vne raison beaucoup plus claire que
la vostre. Hercule, (comme vous le
pouuez auoir veu depeint) porte le
monde sur vne espaule. Quand dôc
il est las de l'vne, il le remuë sur l'autre, & ce faisant il aduient que nous
sentons la terre trembler. La compagnie demeura toute estonnee &

muette, croyant qu'il auoit dit la
verité.

LXVIII.

D'vn qui faisoit le brauache.

VN qui faisoit le Rodomont à
Rome, receut vn si grand coup
d'espee sur le visage, qu'il en demeura tout balafré. Toutes les fois
qu'on luy demandoit d'où venoit ce
coup, où il l'auoit receu, & qui le
luy auoit donné: il auoit coustume
de dire en faisant le vaillant Cham-
pion, C'est vn *datom Romæ.*

LXIX.

Dict ioyeux d'vn bon compagnon.

VN homme auoit de coustume
quand il estoit à table de ne
manger iamais des raisins au commencement du repas. Estant enquis
pourquoy il faisoit cela, il respondit,
qu'on ne pouuoit faire vn bon fon-
dement sur des choses rôdes, & que

pource il les mangeoit à la fin du repas.

LXX.

Vn mesdisant est confus par la response
d'vn galant homme

EN la ville de Lyon vn bouffon qui se mesloit d'ordinaire
de gausser quelqu'vn, voulant vn
iour bailler vne fourbe à vn honneste homme, il luy dit : Ie m'estonne, Monsieur, si vostre pere a iamais fait d'autre beste que vous.
Cettui-cy luy respondit : il en auroit fait d'autres s'il eust esté marié
à vostre mere.

LXXI.

Instruction plaisante à vn prodigue.

VN honneste homme voyát vn
certain qui estant tres - riche,
pour trop de prodigalité estoit de-
tenu pauure, & mangeoit à son sou-
pé des herbes, & autres choses de

petite valeur, il luy dit : Mon frere,
si tu eusses toufiours fait ainsi, tu ne
ferois maintenant contraint de souper de la forte.

LXXII.

Rencontre plaifant d'vne Cheure qui print
vn Loup.

VN bon Villageois, qui menoit
vne Cheure qu'il auoit ache-
tée en vn marché pres d'Iffoire en
Auuergne, paffant dans vn bois, au
milieu duquel il y a vne Chapelle
dediée à noftre Dame, delibera d'y
prier Dieu, & pour ce faire attacha fa cheure au verrouil de la porte de ladicte Chapelle. Comme il
faifoit fa deuotion, vn Loup vint qui
attaque viuement fa cheure, laquelle fe voyant à fa mifericorde entra
dans la Chapelle ; le Loup la pour-
fuit ne croyant fon maiftre fi proche. La Cheure refort promptemét,
& tirant quant & foy la porte par

le moyen de la corde qui estoit at-
tachée au verrouil, elle la ferma en
se debattant, & fit le Loup prisonnier. Le bon homme bien estonné
de voir vn tel compagnon de deuotion, ne sçauoit qu'elle contenance
tenir : toutefois il s'asseura voyant
le maistre loup tout honteux reser-
ré en vn coin. Mais ne pouuant ouurir la porte par dedans, il recourut
à vne fenestre qui estoit assez rele-
uee au dessus de l'Autel, où le loup
ne pouuoit atteindre, & sortit par
icelle. Nostre Villageois biē ioyeux
d'auoir rompu cette prison, & d'y
auoir laissé vn prisonnier, destache
sa Cheure, l'emmene au village proche de là, où il raconte à ses voisins
son aduenture. Alors voicy venir
tous ces Villageois en corps auec
harquebuses, fourches, & bastons,
qui assiegent la Chappelle, & trou-
uent moyen d'arquebuser le Loup
dedans. Adonc le maistre de la Che-

ure voyant son ennemy mort, dit en
signe de victoire: Ha male beste, tu
voulois prendre ma cheure, mais
elle t'a pris.

LXXIII.

Gaillardise d'vn Singe qui ioüoit tres bien
aux Eschez.

VN Gentil-homme Portugals
amena des Indes vn Singe, dis-
semblable des autres & de forme &
d'esprit: car outre plusieurs gentil-
lesses qui se trouuoient en luy, il
ioüoit tres-bien aux Eschez. Or ce
Gentil-homme, desireux de donner
du contentement & du plaisir au
Roy de Portugal, se mit à ioüer en
sa presence aux eschez auec ce maistre Singe: qui faisãt mille traicts de
son mestier, pressa si fort sa partie
qu'en fin il luy donna mat. Dequoy
le Gentil-homme troublé, comme
ont de coustume ceux qui perdent
en ce ieu, print à la main son Roy

(grand selon la couſtume du pays)
& en donna vn grand coup ſur la
teſte du ſinge , qui ſoudain ſauta à
quartier en ſe complaignant de ſorte qu'il ſembloit demander iuſtice au Roy, du tort que ſon Maiſtre
luy faiſoit. Le Gentil homme l'in-
uite à reioüer, dequoy il faict refus
par ſignes. En fin il ſe remet au ieu,
& le reduit en mauuais termes auſſi
bien qu'auparauant ; & voyant qu'il
pouuoit donner eſchet & mat à
ſon Maiſtre, voulant ſe garantir de
n'eſtre plus battu ; par vne nouuelle
malice tout doucement, ſans faire ſemblant d'y toucher, mit la
main droite ſous le coudé gauche
de ſon Maiſtre, qui le repoſoit par
mignardiſe ſur vn oreiller couuert
de velours, & l'ayant ſubtilement
oſté, auec la main gauche il luy
onna vn mal de pyon, & auec la
droite ſe mit l'oreiller ſur la teſte
pour luy ſeruir de bouclier contre

|s coups,& fit apres vn ſault deuant
|e Roy pour marque de ſa victoire.
|Conſiderez, ie vous prie, la ſageſſe
|& prudence de ce Singe : Il eſt a
|croire que la Republique des Sin-
ges Indiens l'auoit enuoyé en Portugal, pour faire cognoiſtre ſon bel
eſprit,& s'acquerir de la reputation
parmy les Nations eſtrangeres.

LXXIV

Inuention ſubtile de trois bons Compa-
gnons pour trouuer moyen de diſner
ſans argent.

TRois bons Compagnons ayans
plus d'appetit que de l'argent
pour payer leur eſcot, delibererent à
quel prix que ce fuſt de replir leurs
ventres creux, & pour cet effet ſa-
cheminerent en vn Hoſtellerie,
où par bon rencontre l'hoſte ne s'y
trouua pas, qui auoit pris vn nouueau ſeruiteur, nouuellement venu des champs, qui n'auoit aucune cognoiſſance dans la Ville,

& qui n'estoit pas encore desgnaisé.
Ce nouueau venu voyant entrer ces
trois desgoustez, croyant qu'ils deuoient enrichir son maistre leur dōna tout ce qu'ils demanderent, &
leur fit tres bōne chere. Apres qu'ils
se furent bien saoulez, & qu'ils eurent conté auec le garçon, l'vn des
trois feignit de mettre la main à la
bourse pour payer tout l'escot : mais
vn autre voyant vne si grande liberalité, dit, qu'il ne l'endureroit iamais. quoy, disoit-il, que vo⁹ payaſ-
siez pour moy, i'aimerois mieux
auoir perdu bonne chose : Le troi-
siéme oyant ce conteste, qui n'auoit
encore dit mot, ains se contentoit
d'escouter, à fin que la fourbe se
peust mieux iouer, contrefaisant le
fasché, dit que personne ne baille-
roit de l'argent que luy, qu'il vouloit payer pour tous. Les deux autres feignans de n'y vouloir pas con-
sentir ne le vouloient permettre, de

forte qu'ils ne pouuoient s'accorder
entre eux, bien qu'ils ne fuſſent
que trop d'accord. Mais pour mettre fin à leur conteſte, ils conuin-
drent auec le garçon de l'Hoſte en
cette maniere, a ſçauoir, qu'ils luy
banderoient les yeux, en telle ſorte
qu'il ne pourroit voir perſonne, &
qu'apres allant taſtonnant, le premier qu'il prendroit des trois, les
yeux clos, ce ſeroit celuy qui payeroit l'eſcot. Ayant trouué cette inuention de bander les yeux à ce
pauure lourdaut pour l'attrapper,
ils gaignerént au pied : Et pendant
qu'il alloit embraſſant l'air, le Maiſtre ſuruint, que le pauure niais at-
trappa, croyant que ce fuſt l'vn des
trois, alors en le tenant, il luy dit:
C'eſt à vous de payer l'eſcot. Vrayement ſans y penſer il dit la verité,
d'autant que ceux qui deuoient
payer leur deſpenſe auoient gagné
au pied, & falut que le Maiſtre s'ar-

reſtaſt, & ſe tinſt contre ſa volonté à
la conuention qu'ils auoient faite, &
par ainſi ſans debourcer de l'argent
payer pour tous.

LXXV.

De deux intimes amis qui deuin-
drent ennemis.

DEux ieunes garçons s'eſtoient
dés leurs plus tendres ans con-
ſeruez en vne tres-eſtroitte amitié.
Or ils auoient quelques biens aux
champs qui s'auoiſinoient ; d'où
vint qu'apres vn long-temps, ils
vindrent grands ennemis, La cauſe de cela fut, parce que l'vn deſ-
couurit que ſon voiſin poſſedoit
vne terre qui luy appartenoit, de
quoy l'ayant fait appeller en Iuſtice, au bout de quelque temps elle
luy fut adiugee, qui cauſa vne extreme inimitié entre eux. Cela ve-

nant à la notice de leur Confeffeur, il y voulut remedier, & fit
en forte pendant vn Carefme, qu'il
les rendit auffi bons amis qu'au parauant. Neantmoins celuy qui auoit
perdu fon procés auoit toufiours
quelque amertume fur le cœur, &
fur tout quand ce vint au temps de
faire la recolte, il ne peut s'empefcher de fe reffouuenir de fa terre
qu'il auoit perduë. Retournant vn
iour vers fon Confeffeur, il luy demanda comme il eftoit auec fon
amy. Ie l'ayme, refpondit-il, comme moy-mefme, mais quand ie me
reffouuiens de ma terre qu'il pof-
fede, ie voudrois luy arracher le
cœur. Ha !(adioufta le Confeffeur)
qu'eft-ce à dire cela? Luy tout au rebours vous aime parfaictement : car
comme ie l'exhortois à mettre en
oubly toutes les rancunes & injures
paffées, comme Dieu le cõmande,
il m'a dit qu'il obferuoit inuiolable

ment ce commandement. Cettuy-
cy repartit : Mon pere, si i'auois
comme luy gagné la terre dont il
s'agit. i'obseruerois mieux ce commandement que luy.

LXXVI.

Belle response d'vn qu'on vouloit marier.

VN ieune homme estant solli-
cité de se marier, demanda vn
long terme à ceux qui luy vouloient donner vne femme, pour
se resoudre en tel affaire ; & se
voyant repris d'vn si long delay, il
dit, En vne chose si importante, &
qui ne se peut faire qu'vne seule
fois, il est necessaire d'y bien penser.

LXXVII.

D'vn Marchand qui vouloit acheter
des pourceaux.

VN Marchand allant en la maison d'vn Villageois pour acheter des pourceaux, de hazard il le
trouua

trouua proche de sa maison auec sa
fille, qui estoit tres-belle. Alors se retournant vers le Villageois , il luy
dit : Si vos pourceaux ressemblent à
vostre fille , ils doiuent estre extremement beaux.

LXXVIII.

*Response d'vn galant homme à la deman-
de d'vn hypocrite.*

VV homme de qualité & d'hō-
neur estant malade , fut visité par vn de ses parens , qui estoit
de ceux , qui pour n'auoir dequoy
disner à suffisance , viuent d'herbes
& de racines , & sont de vrays hy-
pocrites. Cettuy-cy ayant œilladé
vne belle maison qui appartenoit
au malade, commence à le prescher sur la charité , le suppliant de
la luy donner pour en iouyr apres
sa mort, que ce seroit vne œuure de
misericorde, puis qu'il n'auoit point
d'enfans, & qu'il prieroit Dieu pour
Y

luy. Et pour le luy perſuader auec plus de facilité, il luy repreſentoit, qu'au iour du iugement noſtre Seigneur recompenſeroit ceux qui auroiẽt eſté charitables. Cet honneſte homme luy repartit : Si nous deuons tous reſuſciter en ce temps-là en chair & en os, pour comparoiſtre deuant le Tribunal de Dieu, vous n'aurez pas beſoin alors d'vne maiſon pour hebiter dedans. D'abondant ce ne ſeroit pas vne action charitable de m'en fruſtrer moy-meſme pour en accommoder autruy.

LXXIX.

Harangue de Timon Athenien.

LE Miſantrope Timon ſe preſenta vn iour en public pour haranguer aux Atheniens. Le ſilence fait, chacun croyant qu'il vouluſt dire quelque choſe de grande importance, il commença ſon harangue en ceſte ſorte : O Citoy-

yens d'Athenes, la charité me contraint de vous manifester maintenant ma pensee: C'est que i'ay vn
petit iardin proche de ma maison,
auquel il y a vn figuier où plusieurs
se sont desia pendus. I'ay deliberé
de le couper pour faire bastir en
sa place, pource il m'a semblé bon
de vous le manifester en public, à
fin que s'il se trouue quelqu'vn qui
se vueille pendre, il s'en depesche
promptement deuant que ie l'aye
osté. Ie vous ay voulu dire cecy, à ce
que personne n'ait sujet de se plaindre si apres il n'y arriue assez à tēps.

LXXX.

Caurtoisie reciproque d'vn coupeur de
bourses & d'vn bourreau.

EN vne Ville de Normandie vn
coupeur de bourses se voyant
condamné au foüet, dit à l'execu-
teur, Frere mon amy, ie te prie
traitte moy doucement à la pareille. Le Bourreau indigné de cete

pareille le traitte si cruellement,
qu'il croyoit bien de ne tomber iamais entre les mains de ce promet-
teur de pareilles. Se voyant deliuré de cette escorcherie, il dit au
Bourreau : Ie te la rendray tost où
tard, ou ie ne pourray : Au bout de
deux ou trois ans, ce coupeur de
bourses reuint à la ville, où il auoit
esté si bien espousseté, pour en tirer raison. N'estant plus recogneu
de personne, voicy ce qu'il fit : Vn
iour de marché il coupa subtilement la bourse d'vne Bourgeoise.
& la mit dans le panier du bourreau, qui faisoit sa queste. Apres
qu'il eut faict le coup, il dit à la
Bourgeoise: Madame, on a coupé
vostre bourse, vous ne iugeriez
pas celuy qui a faict le coup, & luy
monstra le bourreau, en luy disant
tout bas, qu'elle estoit dans son panier. Elle ne manque point de visiter ce panier, où elle trouua sa

bourſe, & la fit voir à tous ceux du
marché. Voila le bourreau ſaiſi par
quelques Sergens , qui le menent
en priſon. Eſtant conuaincu du
crime, il fut condamné à eſtre pendu.   Or ne ſe trouuant point de
bourreau , celuy meſme qui auoit
coupé la bourſe ſe preſente à la Iuſtice pour faire l'execution.   Il fut
admis, le patient luy eſt liuré, qu'il
conduit au ſupplice. Eſtant ſur l'eſ-
chelle preſt à eſtre ietté , ce nouueau bourreau dit tout bas à l'aureille du patient :, Eſcoute, te ſou-
uient-il plus quand tu me baillas le
foüet, que tu me traittas ſi rudement , quoy que ie t'euſſe dit , à
la pareille : C'eſt moy qui cou-
pay la bourſe , & la mis dans ton
panier. Au meſme temps le patient s'eſcria, Monſieur le Greffier, vn mot. Ce nouueau Maiſtre en ſon chef d'œuure , ne voulut ouyr tant de diſcours , & quoy

que le Greffier luy criast, attens, il
pousse à bas le pauure infortuné,
en disant : C'est vn causeur.

LXXXI.

*Plaisante repartie d'vn cuisinier
à son maistre.*

VN Duc de Milan estant assiegé dans vn Chasteau par les
Florentins , vn iour qu'il prenoit
son repas , il ne trouuoit aucune
viande bonne, ny selon son appetit;
dequoy il se fascha contre son Cuisinier ; lequel prompt à defendre sa
cause , apres plusieurs excuses , luy
dit: Monsieur, les viandes sont bien
appareillees , mais les Florentins
vous desgouttent.

LXXXII.

*D'vn qui demanda cinquante escus à
emprunter à vn sien amy.*

VN homme necessiteux demanda à vn sien amy cinquan-

te eſcus à emprunter, qui n'euſt pas
pluſtoſt fait la demande que cet
amy les alla querir, & les luy apporta dans vne bourſe. Cettuy-cy
les ayant receus, les mit à l'inſtant
daas vn mouchoir ſans les conter.
Ce que voyant celuy qui luy faiſoit
cette courtoiſie, feignant de craindre qu'il n'y euſt quelque meſcon-
te, les luy demanda, en luy diſant:
Mon amy, celuy qui ne prend la
peine de conter l'argent qu'on luy
preſte, n'a pas grande enuie de le
rendre. Par ce moyen il demeura
les mains vuides, outre l'affront
qu'il receut.

LXXXIII.

Belle repartie d'vn ſoldat à deux
Gentils-hommes.

VN ſoldat alloit par la campagne au gros de l'Hyuer, auec
la picque ſur l'eſpaule, l'eſpee au
coſté, & nonobſtant la rigueur du

froid fuoit de tous coftez, quand
deux Gentils-hômes demy morts
de froid, quoy que bien veftus, le
rencontrerent au milieu d'vne plai-
ne couuerte de neige, qui le voyans
fi chaleureux, l'enquirent d'où venoit qu'il fuoit de la forte. Il repar-
rit: Meffieurs, fi vous portiez comme moy fur vos efpaules tout ce
que vous auez en vos maifons, vous
fucriez comme ie fais.

LXXXIV.

Gaillardife d'vn predicateur qui taxoit
les gros culs des Dames.

VN Predicateur prefchant le
Carefme en vne ville de France, venant à parler des bombances
& fuperfluitez d'habits des femmes, tomba fur leurs gros culs, difant: Mefdames, vous fçauez qu'il
n'y a que deux chemins où il faut
tous aller, l'vn eft large, qui eft-ce-
luy de damnation & d'enfer; l'au-

tre est estroit, qui est celuy de salut
& de Paradis, auquel vous ne sçauriez passer à cause qu'auez le cul trop
gros. Parquoy ie vous conseille de
laisser vos gros culs ; car ne pouuans
passer par le sentier, ou chemin
estroit, donnez-vous garde d'aller
par le grand & large chemin, qui est
de perdition. D'ailleurs il leur disoit, vos gros culs ainsi enflez res-
sembloit aux paniers de chasse ma-
rees, & prouiseurs, qui sont couuerts
de couuertures de liurees, mais par
le dessous vous n'y trouuez que de
vieilles rayes puantes, de la maigre,
ou de la seche sentant bien fort la
maree.

LXXXV.

Autre galantise sur le mesme suiect.

VN celebre Predicateur preschant le iour de Pasques en
l'vne des celebres villes de France,
& faisant tôber à propos le suiet de

l'Euangile sur le luxe & bombances
des femmes. les voyãs ce iour là pa-
rees extraordinairement. Entre autres choses, il leur dit: Mesdames, ie
ne pense pas que cette semaine saincte dediee à la penitence, se soit passee sans que vos peres Confesseurs
ayent reprimé la vaine superfluité
de vos habits, vous representant que
cette despéce excessiue seroit mieux
employee à faire des aumosnes aux
pauures, & à estre appliquee à d'autres œuures pieuses, qu'a ces vains
affiquets, qui sont les glueaux de sa-
tan pour apaster les hommes, & les
attraper aux rets de la concupiscen-
ce. Mais il me semble que ie vous
entens dire, que ce que vous en faites n'est que pour complaire à vos
maris. Ce qu'ayãt dit, il fit vne petite pause, puis releuant sa voix, il s'escria, Ha maris, maris à bon appetit
il n'y faut point de sausse. Ces paroles bien que dites à la bonne foy, &

ſans y penſer aucun mal prouoque-
rent à rire pluſieurs perſonnes.

LXXXVI.

Plaiſant traiĉt que fit vn Libraire de
Lyon à Grenoble.

VN Libraire de Lyon, nommé
Anthoine Huguetan, dit le
Boſſu, aſſez cogneu dans la ville
pour eſtre iouial & de belle humeur,
fit conduire vne balle de liure reliez
à Grenoble, croyant d'en auoir
bonne debite, & d'y gaigner quelque choſe. Comme il y fut arriué auec ſa marchandiſe, il la met
en vente en deſtail : mais voyant
que la debite en eſtoit fort longue,
il delibere de la vendre en gros
au Marchand Libraire de Grenoble. Comme ils traiĉtent du marché, ce Libraire luy offre beaucoup
moins de ſes liures qu'il ne les auoit
achetez à Lyon, ce que voyant, il
ſe deſpite, prend ſa quinte, & luy

dit: Vous ne les voulez pas acheter, mais ie trouueray bien moyen de m'en desfaire. Au mesme temps il prend vn gaignedenier, luy fait porter sa bale de liure quant & soy ; & comme il fut sur le pont de Lizere, voicy vne fille qui luy demande le peage de sa bale. Cecy redoublant sa fantaisie, il la fait descharger sur le accourdoires du pont ; puis dit à la fille en poussant sa bale dans la riuiere ; Si tu veux estre payee de ton peage cours luy apres.

LXXXVII.

Gaillardise d'vn Imprimeur de Lyon qui beuuoit volontiers.

Pierre Basot Lyonnois, imprimeur de vacation, estoit vn ieune homme, dont les pere & mere estoient tauerniers, qui l'auoiét tellement nourry au vin dés sa ieunesse, qu'il luy fut impossible d'en perdre la coustume, mesmes il auoit

deux sœurs qui moururent ieunes
pour escrimer trop souuent à la bouteille & au verre. Or aduint qu'il me
pria de chercher son Anagramme,
ce que ie fis, & le trouuay si à propos de la vertu où il estoit enclin,
que ie dis à l'instant,

Conueniunt rebus nomina sæpe suis.

Voicy donc qu'ayant trouué sur
Pierre Basot, *prest à boire,* cela m'oc-
casionna, pour le luy mieux expli-
quer, de faire ce Quatrin:

> *La vertu qui se rend notoire*
> *En l'Anagramme de Basot,*
> *Ou dans le verre, ou dans le pot*
> *On le voit tousiours* PREST A BOIRE.

Ie croy que cet Anagramme l'ai-
guillonna à boire de bien en mieux
à ce que ie ne fusse point trouué
menteur, & fit en sorte qu'il perdit
vn œil à la poursuitte, aimãt mieux,
à ce qu'il disoit, perdre vne fenestre
que tout le bastiment. Finalement,
aagé enuiron de trente ans, estant au

lict de la mort, la derniere chose qu'il fit, ce fut d'aualler vn grand verre plein de vin à la santé de la compagnie. Puis il dit : A Dieu mes amis, ie me ressouuien encor de mon Anagramme, *Prest à boire*. au moins celuy qui la fait ne pourra pas dire que ie ne l'aye practiqué iusques au dernier soupir. Ce furent là ses dernieres paroles, apres s'estre recommandé à Dieu, & ainsi rendit l'esprit.

LXXXVIII.

Gaillardise d'vn Imprimeur de Paris estant malade.

VN autre Imprimeur de Paris, nommé Louys le Balafré, saubriquet qui luy fut donné, parce que s'estant trouué à la bataille de sainct Denys, il receut quelques coups de coutelas, qui luy rendirent le visage tout balafré, & la bouche de trauers. Or vn iour estant malade d'vne grã-

de douleur de costé, quelques vns
de ses amys Imprimeurs le visitans
luy conseillerent pour appaiser sa
douleur de faire faire à sa femme vn
homelette, & la faire appliquer bien
chaude à son costé. Comme il vid
l'homelette faire, & qu'il en sentit
l'odeur : il dit, Verteubleu, mes amis
ma douleur est interieure, & me
semble qu'en la mangeant i'en re-
ceuray plus de soulagement à mon
mal : Il fit si bien qu'il mangea l'homelette, & beut apres vn plein verre de vin à la santé de ses amis. Quoy
que ce soit, ie ne sçay, si ce fut l'imagination, ou la creance qu'il auoit de
receuoir par ce moyen guerison, peu
d'heures apres il fut sain & gaillard.

LXXXIX.

Plaisant rencontre d'vn Sauoyard voyant
la Piramide de la Croix de Confort.

VN Sauoyard, venu à Lion tout
de nouueau, qui ayant oüy

parler en son pays de la Pyramide
de la place de Confort, fut curieux
de la voir : Comme il la contemple,
voyant en l'vne des faces vn grand
nombre de caracteres Hebrieux,
Caldées, Syriaques & Arabiques,
n'y cognoissant que le haut Allemand, il se retourna vers la face qui
regarde l'Eglise, où voyãt plusieurs
mots escrits en caracteres Grecs
croyant que ce fussent des lettres,
Capitales Romaines, il va lire, TA
IEPA, & TON IEPON, &
creut que ce fust en langue Sauoyar-
de *Taiepa, & Ton iepon*, puis tournant à la troisiesme face où il vid.
A r I O N, croyant que le r fust
vne L renuersée, & qu'on eust voulu mettre A LION, il dit en son
patois, *E lon fai ouna fauta en cé mot.*
Apres se retournant vers quelques
vns qui le regardoient, il va dire, *Di*
garde ma cé qu'a fay ceta peramida poi
qué ly a mecla de Sauoyar.

XC.

Plaisant renc ontre d'vn Voiturier Sa-
uoyard, qui croyoit que son cheual
auoit cassé vne bouteille
pleine d'hipocras.

LE Comte d'Antremont, ayant
quelques Gentils - hommes à
traicter à S. André, enchargea vn
Voicturier de luy apporter vne bouteille d'hipocras de chambery: Cóme le Voicturier eut fait ses affaires
dans la Ville, & rechergé sa montu-
re, il n'oublia pas la bouteille d'hipocras,& despartit sur le soir,de sorte qu'il fallut cheminer vne partie
de la nuict en vn temps fort obscur
Or aduint que passant par vn chemin estroit & fascheux, ou il y auoit
des rochers de part & d'autre, son
cheual vint à faire vn faux pas , &
s'arrestant pour pisser, il creut que
c'estoit la bouteille rompuë,& l'hy-
pocras qui se respandoit, qui l'occa-
sionna de mettre son chapeau des-

ſous, en diſant, *Depoi que Monſie-*
d'Antremon nan bera pa, ie voy vi gouta
de ceti Ipocration & ſe mit ſon chapeau
ſous le nez pour boire à meſme.
Comme il ſentit le gouſt de cet hy-
pocras ſauuage, ie vous laiſſe à penſer quelle trongne il fit. Quoy que
ce ſoit il fut apres bien aiſe de voir
ſa bouteille entiere.

XCI.

Gaillardiſe d'vn Sauoyard, nommé Bour-
bon, diſnant chez le Marquis d'Aix
en Sauoye.

LE Marquis d'Aix donnoit à diſner à quelques Gentils-hommes
& pour bailler du paſſe temps à la
compagnie, il y inuita vn nommé
Bourbon, hommé iouial & facetieux
qui aime à faire bonne chere, ayant
vn goſier grandement dilaté : auſſi à
ſa trongne cognoit-on bien qu'il ne
ieuſne gueres volontiers, eſtant
gros & gras, & ayant vn ventre
plantureux. Ce maiſtre bourbon ne

manque point de se trouuer à l'heure du disner, & voyant la table bien
coiffee de potages, chapons bouillis
& autres diuerses entrees, il donne
viuement dessus, ne pensant pas au
second seruice: mesmes Monsieur le
marquis le faisoit retarder expres à
son Maistre d'Hostel pour donner
loisir à ce grand gosier de remplir sa
panse. Cóme il danboit tousiours du
museau, voicy se second mets, où les
perdris, becasses, chapós rostis, pou-
lets, pigeós, leuraux, & patisseries de
venaison recouurent de nouueau la
table. Cóme il vid tant de diuerses
viandes, & se repentant d'auoir tant
mágé, il ietta vn grand souspir, & dit
en franc Sauoyard: *Cordi Ventrou me
manqueré tou u besouan.* Monsieur le
Marquis, & sa cópagnie, ne se pouuans cótenir de rire, l'encouragerét
en telle, sorte, qu'il releua si bié má-
gerie, qu'on eust dit parfaictement
qu'il n'y auoit pas encore touché.

XCII.

D'vn chartier passant le pont du Rhein pres de Strasbourg.

VN charretier passant le pont du Rhein pres de Strasbourg, con-duisoit vne charrette à deux che-uaux, chargee d'oigeons, qu'il me-noit à la ville. Or s'estaut amusé quelque peu derriere, les cheuaux s'estãt approchez trop pres du bord du pont de bois, qui n'a point d'ac-coudoires, celuy qui alloit le pre-mier, en bronchant tombe, & train-quant & soy le limonnier & la char-rette, de sorte que tout culbuta dans le Rhein. Le charretier qui s'aduan-çoit à grands pas pour donner du secours, voyant qu'il n'y auoit point de remede, dit sans s'estóner : Il ne faut plus que du sel, il y aura pour faire vn beau potage.

XCIII.

De deux Dauphinois, lesquels sortis de petit lieu ne laissent de viure noblement.

DEux honnestes hommes, l'vn fils de Sergent, & l'autre de tailleur d'habits, ayans porté les armes pendant les troubles de France, & ayans eu des Cõmandemens à la guerre, ont si bien basty leurs fortunes, qu'ils tranchent auiourd'huy les Gentils-hommes, & ont dequoy viure de leur reuenus. Or se trouuans vn iour ensemble à Grenoble, le fils du tailleur dit à l'autre : Monsieur, il me semble que feu vostre pere estoit Sergent : car i'ay veu entre les mains de feu mon pere des exploits signez de sa main. Le fils du Sergent sen sentant picqué, luy repartit : Ces exploicts estoient-ils en papier ou en parchemin ? Cettui-cy luy respondit. Ils

eſtoient en papier. Ie le croy bien,
dit le fils du Sergent, car s'ils euſſent
eſté en parchemin voſtre pere en
euſt fait des bandes pour prendre la
meſure des habits qu'il faiſoit.

XCIV.

Gaillardiſe de deux mariez.

EN vn port de mer de France
vne femme ayant acheté des
Cancres marins, commanda à ſa
chambriere de les faire cuire pour
le ſouper. Or cette chambriere eſtāt
empeſchée à apareiller d'autres viā-
des, elle mit les Cancres dans vn
pot de chambre, & oublia de les faire cuire. Apres ſouper, comme ſes
maiſtre & maiſtreſſe furent couchez, elle mit le pot à la ruelle du
lict, ſans ſe reſſouuenir des Cancres
Comme la maiſtreſſe ſe reſueille, &
prend le pot pour faire de l'eau, le
plus gros des Cancres qui eſtoient
dedans, ſentant la chaleur de cette

eau salee, creut estre retourné en son element, & allongeant vne de ses iambes, auec ses serres, saisit le bout du penil de cette femme, laquelle sentant la douleur, & ne sçachant que ce pouuoit estre, s'escria, Alarme, alarme, ie suis morte. La chambriere à ce bruit, allume soudain de la chandelle, court à sa maistresse pour voir que c'estoit. Le mary s'approchant de trop pres pour y remedier, voila le Cancre qui leue son autre iambe, & empoigne Monsieur par le nez : de sorte qu'estans tous deux prix, ce ne fut sans beaucoup de peine que cette pauure chambriere fit quitter en soufflant la prise à ce maistre cancre.

XCV.

Plaisante response d'vn Libraire Bolonnois à vn Gentil-homme Espagnol.

VN Gentil-homme Espagnol estant dans vn carrosse auec

sa femme, qui estoit vne tres belle
Dame, s'arresta deuant la boutique
d'vn Libraire Bolonnois à Naples,
& luy demande en son langage, s'il
auoit vn petit liure, *che ajuda arrezar
los fraiies.* Le Boulonnois, comme
ignorant de ce qu'il vouloit dire,
prit ce mot *arrezar* en vn autre sens,
& feignit de ne l'auoir pas entendu ; mais ce Caualier le luy repliqua. Alors le Libraire s'imaginant
qu'il vouloit gausser, comme il auoit
fait d'autres fois, pour le respect de
sa femme, n'osoit pas luy respondre. L'Espagnol s'ennuyant, luy dit
pour la troisiesme fois, qu'il cerchoit ce Liure, *che ajuda arrezar :* Le
Libraire en fin luy respondit : Monsieur, ie ne sçay point de meilleure
aide pour faire ce que vous dites,
que ce qui est à costé de vous, entendant sa femme. Le Gentil-homme qui n'entendit pas encore ce
que vouloit dire le Boulonnois,

moitié courroucé , commanda au
carrossier de passer outre : & s'en
alla , laissant le Libraire en peine de
sçauoir, ce qu'il demandoit, & s'il
auoit entendu sa replique.   Mais
voicy le bon , car le lendemain le
Gentil-homme enuoya vn de ses
seruiteurs qui luy fit sçauoir que
son maistre demandoit, L'Ordinaire pour dire l'Office, appellé par les
Espagnols de cette sorte. Alors le
Libraire en rougissant se ressouuint
de sa faute, & raconta à ce seruiteur
la response qu'il auoit faicte à son
Maistre , le priant de ne luy dire
pas: mais ie me rapporte à ce qu'il
en fit.

XCVI.

D'vn mendiant yure qu'on croyoit
Demoniacle.

VN pauure homme s'en alla à
la porte d'vne Abbaye demã-
der l'Aumosne , comme faisoient

Z

plusieurs, autres, à cause d'vne grande cherté qui estoit en tout le Royaume ; & cettui-cy ayant demeuré
trois iours sans gouster du pain, ny
d'aucune substance, il estoit extremement abbatu. Or l'Abbé, ou le
Prieur de ce lieu le voyant, luy fit
donner vn pain & vne bouteille de
vin. Ce mendiant, qui estoit affamé,
deuora à l'instant ce pain, sans qu'il
en fust rasasié, & beut ce vin en deux
traicts, Or ce vin estât puissant, parce que l'estomach estoit empesché
de peu de nourriture, il luy monta
en telle sorte à la teste qu'il le rendit
du tout yure. Et comme il aduient
d'ordinaire, le mõde luy venant autour, & l'importunant de paroles, ils
le rendirent plus yure, qu'il n'estoit
pas, faisoit plusieurs folies, estoit ex-
trauagant en ses discours, de sorte
qu'on le tenoit demoniaque. Le
peuple donc le prit & le mena deuant vn prestre, lequel le cõiurant,

le voulut contraindre de dire quel
esprit il estoit, & d'où il estoit venu
en ce corps ; cettui-cy à la fin à force d'estre tourmenté, respondit: De
l'vn des tôneaux d'vn tel Abbé. Par
ce moyen ces curieux cogneurent
que ce n'estoit pas vn mauuais esprit , mais du bon vin qui le faisoit
parler de la sorte.

XCVII.

Gaillardise d'vn Gentil-homme qui vou-
loit parler à vn Seigneur.

VN Gentil-homme estoit entré
en la maison d'vn Seigneur sur
l'heure du disner, desirãt de luy parler. Comme il le demande à vn pa-
ge, il luy dit : qu'il estoit à table. Le
Gentil-homme repartit, l'attédray
mais ne dites pas que ie sois icy. S'e-
stant pourmené enuiron vne heure
en attendant , voyant le mesme Pa-
ge, Il luy demande si monsieur auoit
disné: il respondit: On vient de luy

donner la paille, voulant dire le cu-
redent. Ce Gentil-homme ennuyé,
dit tout en colere : Vertubleu , puis
qu'il a demeuré pres de deux heures deuant que d'auoir la paille, ie
n'attendray pas qu'on luy donne
l'auoine.

XCVIII.

D' Angouleuent qui fut attrapé à Paris en
voulant desbaucher vne femme.

A Ngouleuent , tres-renommé
entre les poissons d'Auril, suiuoit d'ordinaire la Cour, & pouuoit
à bon droict estre appellé Leno de
Court. Or estant tousiours aux
aguets pour faire quelque tour de
son mestier, & ne voulant paroistre
si courtois & si liberal enuers les autres , qu'il ne voulust reseruer quelque chose pour soy : Voicy qu'il des-
couure en l'vn des Faux-bourgs de
Paris vne ieune femme, mariee tout
nouuellement à vn Maistre Chirur-

gien, laquelle en beauté & bonne
grace fembloit ne ceder à nulle autre. Voila donc Angouleuent bien
empefché & empreffé pour aborder cette ieune beauté. Il eft fubtil
& accort, mais en cette occafion il
femble manquer d'induftrie, & fe
void bien entrepris pour en venir à
bout: d'autant qu'eftant recogneu
tel qu'il eftoit, difficilemét pouuoit-
il aborder vne femme pour luy parler, qu'elle ne fuft au mefme temps
foupçonnee de fon honneur. Nonobftant toutes ces difficultez, il
roula & roda tant, qu'il trouua vn
iour moyé d'en faire les approches,
& difcourir auec elle, fans ofer de
plein abord luy manifefter fon intention, fe contentant de luy faire
des fimples compliments & offres
de feruice, prenant apres vn honnefte congé. La ieune Dame qui ne
cognoiffoit point ce nouueau courtifan, le prenoit pour quelque hon-

neste hôme, sans que toutesfois elle daignast penser en luy, au mesme
temps qu'elle l'eut perdu de veuë.
Apres cette premiere boutade, le
voila plus qu'auparauant embrasé
dans les flammes de son impudicité, il pense aux moyens pour esbran-
ler cette chaste Susane, & finalemēt
s'asseure, & se represente qu'vne
place forte & importante veut estre
assaillie plus d'vne fois, que venant
à parlementer elle est à demy ren-
duë. Le voila donc aux aguets pour
donner vne nouuelle attaque, & tasche de s'en faciliter la voye en allant
souuent faire retrousser ses mousta-
ches en la boutique du mary, espiāt
les occasions pour venir à vn second
rencontre. Voicy qu'elle se presente
vn iour que le mary n'y estoit pas,
l'entretient tout à loisir, declare à
cette Dame ses intentions, vse de ses
puissans charmes pour charmer ses
pudiques volontez, tasche de la cor-

rompre par des vaines promeſſes; bref il vſe de tous les traicts de ſon meſtier pour s'inſtaller en ſes bonnes graces, & en remporter la victoire. Cette ieune beauté voyant & oyant les rudes pourſuittes de cet Archimaquereau, aduertit ſon mary de tout ſon procedé, qui l'enchargea de luy faire bonne mine quand elle le reuerroit, de le careſſer, & luy donner le mot pour coucher auec elle, & que feignant d'aller aux champs il y donneroit bon remede. Le iour ſuiuant, ce vilain ne manque point de rouler dans le Faux-bourg pour taſcher de venir à vne troiſieſme atteinte, pour voir le ieune ſuiet qui luy faiſoit faire tant de pas. La fortune, (ou pluſtoſt l'infortune) luy fut ſi fauorable qu'il rencontra à propos celle qu'il deſiroit pour luy parler, eut le tẽps pour l'étretenir, receut des careſſes extraordinaires, & ſe tiẽt aſſeuré de ſes bon-

nes graces, car elle l'auertit que son
mary estoit allé aux chãps, & qu'elle desiroit de luy donner à souper, &
luy marque l'heure qu'il viendroit.
Angouleuent s'en va au mesme instant à la pouruision, & enuoye par
vn garçon tout ce qui estoit necessaire pour le souper. Voicy qu'il ar-
riue peu apres en la maison du Chirurgien ; saluë sa femme qu'il croit
sa maistresse, s'entretient de priuez
discours auec elle, attendant que la
nape fust mise, & la table couuerte.
Ils se mettent à table où il continuë
ses amoureux entretiens ; bref au
milieu de ses contentemens ie laisse
à penser ce qu'il pouuoit dire. Pendant ces combats amoureux, le
mary estoit caché auec deux de ses
amis dãs vne petite garderobe, d'où
il pouuoit voir par vn trou de la
porte, cachee d'vn tapis, tous les
deportemens de ce Messager d'a-
mour, & attendoit auec impatien-

ce l'heure pour luy courre sus. Cõme ils ont paracheué de souper,
apres quelques nouueaux entretiens, Angouleuent bruslant dans
son harnois se veut mettre au lict, &
se met en deuoir de se despouiller ;
mais l'accorte Dame le prie de prēdre vne chemise blanche, qu'elle
luy'auoit preparee, auant que de se
coucher, à quoy il s'accorde tres-
volontiers. Le voila donc tout nud
prest à changer de chemise : mais
voicy le mary & ses amis attiltrez,
qui sortent auec chacun vne bonne
poignee de verges pour luy donner
vne chemise rouge, & sans sonner
mot se ruerent sur luy, l'vn luy fai-
sit vn bras & l'autre luy empoigne
l'autre, & carillonnent sur ce vilain en telle sorte, qu'il ne se vid iamais en semblable feste. Plus il crie
alarme, misericorde, au meurtre, ie
suis mort, plus ils redoublent leurs
coups ; comme il n'en peut plus , &
Z v

qu'il les croit laſſez, c'eſt alors qu'ils
recommencent auec plus de violence, & continuerent ſi longuement la
batterie qu'ils le rendirent comme
mort eſtendu ſur la place. le ſang luy
ruiſſellant de tous coſtez.   Ayant vn
peu repris ſes eſprits, ils le fõt leuer,
& ne voulans l'enuoyer nud comme
il meritoit, luy font veſtir ſa chemiſe
& ſes habits, & le chaſſans luy dõne-
rent encore vne ſaluë de baſtonna-
ſtes. Il s'en va ſans ſonner mot, & luy
fut bon beſoin d'auoir de la cognoiſſance en ce faux bourg pour ſe retirer chez vn de ſes amis. Le lẽdemain
il eſt bien malade, ne peut aller faire
ſa plainte, ains tient le lict ſept ou
huict iours. Comme il fut vn peu remis, il ſe plaint à la Iuſtice de l'in-
jure qui luy a eſté faicte, qui luy
permet de faire informer, mais il
ne ſe trouue point de teſmoins qui
l'ayent veu fouetter, pluſieurs de-
poſent bien d'auoir ouy crier vn

homme, mais nõ pas de sçauoir quel
il est. Finalement sentẽce s'en ensui-
uit & fut dit qu'Angouleuant seroit fustigé. Ayant fait leuer cette
sentence, ne pouuant bonnement en
tendre que vouloit dire ce mot de
fustiger, il s'en alla trouuer vn fameux Aduocat, qui luy expliqua
ce mot, disant que pour estre de-
fustigé, il faloit qu'il fust fouetté
vne autre fois. Oyant cela il con-
tenta son Aduocat, quitta ses pour-
suites, disant: Monsieur, I'ay esté
trop bien fouetté la premiere fois,
sans y retourner vne autre.

XCIX

Vn Notaire estant aduerty par sa femme
que deux Escoliers la caressoient,
fit en sorte qu'ils se donnerent
des coups de bastons.

IL y a quelques annees que deux
Escoliers estudians és loix en vne
Vniuersité de France, se rendirent
si passionnement amoureux de la

femme d'vn Notaire (laquelle en
honnesteté, beauté & bonne grace ne cedoit à aucune autre de la
Ville) qu'ils ne pouuoient viure sans
la voir. Et comme ils estoient compagnons de patrie, d'estudes & de
logis, ils le voulurent encores estre
d'amours & quitterent les Institu-
tes & le Code pour fueilleter l'Art
d'aimer. Or cette ieune dame voyāt
tantost l'vn ou l'autre de ces Escoliers passer deüant sa porte, n'estans
paresseux à luy donner des bonne-
tades,, & ietter des doux regards
quand ils l'apperceuoient. Comme
cela eut duré long-temps, voyant
qu'ils taschoient de venir à de plus
particulieres approches, luy don-
nans le petit mot en passant, elle en
aduertit son mary, qui luy dit en
sousriant: Ma mie ie disire que nous
leur facions vn affront, pour leur
apprendre à rechercher les femmes
d'autruy: C'est que demain ie sor-

tiray expres de la maison, & lors
que l'vn ou l'autre, passera pour
vous voir, vous le ferez appeller par
vostre chambriere, & luy direz s'il
vous aime, qu'il se trouue le soir à
vne heure de nuict à la porte, &
qu'il attende iusques à ce que ie
vienne à la maison, luy faisant entendre que ie suis dehors, & qu'il
me donne vn bon-soir à coups de
baston, luy promettant (pourueu
que l'autre n'en sçache rien) de l'aimer, & luy donner ce qu'il desire
de vous. Vous ferez aussi appeller
l'autre, le suppliant de la mesme
courtoisie, & qu'à la mesme heure
il ait à se trouuer en vn lieu que
vous luy nommerez aupres de la
maison, où vous l'enuoyerez querir
par vostre chambriere pour me
donner la charge, feignant de me
vouloir du mal, & luy promettez
la mesme recompense qu'a l'autre.
Cette femme ayant bien remarqué

tout ce que luy auoit dit son mary,
& comme il fut allé pour quelques
affaires à la Ville : vn de ces folatres
amoureux venant à passer, elle le
fait appeller, pour luy dire son intention, suiuant le commandement
de son mary. L'escolier tout ioyeux
de ces bonnes nouuelles, promet
de bastonner le Notaire à dos & à
ventre. Ce premier estant desparty,
l'autre ne demeura guéres à venir.
Elle le fait appeller, luy tesmoigne
beaucoup d'affectió, luy dit, s'il vouloit pour l'amour d'elle le soir mesme donner à son mary vne charge
de bastonnades, qu'il se trouuast à
telle heure en tel lieu, où elle l'enuoyeroit querir par sa seruante:
mais s'il l'aimoit, & desiroit auoir
quelque courtoisie d'elle, qu'il se
gardast bien d'en rien dire à son
compagnon. Nostre ieune leuron,
tres-ioyeux d'obliger par quelque
seruice cette Dame, luy promit

d'executer de poinct en poinct ses
commandemens, & qu'il frotte-
roit si bien son mary qu'elle diroit,
qu'il y auroit mis la main. Ainsi la
nuict venuë, le Notaire, pour en
auoir le plaisir ne bouge de la maison, mais à l'heure donnée, afin
que l'entreprise reüssit à son effect,
il enuoye la chambriere dehors, à
fin d'appeller celuy qui l'attendoit
au lieu assigné si le premier estoit
venu. Comme elle sort de la maison, le premier Escolier luy vint au
deuant, l'asseure qu'il estoit prest
à bien faire, & disposé à effectuer
sa promesse : Auquel elle respond,
Courage ne l'espargnez pas, attendez icy, ie m'en vay pour ce suiet.
Elle va au lieu assigné trouuer cet
autre, auquel elle dit : Venez maintenant, car mon Maistre est ores
sur le poinct de sortir de la maison
pour quelques affaires qui le pres-
sent, suiuez vn peu apres moy, & ac-

quittez-vous bien de voſtre deuoir.
Cettui-cy vint, & comme il fut pro·
che de la maiſon (le temps eſtant
tres-obſcur) il trouua cet autre qu'il
croit eſtre le Notaire, ſe delibere de
le charger, l'autre n'en fait pas de
moins. Voicy donc que l'vn & l'autre ſe prenans pour le Notaire, ils
commencent a ſe ſalüer à grands
coups de baſtons, (ne ſonnans mot,
de crainte d'eſtre recogneus) & les
faiſoient pleuuoir ſi dru & menu
qu'vn coup n'attendoit pas l'autre.
Monſieur le Notaire & ſa femme
oyans ce cliquetis de baſtonnades ſe
paſmoient de rire, ſe doutans bien
que tous ces coups ne tomboient
pas à terre: Ils ne pouuoient ſe ſepa-
rer du combat, & ſeroient encore,
comme ie croy apres, s'ils n'euſſent
deſcouuert vne clarté eſloignee
d'eux, qui leur fit preſuppoſer que
c'eſtoit le guet, & par ce moyen ſe
ſeparerent, l'vn prenãt ſa voye d'vn

cofté, & l'autre d'vn autre. Le matin
nos folatres amoureux demeurent
au lict malades, leurs corps eftans
tous rompus & prifez, chacun d'i-
ceux s'eftonnant en particulier de
ce qui luy eftoit aduenu, ne pouuant
s'imaginer comme il eftoit arriué.
En fin s'eftans raconté l'vn à l'autre
leur infortune, ils recogneurent que
la femme du Notaire leur auoit ioüé
cette fourbe, & que croyans frapper
fur le Notaire, ils frappoient fur
eux-mefmes. Il eft à croire que ce
chaftiment les rendit plus fages,
puifque l'vn des deux fit ce Quatrain:

> *Ce'uy qui d'amour impudique*
> *Follement embrafe fon cœur,*
> *N'attende de telle practique*
> *Q'ennuy, dommage, & deshonneur.*

C.

D'vne femme de Lyon qui auoit vne Horloge sonnant dans le corps.

IL y a enuiron trois ans qu'vn tailleur d'habits estant prisonnier à Lyon, où sa femme le venoit visiter tous les iours. Au mesme temps vn riche Banquier Genois estant aussi prisonnier, (non pour crime, ni pour dettes, mais pour quelques affaires du temps qui couroit, regardans l'Estat) il laissoit bien souuent en sa chambre vne belle Monstre d'Horloge auec la sonnerie, pendue proche de son lict. La femme du Tailleur voyans cette chambre ouuerte, entre dedans, & s'estans saisie de cette Monstre, ressort promptement dehors. Le Banquier peu de temps apres entrant dans sa chambre, apperceut que sa Monstre auoit esté enleuee: Il cerche de part & d'autre, la de-

mande au tiers & au quart sans
en apprendre des nouuelles. Le
Concierge commande qu'on ne
laisse sortir personne iusques à ce
qu'elle soit trouuée. Pendant qu'on
visite par tout, & particulierement
les prisonniers ; la Tailleuse craignant qu'on ne vinst à elle, & d'en
estre trouuée saisie, ne sçauoit si elle
la deuoit ietter dans les lieux, ou
qu'elle en deuoit faire : mais alle-
chée du butin, qui valoit au moins
cinquante escus, elle s'auisa de la
cacher dans sa nature, ce qu'elle sit
sans que personne l'apperceust. La
Monstre qui estoit montée estant
sur son poinct sonne cinq heures.
Ceux qui l'ouïrent, bien estonnez,
ne pouuoient coniecturer où elle
pouuoit estre. Le Banquier en estat
aduerty, on fait de nouueau vne recherche generale , mais ce fut en
vain. Le temps passe, quand six heures sonnent, sans qu'on peust sça-

uoir où la Montre eſtoit cachee.
Vne heure s'eſcoule encore, & voila qu'elle ſonne pour la troiſieſme
fois. Finalement on accuſa cette
femme, qui nie fort & ferme., &
ſouffre d'eſtre deſpouillee ſans qu'õ
la trouue ſaiſie de riẽ. Ce que voyãt
le Concierge, il dit; ſans doute elle l'a mis en ſes parties honteuſes,
il y faut cercher; mais il ne ſe trouua perſonne qui voulut faire vne ſi
particuliere recherche, eſtant œuure ou de Chirurgiẽ, ou d'Obſtetri-
ce On appelle vn Chirurgiẽ, qui ac-
courut auec ſon *ſpeculum matricis*,
duquel il ne ſe ſeruit pas : car faiſant à toute force viſite des parties
baſſes de la Tailleuſe, (qui nonobſtant ſa reſiſtáce fit ſa montre, pour
rendre la Montre qu'elle auoit cachee) il apperceut vn bout de l'attache de ſoye, où eſtoit attachee la
Montre, qui n'eſtoit du tout enſeue-
lie dans cet antre profõd, laquelle il

tira auec son *Rostrum Coruinum*, &
attira quant & quant la Montre, au
grand estonnement de la compagnie, qui ne manqua pas de sujet de
rire, la iugeant grosse du Iour, puis
quelle auoit enfanté des Heures; &
particulierement le sieur Banquier,
qui luy dit, Mamie ie vous pardonne, voila vne pistole pour vos espin-
gles, & pour faire vostre couche,
mais n'y retournez plus. I'estime
que s'il s'y fust trouué vne Sage,
femme au lieu du Chirurgien, qu'elle luy eust fait vn bon potage, comme l'on a coustume de faire aux
nouuelles accouchees ; car certes
elle l'auoit bien gaigné, ayant demeuré plus de deux heures au trauail.

Puis que l'heure a sonné & que
le iour est finy, nous finirons icy nostre Chasse-ennuy, attendant qu'v-
ne nouuelle Aurore nous face expo-
ser au iour vne seconde Partie va-

riee de diuers suiets, qui est toute
preste à mettre en campagne, si cette premiere est bien accueillie.

FIN DE LA V. CENTVRIE.

GNAVVS LOCOR DIVVS.

A a

DICTS ET FAICTS MEMORABLES ET

Recreatifs, accompagnez d'heroïques pointes, & belles parties de quelques Empereurs & Roys.

Aa iij

❦❦❦❦❦❦❦❦❦❦❦❦

DICTS ET FAICTS MEMORABLES ET

RECREATIFS, ACCOMPA-gnez de riches pointes & mots, subtils de quelques Ducs, Princes, Seigneurs, Gentils-hommes, Da-moiselles, Cheualiers, Capitaines & Soldats.

SECONDE CENTVRIE.

Omparaison du Fol du Duc de Mi-lan touchant les Aduocats &

PROPOS

MEMORABLES,

TRES-PLAISANS ET

subtils de quelques Iuges, Aduocats, Medecins, Philosophes, Astrologues, Poëtes, Musiciens, Peintres, Amoureux, Pedants, Escoliers, & autres personnages.

TROISIESME CENTVRIE.

TABLE.

Bbiij

DIVERSES

RECREATIONS

RAPPORTEES A NOSTRE
ſuiet de deſennuyer des Marys &
Femmes, Peres & Fils, Maiſtres,
& Seruiteurs, Villageois, Criminels, Courtiſanes, laſches de courage, yurongnes, vſuriers & autres.

QVATRIESME CENTVRIE.

MESLANGE DE PLAISANTES IOYEVSETEZ DESEN-

nuyeuſes, ou les plus Melancoliques ſe pourront recreer en la varieté des Subiects & des perſonnages.

CINQVIESME CENTVRIE.

FIN.